दस
हजार
करोड़
से
आगे

दस हजार करोड़ से आगे

उत्तरांचल-औद्योगीकरण प्रक्रिया के
निजी संस्मरण

संजीव चोपड़ा

भाव-रूपान्तरण : किरण सूद

राधाकृष्ण प्रकाशन

ISBN : 978-81-7119-912-9

दस हजार करोड़ से आगे

प्रथम संस्करण : 2005
पहली आवृत्ति : 2024

मूल्य : ₹595

प्रकाशक
राधाकृष्ण प्रकाशन प्राइवेट लिमिटेड
जी-17, जगतपुरी, दिल्ली-110 051
शाखाएँ : अशोक राजपथ, साइंस कॉलेज के सामने, पटना-800 006
पहली मंजिल, दरबारी बिल्डिंग, महात्मा गांधी मार्ग, प्रयागराज-211 001
1, अनमोल सोराबजी संतुक लेन, धोबी तलाव, मरीन लाइंस, मुम्बई-400 002
वेबसाइट : www.radhakrishnaprakashan.com
ई-मेल : info@radhakrishnaprakashan.com

मुद्रक
राजकमल प्रकाशन प्रा. लि.
नई दिल्ली-110 002

DAS HAZAR CRORE SE AAGE
by Sanjeev Chopra

मेरी सहधर्मिणी
मेरी अग्रगामिनी
बन्नू
के लिए

शुक्रिया !

शुक्रिया !

कोई भी अपनी मूल पुस्तक के रूपान्तरण को कुछ ही महीनों के भीतर अपने सामने देखकर खुश होगा ! मैं हैरान हूँ कि कोई उस समय कैसे शुक्रिया कहे, जब कोई सखाभाव से इस मुश्किल और भारी काम को ले और विस्तृत प्रलेख का उन अधिसंख्य पाठकों के लिए उस भाषा में पुनर्सृजन करे, जो हमारी अपनी भाषा है.

सभी अनुवाद कठिन हैं! वास्तव में, अनुवाद मौलिक लेखन से कठिनतर है, कलम एक बिन्दु से आगे इधर-उधर नहीं घूम सकती है और विचार का प्रवाह अवरुद्ध हो जाता है.

ऐसे प्रत्यक्षतः दुरूह कार्य के प्रति किरण सूद ने अपने-आप को प्रशंसनीय रूप से समर्पित किया. गत कुछ माह में, उन्होंने 'दस हजार करोड़ से आगे' के रूपान्तरण को ऐसे उत्साह एवं दृढ़ संकल्प से सम्पन्न किया, जो दोनों भाषाओं के वाक्य-विन्यास और अर्थविज्ञान की उनकी विशद जानकारी व समझ के अनुरूप समकक्ष है.

शब्दों के सीमित दायरे में, बन्नू और मैं किरण सूद द्वारा सश्रम एवं उल्लसित मन से किये गए इस रूपान्तरण के लिए उनकी लिखित रूप से हार्दिक प्रशंसा करना चाहते हैं.

शुक्रिया! किरण!

तुम्हारे संकल्पों की सफलता के लिए शुभकामनाएँ!

संजीव चोपड़ा

प्राक्कथन

26 सितम्बर, 2003

(i)

उत्तरांचल में सचिव, उद्योग के रूप में व्यतीत मेरे प्रथम छः मास का यह विवरण है. अधिकांशतः हम अपने में या अपने चारों ओर होने वाले परिवर्तनों का लेखा-जोखा रखने या संक्रान्ति काल के मानचित्रण करने में विफल होते हैं. मुख्य सचिव डॉ. रघुनन्दन सिंह टोलिया, वन एवं कृषि विकास आयुक्त के अपने पिछले अवतार के रूप में, कम से कम सप्ताह में एक बार अपने विचारों को व्यक्त करते थे, किन्तु पिछले चार सप्ताह से हमें उनके चिन्तन-आलेख का अंश प्राप्त नहीं हुआ. मुख्य सचिव के रूप में उनके पास समयाभाव है. क्या इसका अर्थ है कि मेरे पास समयाभाव नहीं है? इसके लिए आपको मेरी सहधर्मिणी से पूछना होगा, जो मेरे प्रति कुछ तिक्त है क्योंकि मैं समय की लीक पर नहीं चल सका, विशेष रूप से, उस प्रारम्भिक राहत के बाद जो उसने यह सोचकर महसूस की थी कि अब मैं ग्राम्य विकास, पंचायत, उद्यानिकी और सहकारिता के चार विभागों के स्थान पर सिर्फ उद्योग विभाग का कार्यभार सँभालूँगा. लगभग प्रथम सप्ताह में, इससे पहले कि मैं विभाग की खोजबीन कर सकूँ ; वास्तव में, ऐसा प्रतीत हुआ कि काम हल्का होगा. एक बार आप चुनौती ले लें तो आप समझते हैं कि यह भारी आह्वान है और तब आप (अपने लिए) स्थूलता और (घर में अपनों के लिए) निश्चित रूप से, अन्य बातों के साथ तनाव को बुलावा देते हैं.

(ii)

हममें से वे लोग, जो दफ्तर में अपने काम के नशे में पूरी तरह डूबे रहते हैं, या किसी स्वप्न या भविष्य-निरूपण का परिपोषण करते हैं, किन्तु अपने सहचर

---

30 अगस्त, 2003 को यह कार्यभार मुझे दिया गया, तब मैं ग्राम्य विकास, सचिव के रूप में प्रधानमंत्री ग्रामीण सड़क परियोजना (पी.एम.जी.एस.वाई.) को उत्तरांचल में सड़क-तन्त्र प्रमुख योजना के साथ समाविष्ट करने से सम्बन्धित बैठक में भाग लेकर लौट रहा था.

को तस्वीर में शामिल करने में या इस उद्यम में उनकी ओर से सक्रिय भागीदारी लेने में असफल होते हैं, जल्दी या देर में दीवार से चोट खाते हैं. शाश्वत रूप से आशावादी होने के कारण, मुझे खुशी है कि मुझे यह अनुभूति हो गई है और इसलिए मैंने निश्चित रूप से महसूस किया कि बन्नू[1] की सहभागिता के बिना दस हजार करोड़ का लक्ष्य[2] प्राप्त नहीं किया जा सकता है. हमने फैसला किया कि वह मेरे इन लिपिबद्ध लेखों को सम्पादित करेगी. इससे प्रारूप को निश्चित स्पष्टता मिलेगी और उसे इस बात का एहसास होगा कि मैं अपना समय कैसे बिता रहा हूँ!

(iii)

उद्योग क्या है ....? हम इसे उत्तरांचल में किस नजर से देखते हैं? हमें क्या कदम उठाने चाहिए? हम इस बात का आश्वासन कैसे दे सकते हैं कि इससे स्थानीय संसाधनों का अधिकतम प्रयोग होगा ओर रोजगार बढ़ेगा? क्या दूरस्थ स्थानों पर लघु उद्योगों के लिए विशेष छूट दी जानी चाहिए? मेरे सौभाग्य से, अधिकांश आधारभूत कार्य हो चुका है और मैं अपने पूर्व प्रदत्त दायित्व के कारण इस प्रक्रिया में सक्रिय साझीदार रहा हूँ. हालाँकि उस समय मेरा मुख्य लक्ष्य कृषि-उद्योग था, विशेष रूप से चार कृषि-निर्यात क्षेत्रों में, जिन्हें बढ़ावा देने की मैं कोशिश कर रहा था. मुझे उन नीतिगत सिद्धान्तों की जानकारी थी जिनके आधार पर औद्योगिक नीति का निर्माण हुआ और उसमें उद्यानिकी, जड़ी-बूटियों आदि की जानकारी मैंने उद्यान विभाग के सचिव के रूप में दी थी. उद्योग में मेरे पूर्वाधिकारी, श्री एस. कृष्णन् ने राज्य की उद्योग नीति को उत्तरांचल के राज्य उद्योग विकास निगम लिमिटेड के प्रबन्धकीय निदेशक श्री पराग गुप्ता के साथ मिलकर सरकार के विभिन्न विभागों में कार्यरत सहयोगियों के साथ परामर्श के बाद निर्धारित किया है. यह निश्चित रूप से नीरस, उबाऊ काम है, जो राज्य में उद्योग शुरू करने की पूर्ववर्त्ती शर्त भी है. (www. sidcul. com)

(iv)

'हार्ट वर्क'... सिंगापुर की रूपान्तरण की कहानी मेरे हाथों में है. यह घेरज़ी ईस्टर्न[3] के मुख्य कार्यकारी अधिकारी ने मुझे 23 सितम्बर को दी थी, जब हम

---

1. रश्मि : मेरी सहधर्मिणी.
2. यह लक्ष्य है जिसके लिए विभाग ने मुख्यमन्त्री को वचन दिया है. दिसम्बर 2004 तक, हमें इस राज्य में कम से कम दस हजार करोड़ के नये पूँजीनिवेश को प्राप्त करना है (जिसमें ऊर्जा क्षेत्र में प्राप्त निवेश शामिल नहीं है).
3. हरिद्वार और पन्तनगर में उद्योग-नगरी के विकास हेतु चयनित सलाहकार.

भारत हेवी इलेक्ट्रिकल्स लिमिटेड और पन्तनगर में भूखण्ड आबंटन की समय-सारिणी पर वार्ता कर रहे थे. इस किताब ने मुझे लिखने के लिए और अपने जीवन की घटनाओं का लेखा-जोखा रखने के लिए प्रेरित किया क्योंकि एक साल बाद, जब उद्योग नगरी बन जाएगी, परिवर्तन प्रक्रिया भुला दी जाएगी और इसमें शामिल लोगों के नाम और उनके द्वारा दिन-रात झेले गये संघर्ष भी भूल जाएँगे. हाँ, संघर्ष और वह संबल भी, जो कई अपेक्षित और अप्रत्याशित कोनों से मिला.

(v)

रश्मि के अतिरिक्त, दो और लोग जिन्होंने मुझे उत्तरांचल में कार्य करने का निर्णय लेने में मदद की, वे क्रमशः हैं : श्री अमरेन्द्र सिन्हा[1] और श्री रघुनन्दन सिंह टोलिया. अमरेन्द्र मुझसे कुछ वर्ष बड़े हैं और कुछ ही वर्ष वरिष्ठ भी; इसलिए उनकी सराहना और सम्मान करते हुए, मैं उनके साथ मज़ाक कर सकता हूँ, जिद कर सकता हूँ, हर तरह की आलोचना कर सकता हूँ, मैं उनके साथ झगड़ा भी कर सकता हूँ और तर्क से या समझा-बुझा कर अपनी बात मनवा सकता हूँ; या आखिर में बालहठ से कह सकता हूँ कि मैं इस काम को ऐसा ही चाहता हूँ. डॉ. टोलिया तो निःसंदेह उच्चकोटि के परामर्शदाता हैं. प्रायः जब मेरे सहकर्मी वन एवं ग्राम्य विकास की चर्चा करते थे और आश्चर्य करते थे कि कोई उनकी रफ्तार में कदम-से-कदम कैसे मिला सकता है, मैं कहता था कि ऐसी कोई समस्या है ही नहीं. इसके विपरीत उनकी छत्रछाया में आधे से ज्यादा मामले स्वयं सुलझ जाते हैं. उनके संरक्षण में होना मेरा सौभाग्य रहा है.

(vi)

उत्तरांचल सरकार में मेरे आने के बाद तत्कालीन मुख्य सचिव, मधुकर गुप्ता का स्नेह एवं प्रोत्साहन उच्च श्रेणी का था. उन्हें प्रायः 'प्रक्रिया का गुरु' कहा जाता है क्योंकि किसी अधिकारी द्वारा सरकारी प्रक्रिया को कवित्त्व की आदर्श पराकाष्ठा तक विकसित करते हुए देखना दुर्लभ है. उनके द्वारा हिन्दी और अंग्रेजी दोनों भाषाओं में लिखवाया गया प्रत्येक निर्देश या पत्र का प्रारूप प्रशासनिक स्पष्टता का नमूना था. आज से दशकों बाद, यदि कोई उनके द्वारा तैयार या निर्दिष्ट मन्त्रि-मण्डल के लेखों का अभिलेखीकरण करेगा, तो वह अभिलेखन इस बात का प्रत्यक्ष प्रमाण होगा.

(vii)

यह कहना अनावश्यक होगा कि मुझे अपने मुख्यमन्त्री एन.डी. तिवारी या 'न

---

1. सचिव, सूचना प्रौद्योगिकी, योजना और जैव प्रौद्योगिकी.

हो देरी' तिवारी, जैसा वह कहलवाना पसन्द करते हैं, से बहुत अधिक सहारा मिला है. वह पूर्ण रूप से विस्तृत विवरण लेने/देने वाले व्यक्ति हैं और उनके साथ काम करने वाले लोग उनकी नाम और आँकड़े याद रखने और क्षण भर में ही तफ़सील से ब्यौरा देने की क्षमता से आश्चर्यचकित हो जाते हैं. वह अत्युत्सुक पाठक और समकालीन नीति के विचारक, अत्यन्त स्नेही और सबका ध्यान रखने वाले व्यक्ति हैं, जो आपको विचार एवं कार्य की स्वतन्त्रता देते हैं. यह निश्चित रूप से उनके प्रत्यक्ष प्रयत्नों का परिणाम है कि उत्तरांचल को भारत सरकार द्वारा रियायती पैकेज दिया गया.[1] इस नीतिगत शिथिलीकरण के बिना, उत्तरांचल में उद्योग लगाने के हमारे सभी प्रयास निष्फल हो जाते. कई प्रकार से, 'दस हजार करोड़' इस नीति के लिए घटना-क्रम का यथार्थवादी क्रीड़ास्थल है.

1. यह मार्च 2002 में प्रधानमन्त्री अटल बिहारी बाजपेयी द्वारा नैनीताल प्रवास के दौरान प्रोत्साहन के लिए घोषित किया गया रियायती पैकेज है और इससे उत्तरांचल में उद्योग को आयकर एवं उत्पादन शुल्क से रियायत दी गई.

पुनर्स्मरण

22 दिसम्बर, 2003

(i)

मैंने अभी-अभी कंट्रोल और स्विचगियर समूह (सी.एस.एस. ग्रुप-फीड बैंक) के अध्यक्ष, अशोक खन्ना को हरिद्वार में भूमि के मूल्य-निर्धारण, स्वतन्त्र स्वामित्त्व या वार्षिक पट्टे के किराए के रूपान्तरण की जरूरत से सम्बद्ध प्रश्नों के जवाब में ई-मेल भेजा है. उनकी चिन्ताएँ वास्तविक हैं और उनका उत्तर तुरन्त दिया जाना चाहिए. हम इस सलाह को मान रहे हैं कि भूमि-अनुबन्ध की अवधि को तीस वर्ष से नब्बे वर्ष तक बढ़ा दिया जाए. वस्तुतः, इस सम्बन्ध में पत्र प्रेषित करने के साथ-साथ, उसे मुख्यमन्त्री सचिवालय तथा अवस्थापना विकास आयुक्त, एम. रामचन्द्रन को पृष्ठांकित करते हुए मेरी उद्योग विभाग के प्रति यह वचनबद्धता है कि उद्योग के समक्ष आने वाली समस्याओं के समाधान हेतु हमारी अनुकूल भूमिका होगी. मैं भारतीय उद्योग परिषद् और भारतीय उद्योग परिसंघ द्वारा माँगे गए स्पष्टीकरण का उत्तर देने में भी समर्थ रहा और साथ ही साथ फाइल का काम कल पूरा हो गया. इस समय मेरे पास उद्योग विभाग में प्रथम छः हफ्ते का 'पुनर्स्मरण' करने के लिए एक घंटे का समय है[1].

(ii)

मैं 30 अगस्त को उत्तरांचल में सड़क-विशिष्ट-योजना के सम्बन्ध में आयुक्त कार्यालय में सफल वार्त्ता के बाद पौड़ी से ग्राम्य विकास के विशेष-अधिकारी अरविन्द खण्डूरी के साथ लौट रहा था. उत्तरांचल में ग्राम्य विकास विभाग प्रधानमन्त्री ग्रामीण सड़क योजना कार्यक्रम का क्रियान्वयन कर रहा है, जो उन

1. यह प्रथम प्रविष्टि 22 दिसम्बर, 2003 को की गई, इसके बाद समय-समय पर और तथ्य जोड़े गए.

सब गाँवों, जिनकी जनसंख्या 250 से अधिक हो, को सर्व-ऋतु अनुकूल सड़क द्वारा जोड़ेगा. इसका विनिर्दिष्ट घनत्त्व राष्ट्रीय ग्राम सड़क विकास एजेंसी द्वारा तय किया गया है. उत्तरांचल में प्रधानमन्त्री सड़क योजना का कार्य सरकार और निजी उद्यम द्वारा साझे में किया जा रहा है. यह एक ऐसी शुरुआत है, जो सोची गई नीति की अपेक्षा व्यावहारिक विवशता के कारण विभाग द्वारा की गई है. एन. रवि शंकर, सचिव, सार्वजनिक निर्माण विभाग द्वारा आहूत बैठक बहुत सफल रही और हमें आशा थी कि इससे हम अन्य सड़क बनाने वाली एजेन्सी के साथ कार्यात्मक मुद्दों को सुलझाने में सक्षम होंगे. लगभग साढ़े चार बंजे, ग्राम्य विकास विभाग की अपर सचिव नम्रता का फोन आया, जिससे मुझे विभाग-परिवर्तन की सूचना मिली. आरम्भ में, मैं इस पर विश्वास नहीं कर सका, मैं अपने वर्तमान विभाग में पूरी तरह से 'स्थापित' था और मैं उद्यानिकी की भावी प्रत्याशा : नवीन सहकारी अधिनियम, प्रस्तावित पंचायती राज अधिनियम तथा ग्राम्य विकास विभाग के अन्य विशेष प्रोजेक्ट के प्रति अत्यधिक उत्साहित था. मुझे परिवर्तन की उम्मीद नहीं थी और स्पष्ट रूप से कहूँ तो मेरे दिमाग में उद्योग विभाग में स्थानान्तरित होने का ख्याल कतई नहीं था. मैंने हमेशा महसूस किया था कि यदि कभी बदलाव होगा भी, तो मुझे पंचायत के स्थान पर कृषि/कृषि सम्बन्धी उद्योग/मंडी परिषद्/डेरी या पशुपालन-अर्थव्यवस्था मिलेगा. वन के बारे में निराधार अफवाह भी थी, किन्तु वह शायद मेरे साथ काम करने वाले दो वन अधिकारियों, सुबुद्धि, अतिरिक्त सचिव, उद्यानिकी और विनोद, निदेशक, उद्यान का शुभचिन्तन था.

कुछ ही मिनटों में, बन्नू ने वही सूचना देने के लिए फोन किया. असल में, नम्रता ने उन्हें भी फोन किया था. उन्हें भी इस सूचना पर विश्वास करने में कठिनाई हो रही थी. हमने अपने अधीन चारों विभागों की पिकनिक का आयोजन किया हुआ था और वह परिवारों के सम्मिलन समारोह के लिए उत्सुक थीं.

मैं जब इस सूचना को आत्मसात् कर रहा था, पराग ने मुझे उद्योग विभाग के नये दायित्त्व के लिए बधाई देने हेतु फोन किया. इसके पश्चात् भारतीय उद्योग परिषद्, भारतीय उद्योग परिसंघ और पत्रकारों के बधाई संदेश मिले. मैं समझने में असमर्थ था कि उनकी बधाई का क्या उत्तर दूँ. उस समय मुझे वन एवं ग्राम्य विकास से स्थानान्तरण का खेद अधिक था.

मेरे अतिरिक्त ऐसी भावनाएँ ग्राम्य विकास में विशेष अधिकारी, थपलियाल और खण्डूरी, उत्तरांचल सहकारिता बिक्री संघ के प्रमोद कुमार सिंह, सेब उत्पादक संघ के डी.पी. उनियाल, कृषक मंच के अरुण भाकू और सहकारी बैंक के पी.एस. हाण्डू द्वारा व्यक्त की गईं. मेरे उदारहृदय मन्त्रियों ने भी मेरे स्थानान्तरण पर खेद व्यक्त किया. मैं कहना चाहूँगा कि उन सबके साथ, ग्राम्य में एस.एस.

नेगी, उद्यानिकी में जी.एस. कुँजवाल, जो लघु उद्योग (एस.एस.आई.) और खादी क्षेत्र में अब भी मेरे मन्त्री रहेंगे, पंचायत में प्रीतम सिंह और सहकारिता में मन्त्री प्रसाद नैथानी के साथ मेरे बहुत अच्छे कार्यात्मक सम्बन्ध हैं.

मैंने वन एवं ग्राम्य विकास ब्लॉक के उसी कमरे से काम जारी रखा, यद्यपि वन एवं ग्राम्य विकास की व्यवस्था बाकी नहीं रही, हमारे पास अपना इंटरकॉम था और मैं अभी भी वन एवं ग्राम्य विकास के अतिरिक्त सचिव और विशेष अधिकारियों से बात कर रहा था. इसके साथ ही, नई प्रमुख सचिव विभापुरी दास को उन्हीं विषयों पर संक्षिप्त विवरण दे रहा था, जो लगभग निरन्तरता बनाए हुए थे. मैंने डॉ. टोलिया को रिपोर्ट देना भी जारी रखा. (यह प्रस्थान कर रहे मुख्य सचिव, मधुकर गुप्ता के लिए विदाई समारोहों का भी सप्ताह था.)

यहाँ विभाग को देने या लेने की कोई औपचारिकता नहीं है. सरल रूप में, सचिवालय की व्यवस्था में स्थानान्तरण होने के बाद आपके विचारार्थ सिर्फ भिन्न फाइलें आती हैं और यही हुआ था. पूर्व विभाग की अपेक्षा फाइलें संख्या में अधिक नहीं थीं, क्योंकि उद्योग विभाग में प्रतिष्ठान का कार्य अधिक नहीं था, उद्योग विभाग में कर्मचारी कम थे और इस कारण काम कम महसूस होने का एक और कारण था हम शुरुआत के लिए तैयारी कर रहे थे.

(iii)

विभाग में कार्यभार सँभालने के बाद शुरू के कार्यों में प्रथम था : उद्योग नगरी स्थापित करने हेतु 3 सितम्बर, 2003 को पन्त नगर विश्वविद्यालय के खेतिहर चकों का उद्योग विभाग को स्थानान्तरण करने सम्बन्धी परस्पर समझौते के मसौदे का कुलपति के साथ हस्ताक्षरित होना. हमने न केवल 'कार्य-बिन्दुओं' पर सहमति व्यक्त की, बल्कि मैंने प्रक्रिया का ब्यौरा भी लिपिबद्ध किया. एक प्रति कुलपति को दी और दूसरी अपने कार्यालय में सूचना-पट्ट पर प्रदर्शित की; क्योंकि मेरे द्वारा उद्योग विभाग में किया गया यह प्रथम कार्य था.

> दस हजार करोड़

उद्योग विभाग के सचिव का दायित्त्व औपचारिक रूप से सँभालने के बाद, जब मैं मुख्यमन्त्री नारायण दत्त तिवारी से मिलने के लिए गया, तो वह मुस्कुराए और उन्होंने मुझे चाय पिलाई और कहा कि वह हमसे आशा करते हैं कि हम अगले कुछ महीनों में 'दस हजार करोड़' के पूँजी-निवेश को आकृष्ट करें और एक लाख रोज़गार सृजन करें. इसके लिए एकमात्र मन्त्र था : कड़ी मेहनत और प्रतिबद्धता, विस्तारित बिन्दुओं का ध्यान रखना और सबसे अधिक ज़रूरी थी : खुशनुमा मनोवृत्ति; ताकि जो भी उत्तरांचल आए, वह संतुष्ट होकर

वापिस जाए. उन्होंने कहा कि वह मार्गदर्शन के लिए सदैव उपलब्ध हैं और उद्योग के कार्य को गति देने के लिए भारत सरकार में किसी भी स्तर पर वार्त्ता करने के लिए तैयार हैं.

* * *

उद्योग विभाग के अपर सचिव पराग और उमाकान्त पँवार ने मुझे नए विभाग के विषय में संक्षिप्त विवरण से अवगत कराया. मैं मुख्य बिन्दुओं को जानता था क्योंकि मैं उद्योग-मित्र बैठकों का हिस्सा रहा था और तीनों भूसम्पत्तियों के विकास हेतु सलाहकार की चयन-सूची बनाने वाली और अन्तिम फैसला लेने वाली समिति का सदस्य था. वास्तव में, 18 अगस्त को आयोजित चयन-समिति की पिछली बैठक में, मैं प्रक्रिया के सम्बन्ध में बेचैन हो रहा था. मैंने महसूस किया कि कुछ प्रस्तुतियाँ इतनी अल्पविकसित हैं कि समिति को उन पर और अधिक समय नहीं खोना चाहिए. दो दिन की प्रस्तुतियों (मैं 19 को उपस्थित नहीं था क्योंकि मुझे हैबिटाट सेंटर, नई दिल्ली में सहकारिता और स्वैच्छिक संगठनों पर व्याख्यान देना था) के बाद, आठ संकायों को अन्तिम तकनीकी और आर्थिक बोली के लिए आवेदन करने हेतु चुना गया. अन्तिम प्रस्तुति के लिए तिथि निर्धारित नहीं की गई थी.

मैंने पराग से कहा कि हमें इस काम को जल्दी करने की जरूरत है. उसने तर्क दिया कि समय बहुत कम है. कुछ देर में ही मेरे दृष्टिकोण के सामने वह दक्षिणावर्त्त घूम गया. यह बहुत अच्छा था.

* * *

पहले ही सप्ताह में, मैंने उद्योग विभाग के राज्य मन्त्री किशोर उपाध्याय से मुलाकात की. मुझे यह प्राधिकार प्राप्त था कि मैं उन्हें अपने जवाहर लाल नेहरू विश्वविद्यालय के दिनों से जानता था और जब मैं छात्रसंघ का उपाध्यक्ष था, तो उन्होंने मेरी बहुत मदद की थी. उस समय वह राजीव गांधी के राजनैतिक सहायक थे. हमारा परस्पर सम्पर्क नहीं था, किन्तु शपथ लेने के तुरन्त बाद उनके फोन से मैंने मधुर आश्चर्य अनुभव किया. वह प्रधानमन्त्री कार्यालय में कार्य करने के कारण अस्सी के दशक के उत्तरार्द्ध की कुछ सर्वाधिक महत्त्वपूर्ण घटनाओं के निकट द्रष्टा रहे. उन्हें मीडिया के साथ सर्वोत्तम घनिष्ठ सम्पर्क का लाभ प्राप्त था. अगले कुछ सप्ताहों में, वह विभाग में हमारे मनोबल का प्रमुख स्तम्भ बन गए.

(iv)

15 सितम्बर को मुख्यमन्त्री पंजाब, हरियाणा, दिल्ली के वाणिज्य एवं उद्योग

चैम्बर को सम्बोधित कर रहे थे और उनके साथ दिल्ली जाने से पहले मैं चाहता था कि हमारे पास विकास प्रबन्धकों के चयन की अन्तिम सूची हो, ताकि वे भी हमारे साथ उपस्थित रह सकें. इससे उनको न केवल भागीदारी की अनुभूति होगी, बल्कि उद्योग को भी यह विश्वास मिलेगा कि सरकार कार्यकुशलता चाहती है. इसलिए हमने अन्तिम प्रस्तुति के लिए और चयनित फर्म की आर्थिक निविदा खोलने की तिथि 12 सितम्बर निर्धारित की. आठ फर्मों ने भाग लिया : फीडबैक वेंचर्स, मीनहार्ड कंसल्टिंग, लारसन एण्ड टूब्रो, फेयरवुड कंसलटेंट्स, सी. एण्ड बी. ऐलिस, अंर्स्ट एण्ड यंग, विलबर स्मिथ एसोशिएट्स और घेरज़ी कंसलटेंट्स.

समिति के सदस्यों (डॉ. रघुनन्दन सिंह टोलिया, इन्दु पाण्डे, प्रमुख सचिव, वित्त; नरेश नन्दन प्रसाद, सचिव, पर्यटन; एन.एस. रत्न, मुख्य नगर योजनाधिकारी) के द्वारा प्रदत्त टिप्पणियों के साथ हम देर रात तक प्रत्येक निवेदन का उस अंक-सारिणी के अनुसार मूल्यांकन करने के लिए बैठक करते रहे, जो उत्तरांचल अवस्थापना विकास कम्पनी द्वारा तैयार की गई है. उस दिन हमने लगातार नौ घंटे तक काम किया. हम से अर्थ है : सिडकुल की पूरी टीम, पराग, तीनों मुख्य प्रबन्धक (त्रिपाठी, नन्दा, अरोड़ा), उमाकान्त पँवार, विवेक निगम और उनके सहकर्मी और मेरा ऑफिस स्टाफ, गैरोला और लताफत्त. उद्योग निदेशालय और जिला उद्योग केन्द्र के अधिकारी भी उपस्थित थे. उनको मूल्यांकन करने के काम में शामिल किया गया. उमाकान्त का काम विशेष रूप से उल्लेखनीय है, उन्होंने काम का सीधे कम्प्यूटर पर संयोजन किया. हमने तकनीकी निवेदन में योग्यता-सिद्ध लोगों को वित्तीय निविदा खोलने के समय उपस्थित रहने के लिए आमन्त्रित किया. सूचना प्रौद्योगिकी पार्क के लिए हमारे पास फीडबैक, रिचर्ड ऐलिस और माइनहार्ट सिंगापुर थे और भारत हैवी इलैक्ट्रिकल्स के लिए घेरज़ी और पन्तनगर के लिए फीडबैक थे, हमने घेरज़ी को चुना.

अगले ही दिन, हमें मुख्य सचिव का अनुमोदन प्राप्त हो गया, घेरज़ी और फीडबैक को औपचारिक कार्यादेश 18 तारीख को दिया गया, उससे पहले उन्हें पूर्व निर्धारित पंजाब, हरियाणा, दिल्ली के वाणिज्य एवं उद्योग चैम्बर की 15 तारीख की बैठक के लिए तेज़ी से काम करने के लिए कहा गया. घेरज़ी और फीडबैक दोनों ने स्वीकार किया कि उनको इससे पहले परामर्शदाता के रूप में निर्णय इतनी जल्दी और इतने खुले रूप में कभी नहीं दिया गया. वे लोग जो सफल नहीं हुए, वे भी इस बात से खुश थे कि निर्णय प्रक्रिया सबको ज्ञात है. अब मुझे उद्योग के परिप्रेक्ष्य में चीज़ों को नये सिरे से समझना होगा.

पहले सप्ताह में, मैंने भारतीय उद्योग परिषद, पंजाब, हरियाणा, दिल्ली के वाणिज्य एवं उद्योग चैम्बर, भारतीय उद्योग परिसंघ कुमाऊँ, गढ़वाल के वाणिज्य और उद्योग सदन और उत्तरांचल उद्योग परिषद् से सम्पर्क किया. मैं उनमें से

अधिकांश से कृषि-उद्योग पर था, किन्तु अब यह सब भिन्न था. मुझे विभिन्न प्रकार के प्रोत्साहन और रियायत को जानना होगा तथा वाणिज्य के आधुनिक रुख की भी जानकारी रखनी होगी. इक्नॉमिक टाइम्स में प्राप्त ट्रेनिंग फिर मेरे लिए उपयोगी थी! मैंने अपने समाचार-पत्रों के अंशदान में बिज़नैस स्टैण्डर्ड भी जोड़ लिया. निश्चित रूप से, उद्योग विभाग में गुलाबी अखबार अधिक प्रासंगिक सिद्ध होंगे.

(v)

आज लिखते हुए मुझे रवि विग का आगमन सजीव रूप से याद है, जो पंजाब, हरियाणा, दिल्ली के वाणिज्य एवं उद्योग चैम्बर के निर्वाचित अध्यक्ष थे. उनके जोर देने पर हमने 15 सितम्बर को मुख्यमन्त्री को परिचर्चा के लिए आमंत्रित किया. स्पष्ट रूप से कहूँ, तो मैं इसके लिए उस समय अनिच्छुक था. मैंने विभाग में अभी अपने पैर नहीं जमाए थे और औद्योगिक भूसम्पत्ति तैयार नहीं थी. हम नीति की घोषणा कर सकते थे; पूँजी निवेशकों को आकर्षित कर सकते थे और उनमें आशाएँ जगाकर पूरी न करने पर बहुत हिमशूल पा सकते थे. रवि विग ने मुझे विश्वास दिलाया कि नई दिल्ली में मुख्यमन्त्री के साथ प्रस्तुति होने से उन लोगों को, जो हिमाचल की ओर रुख कर रहे हैं, विश्वास होगा कि उत्तरांचल सरकार पूँजी-निवेश के लिए प्रतिबद्ध है. इस तर्क में वजन था और हमने नई दिल्ली में सेमिनार की तैयारी शुरू कर दी.

दूसरा महत्त्वपूर्ण कार्य था कि मुख्यमन्त्री के पंजाब, हरियाणा, दिल्ली के वाणिज्य एवं उद्योग चैम्बर में भाषण के लिए सामग्री तैयार करना. प्रायः मुख्यमन्त्री आशु-वक्तव्य देते हैं और उनके सम्भाषण कई मुद्दों और चिन्ताओं से सम्बद्ध होते हैं. विभाग द्वारा उनके भाषणों का प्रारूप तैयार करने की अपेक्षा नारायण दत्त तिवारी के साथ इसके विपरीत स्थिति है. इसलिए मैंने उनसे उन मुख्य बिन्दुओं, जिनको वह प्रमुख रूप से स्पष्ट करना चाहेंगे, की संक्षिप्त टिप्पणी ली, ताकि 'टीम उत्तरांचल' की प्रस्तुतियाँ मुख्यमन्त्री के भाषण के स्वर के समरेखीय हों. उन्होंने भी प्रस्तुतियों का पूर्व जायज़ा लिया.

हम सभी क्षेत्रों : पर्यटन, कृषि-वाणिज्य, सूचना प्रौद्योगिकी, अवस्थापना के संदर्भ में समेकित एवं व्यापक प्रस्तुति करना चाहते थे. इससे पहले, जब भी विभागीय खण्डों की प्रस्तुतियाँ होती थीं, प्रत्येक विभाग की अपनी फ्लॉपी/सी.डी. होती थी, जिससे आखिरी समय में (कुछ सी.डी./फ्लॉपी सिस्टम के अनुकूल न होने के कारण) समायोजन करने में कठिनाई होती थी. इसलिए अमरेन्द्र, नरेश नन्दन प्रसाद और पराग के बहुत अच्छे सहयोग से, हमने टीम उत्तरांचल की ओर से एक व्यापक प्रस्तुति तैयार की. सभी सम्बद्ध लोगों ने इसकी

तारीफ की. कोई अन्तराल समय की ज़रूरत महसूस नहीं हुई, एक के बाद एक अधिकारी ने अपना सम्बोधन प्रस्तुत किया.

उत्तरांचल पर पंजाब, हरियाणा, दिल्ली के वाणिज्य एवं उद्योग चैम्बर की निवेश बैठक टक्कर की रही; मैं नहीं समझता कि इस बैठक में किसी और राज्य से ऐसी व्यावसायिक प्रस्तुति प्राप्त हुई. यद्यपि मुख्यमन्त्री अपनी हवाई उड़ान की देरी के कारण प्रस्तुति के आखिरी भाग में ही उपस्थित हो सके. वह अपने सहज स्वरूप में थे. उन्होंने सरल और अद्वितीय शैली में तात्कालिक भाषण दिया और योरोप में औद्योगिक विकास, व्यवसायात्मक मध्यम वर्ग की उत्पत्ति और जनतान्त्रिक राज्य-व्यवस्था के मानकों का ऐतिहासिक प्ररिप्रेक्ष्य प्रस्तुत किया. सभी उपस्थित लोगों ने खड़े होकर उनका प्रशंसात्मक सम्मान किया. बाद में, दोपहर के भोजन के समय उद्योग जगत से सकारात्मक प्रवाह को कोई भी महसूस कर सकता था. हमारे पास साथ ले जाई गई उद्योग नीति की प्रतियाँ कम पड़ गईं. हमें पंजाब, हरियाणा, दिल्ली के वाणिज्य एवं उद्योग चैम्बर के दफ्तर से ही आवेदन-पत्र की फोटो-प्रतिलिपियाँ तैयारी करनी पड़ीं. तब हम छोटे समूहों में विभाजित हो गए; ताकि मुख्य क्षेत्रों के सन्दर्भ में निवेशकों की शंकाओं का निवारण हो सके.

उसी दिन साँझ, मैं ताज पैलेस में अखिल भारतीय प्रबन्धन परिषद् के पुरस्कार समारोह में उपस्थित रहा और अन्यों के साथ एन.के. सिंह और सुबीर राहा को सुना. एन.के. सिंह ने भारत में नए अवसर और भारत के रूपान्तरण के लिए प्रबन्धात्मक सिद्धान्त और व्यवहार की भूमिका पर बहुत अच्छा वक्तव्य दिया. मैं सुनील मुंजाल के घर पर भारत-पाक के प्रमुख उद्यमियों की बैठक के लिए आयोजित रात्रिभोज में भी गया. मैंने भारतीय उद्योग परिसंघ के समक्ष प्रस्ताव रखा कि अगले वर्ष किसी समय हमें प्रथम दक्षिण एशिया कृषि-व्यापार का शिखर सम्मेलन आयोजित करना चाहिए; चाहे उसे चण्डीगढ़ में प्रस्तावित एग्रोटेक 2004 के साथ किया जाए. यह सार्क में कृषि-उत्पादों की क्षेत्रीय श्रृंखला, जो मेरा मैक्नमारा और हम्फ्री फैलोशिप के दौरान किया गया कार्य है, के सन्दर्भ में मेरे विचारात्मक दृष्टिकोण की प्रथम व्यावहारिक अभिव्यक्ति थी. दिन के समाप्त होने तक मेरे पास विज़िटिंग कार्ड भी कम हो गए. मैंने महसूस किया कि मुझे विज़िटिंग-कार्ड और उद्योग नीति की अतिरिक्त प्रतियाँ कार में ही रखनी चाहिए.

(vi)

मुझे यहाँ अभिप्रेरण कार्यशाला के बारे में बताना चाहिए, जो मैंने मसूरी-देहरादून डाइवर्ज़न रोड पर स्थित मिशनरी केन्द्र टॉर्च बियरर्स में अशोक मैसी की मदद से आयोजित की थी. अशोक मैसी मुझसे कुष्ठ रोग पीड़ित व्यक्तियों के सहायतार्थ हस्तकला बिक्री केन्द्र, रोजगार आदि के सम्बन्ध में मिलने के लिए आए

थे. लक्ष्य उदात्त था और उनके इरादे स्पष्ट एवं पारदर्शी थे, अतः उद्योग विभाग की ओर से तुरन्त मदद के लिए वचन दिया गया. वास्तव में, भारतीय उद्योग परिसंघ मेले में उनकी दुकान बहुत सफल रही. (हमने उसको उत्तरांचल परिसर में शामिल कर लिया था इसलिए उनको किराया नहीं देना पड़ा. यदि हम अवसर के लिए अपनी आँखें और कान खुले रखें, तो हमें अच्छे कार्य के लिए कई सुअवसर प्राप्त होते हैं) समुराई के धर्ममत से उद्धरण कहूँ, "मेरी कोई पूर्व परिकल्पना नहीं है : मैं हर अवसर को परिकल्पना बनाने में सक्षम हूँ."

बातचीत में उन्होंने जिक्र किया कि वह और उनकी पत्नी दोनों अभिप्रेरण के लिए प्रशिक्षक हैं. उस समय उमाकान्त पँवार मेरे पास थे इसलिए हमने जिला उद्योग केन्द्र के सभी मुख्य प्रबन्धकों के लिए एक दिन की अभिप्रेरण कार्यशाला आयोजित की. उनके विभाग के सचिव के रूप में मिलने का मेरे लिए भी यह प्रथम अवसर था. मेरी ओर से, उनमें से प्रत्येक को मोबाइल फोन लेने के लिए अधिकृत किया गया, बल्कि मैंने ज़ोर दिया कि उन सबके पास एक सप्ताह के भीतर फोन हो, उनके भेंटवार्ता कार्ड छपे हों और सभी जिला उद्योग केन्द्र में कम्प्यूटर हो. जब तक बजट का अनुमोदन होगा, उससे पहले ही सिडकुल ने कम्प्यूटर के लिए धनराशि प्रदान की, जो बाद में वापिस की जा सकती थी. इस मामले में, सभी जिला उद्योग केन्द्र सिडकुल के लिए क्षेत्रीय कार्यालय के रूप में काम कर रहे थे, किन्तु दोनों के मध्य सहज सम्बन्ध बढ़ा नहीं था या विकसित नहीं हुआ था. इस कार्य के लिए सुधीर नौटियाल को नोडल अधिकारी के रूप में मनोनीत किया गया.

मैंने उनको क्या कहा ? प्रथमतः, कभी बुरी सेनाएँ नहीं, सिर्फ बुरे सेनापति होते हैं. हमें उद्योग की स्थापना के लिए सक्रिय योगदान हेतु हाथ-से-हाथ मिलाना है. द्वितीयतः, कोई भी कर्मभूमि या कार्यक्षेत्र सर्वथा सही नहीं होता, उसी प्रकार सरकारी व्यवस्था में बाधाएँ होंगी, हमारी क्षमता समस्याओं का समाधान ढूँढने में है, न कि काम को टालने में. तृतीय, एक पखवाड़े में कम-से-कम एक पुस्तक पढ़ी जाए. यह उपन्यास हो, कोई गौरवग्रन्थ हो या चाहे रोमांचकारी सनसनीखेज़ पुस्तक ही हो. स्वाध्याय आपके दिमाग को नायक की तरह सोचने के लिए, कठिनाइयों पर विजय पाने के लिए और नए परिदृश्य और अन्तर्दृष्टि के लिए तैयार करता है.

उद्योग विभाग की प्रारम्भिक बैठकों में, मुझे उद्योग के ब्रिटेनिया समूह के विनोद तिवारी से की गई बातचीत जीवन्त रूप से याद है. ब्रिटेनिया समूह को हमारी क्षमता पर संशय होने लगा था. विशेषरूप से, पन्तनगर की प्रस्तावित भूसम्पत्ति में धरातल पर कार्य की कुछ प्रगति नहीं थी. मैंने उन्हें कुलपति के साथ हुई बैठक का ब्यौरा दिखाया, जो सूचना-पट्ट पर प्रदर्शनार्थ था और उन्हें तथा

अन्यों को आवश्यक आश्वासन दिया. यह महिन्द्रा ट्रैक्टर्स के बारे में भी सच था. यह स्पष्ट आश्वासन मिलने के बाद कि यदि वह वर्तमान उद्योग-भूमि में ठोस विस्तार करें, तो उन्हें आबकारी शुल्क और आयकर में लाभ मिल सकता है; उन्होंने अपनी भूमि पर वृहत् विस्तार का फैसला किया.

* * *

इस अवधि में अन्य सुविचारित निर्णय लिया गया कि काम करते हुए हमें मीडिया के साथ अच्छा सम्पर्क स्थापित करना चाहिए. उदाहरण के लिए, हमने नियमित रूप से प्रेस सम्मेलन आयोजित नहीं किए; अपने उद्योग पैकेज और नीति की ओर ध्यान आकर्षित करने के लिए, विशेष रूप से गुलाबी प्रेस (आर्थिक विषयों से सम्बन्धित) और राष्ट्रीय मीडिया में प्रचार के लिए कुछ खास प्रयास नहीं किया है. हमने यह सुनिश्चित करने का भी प्रयास किया कि कोई नकारात्मक आलोचना न हो और जब किसी अखबार ने हमारे लिए विपरीत रिपोर्ट छापी, तो हमने मुख्यमन्त्री और प्रमुख सचिव के लिए प्रलेख तैयार किया कि कैसे संवाददाता द्वारा गलत तथ्य छापे गए हैं. इससे हमारा निजी बचाव हुआ, किन्तु निवेशक में विश्वास जगाने में कुछ मदद नहीं मिली. उदाहरणार्थ, सहारा समय ने समाचार-श्रृंखला प्रकाशित की कि राज्य औद्योगिक भूसम्पत्तियों में भूखण्डों का आबंटन गलत हुआ है. मैंने जिला उद्योग केन्द्र के अधिकारियों से संवाददाता संजय टटेजा से बात करने के लिए और अपना दृष्टिकोण स्पष्ट करने के लिए कहा; वह एकदम अनिच्छुक थे. वास्तव में, राज्यमन्त्री किशोर उपाध्याय ने भी शिकायत-पत्र की प्रति की संस्तुति की. हमारे अधिकारी रुष्ट थे कि कोई हम पर निराधार आरोप लगा रहा है, हमें भी मीडिया को स्पष्ट करना होगा कि हमने यह निर्णय कैसे और क्यों किए. किसी भी मामले में, यह बेहतर है कि वे हमारे विरोध की अपेक्षा हमारे पक्ष में हों. इसी सन्दर्भ में, मैंने इक्नॉमिक टाइम्स के राहुल कुमार को आमन्त्रित किया और राज्य में औद्योगिक विकास की संभावना के सन्दर्भ में मुख्यमन्त्री के साथ साक्षात्कार-श्रृंखला करने को कहा. राहुल सितम्बर के अन्तिम सप्ताह में आया और उसने हम सबके साथ विस्तृत बातचीत की और हमने उन्हें राज्य और उद्योग नीति की पृष्ठभूमि के विषय में समस्त सूचनाएँ दीं. उत्तरांचल अपने धार्मिक एवं रोमांचक पर्यटन स्थलों के लिए प्रसिद्ध है और हमारे पर्वतीय स्थल मसूरी और नैनीताल साहसी एवं सुन्दर-सम्पन्न लोगों के लिए ग्रीष्म-निवास हैं, किन्तु कुछ ही लोगों को, विशेष रूप से भारत सरकार द्वारा घोषित उत्पादन शुल्क एवं आयकर के रियायती उद्योग पैकेज के बाद, राज्य के निवेश-लक्ष्य के रूप में सक्षम होने का अन्दाज है. अक्तूबर के प्रथम सप्ताह से इक्नॉमिक टाइम्स में हमारे नवीन उपक्रम और औद्योगिक हितों के बारे में समाचार प्रकाशित होने शुरू हुए और

इसका व्यापक रूप से सकारात्मक प्रभाव हुआ.

इस सन्धिकाल में, मैं मीडिया में अपने मित्रों, विशेष रूप से नमित काला (द' पायनियर), चन्द्रमोहन (द' हिन्दू), जसकिरण चोपड़ा व अंजनी नौटियाल (द' टाइम्स ऑफ इण्डिया), एस.एम.ए. काज़मी (द' इण्डियन एक्सप्रेस), स्वाति शर्मा (द' स्टेट्समैन), सतीश शर्मा (गढ़वाल पोस्ट), चेतन गुरुंग (अमर उजाला), शिशिर प्रशान्त (प्रेस ट्रस्ट ऑफ इण्डिया), आनन्द सुमन सिंह (शाह टाइम्स) और एस. राजू (हिन्दुस्तान टाइम्स, मेरठ) के प्रति आभार व्यक्त करना चाहूँगा.

* * *

25 सितम्बर को राज्य-स्तरीय बैंकर्स समिति की बैठक की गई. सचिव, उद्योग के रूप में यह मेरी पहली बैठक थी और मैंने इस अवसर पर उपस्थित बैंकर्स और मीडिया के लोगों के लिए उद्योग नीति की पर्याप्त प्रतियाँ साथ ले जाने की सावधानी बरती. मैं जानता था कि मुख्यमन्त्री नई उद्योग नीति की चर्चा करेंगे. वह सदैव अपने साथ इसकी प्रतियाँ रखते हैं और प्रासंगिक अध्यायों से उद्धरण देना कभी नहीं भूलते हैं. यद्यपि ऋण-जमा खाते के अनुपात में धीरे-धीरे सुधार हो रहा था, किन्तु यह गुजरात एवं महाराष्ट्र जैसे विकसित राज्यों में ऋण-जमा एवं जमा अनुपात के निकट नहीं है और हमारे मुख्यमन्त्री हमें शिखर पर देखना चाहते हैं. हमें लम्बी राह पर चलना है; जबकि ऋण-जमा अनुपात को गत अठारह महीनों में 19% से 24% तक ले जाना सुखद आश्चर्य है, तो भी प्रगति की गति और अधिक तीव्र होनी चाहिए.

- - -

अनुक्रम

गरजते चलो : टाइगर का फरमान

29 सितम्बर, 2003

उद्योग विभाग के साथ प्रथम पुनरीक्षण बैठक में, मुख्य सचिव ने 'टीम उत्तरांचल'[1] जैसे हमारे अभिक्रमों के लिए प्रसन्नता व्यक्त की. वह हरिद्वार और पन्तनगर में भूसम्पत्तियों के अधिग्रहण के लिए कार्यवाही में तेजी चाहते थे. हरिद्वार की भूमि में उनकी विशेष रूचि है, विशेष रूप से चकराता कृषि भूमि[2] के अधिग्रहण की असफलता के बाद, जहाँ छावनी बोर्ड के द्वारा राज्य सरकार के लिए किए गए भूमि-अनुबन्ध की अवधि 1988 में समाप्त हो चुकी थी. दोनों ही पक्ष तब तक इस तथ्य से अनभिज्ञ थे, जब तक राज्य सरकार ने ब्लू डैहलिया हार्वेस्ट के साथ इस भूमि के अनुबन्ध पर हस्ताक्षर नहीं किए और उन्होंने इस खेत में पाश्चात्य सब्जियाँ और जैविक राजमा उगाने शुरू नहीं किए. भूमि-अनुबन्ध देने वाले और लेने वाले पक्ष में से किसी के पास पट्टे के मूल प्रपत्र नहीं थे और हस्ताक्षर के समय से कई आयुक्त बदल चुके हैं. इसका लेखा-जोखा शायद सहारनपुर या मेरठ में हो, क्योंकि सैनिक सम्पत्ति और क्षेत्रीय आयुक्त का नियन्त्रणकारी कार्यालय वहीं स्थित थे. मुख्य सचिव चाहते थे कि हम इस पट्टे से भी पहले की स्थिति में जाएँ, राज्य सरकार ने ही छावनी को शुरू में भूमि दी होगी. चूँकि अपने आप में छावनी बोर्ड के पास अपनी ज़मीन नहीं है.

मुख्य सचिव द्वारा सिंहावलोकन : भूमि विवाद का समाधान

नियमानुसार टाइगर का विश्वास था कि रिकॉर्ड की तह तक जाने पर हमें यह ज्ञात होगा कि छावनी को दी गई भूमि के लिए निर्धारित भूमि-हस्तान्तरण की शर्तों में पुनः अधिग्रहण की व्यवस्था अवश्य होगी.

हरिद्वार के पुरोभाग में भी ऐसी ही स्थिति पैदा हुई. भारत हैवी इलैक्ट्रिकल्स

1. उद्योग विभाग/सिडकुल के अधिकांश विभागीय प्रकाशनों में केवल उद्योग सम्बन्धी विभागीय सूचना एवं सम्पर्क ही छपा होगा. 'टीम उत्तरांचल' का प्रयास था कि उद्योग नीति के पृष्ठभूमि पटल पर उन सभी अधिकारियों के सम्बन्ध में सूचना एवं विवरण हो, जिनको उद्योगपति सम्पर्क कर सकते हैं. स्पष्टतः, 'टीम उत्तरांचल' की अपने हिस्से की कठिनाइयाँ थीं. कई अधिकारियों ने महसूस किया कि उनको भी शामिल किया जाए. प्रत्येक नये संस्करण के साथ सूची विस्तृत हो रही है.
2. मेरे पहले विभाग, वन एवं ग्राम्य विकास में वह आयुक्त थे.

लिमिटेड को साठ के दशक के पूर्वार्द्ध में सरकार द्वारा भूमि दी गई थी. जरूरत से ज्यादा भूमि माँगी गई थी और अब चालीस वर्ष बाद, जब राज्य सरकार अपने उपयोग के लिए अर्थात् उद्योग नगरी स्थापित करने के लिए भूमि चाहती है, भारत हैवी इलैक्ट्रिकल्स लिमिटेड के अधिकारी भूमि हस्तान्तरण के लिए सर्वाधिक अनिच्छुक हैं. मुख्यमन्त्री के द्वारा भारत सरकार के साथ हस्तक्षेप करने से हैवी इंडस्ट्री विभाग द्वारा भारत हैवी इलैक्ट्रिकल्स लिमिटेड को 1500 एकड़ भूमि राज्य सरकार को वापिस देने की सलाह दी गई, किन्तु भारत हैवी इलैक्ट्रिकल्स लिमिटेड ने शर्तें लगाईं; जैसे कि उनकी जमीन को कब्जे से मुक्त कराना, विस्थापितों का पुनर्वास, उनकी अपनी गृह-निर्माण कॉलोनी के लिए कुछ जमीन छोड़ना और बाकी भूमि का 99 वर्ष का पट्टा करना. कोई भी, जो भू-प्रशासन की कार्यशैली और गति को समझता है, उसे मालूम है कि इस प्रकार शर्तें लगाना 'नहीं' कहने के समान है. पराग 28 सितम्बर को प्रशासकीय निदेशक से मिले और उन्हें जल्दी और द्रुत कार्यवाही के बारे में विश्वास में लेने की कोशिश की. हमें अपेक्षित उत्तर नहीं मिला. मुख्य सचिव बहुत उद्विग्न थे. उन्हें महसूस हो रहा था कि सिडकुल, जो अब भूमि चाहता है, के पास उपर्युक्त बैठक से पूर्व भूमि रिकार्ड की पूरी तस्वीर होनी चाहिए और वह ठोस रणनीति होनी चाहिए, जिसके अनुसार भूमि स्थानान्तरण हो. पराग ने कहा कि यद्यपि वह सभी सम्बद्ध व्यक्तियों के सम्पर्क में है, किन्तु प्रशासकीय निदेशक उसकी पहुँच से परे हैं.

यह मुख्य सचिव के लिए पर्याप्त से अधिक था. उन्होंने दिल्ली मार्ग पर यात्रा के दौरान प्रशासकीय निदेशक को फोन किया और पट्टे की मूल प्रति तुरन्त फैक्स करने के लिए कहा, जो सच में, पन्द्रह मिनट के भीतर प्राप्त हुई. वह गज़ट अधिसूचना की प्रति थी, जिसके द्वारा उत्तर प्रदेश सरकार ने मत्स्य विभाग की भूमि को भारत हैवी इलैक्ट्रिकल्स लिमिटेड को हस्तान्तरित किया था. यह अधिसूचना एक अच्छा प्रारम्भिक बिन्दु था. इससे एस.के. माहेश्वरी, हरिद्वार के जिलाधिकारी कार्यवाही के लिए प्रेरित हुए और उन्हें मूल भूमि-अनुबन्ध के समझौते को प्राप्त करने के लिए कहा गया. मुख्य सचिव का मत था कि मूल भूमि-अनुबन्ध का प्रपत्र मिल जाने पर, भारत हैवी इलैक्ट्रिकल्स लिमिटेड कमज़ोर पक्ष होगा और भूमि लेना काफी सरल होगा. पूरी संभावना है कि मूल पट्टे में सरकार ने शर्तें रखी होंगी, जिनका भारत हैवी इलैक्ट्रिकल्स लिमिटेड ने निश्चित रूप से पूर्णरूपेण अनुपालन नहीं किया होगा. इससे सरकार को बिना किसी बतंगड़ के भूमि वापिस लेने का अधिकार होगा.

मैं डॉ. टोलिया के साथ गत अठारह माह से काम कर रहा हूँ और चीज़ों को जोड़ने की उनकी क्षमता और विधि की पूर्ण जानकारी से परिचित हूँ. उनके राजस्व नियमों के भी इस गहन ज्ञान और अन्तर्दृष्टि से हम सब को एहसास हुआ

कि हम 'टाइगर' के सान्निध्य में हैं और यह नाम उनके प्रभावशाली व्यक्तित्त्व के सर्वथा अनुकूल है.

मेरी समस्या है कि न सिडकुल और न ही उद्योग विभाग में ऐसे कर्मचारी या तकनीकी विशेषज्ञ हैं, जो मूल भूमि-अनुबन्ध के प्रपत्र को ढूँढ सकें और यदि अगले दो या तीन दिन में जिलाधिकारी उसे न खोज सके तो काम में देरी होगी. हम नई दिल्ली में आयोजित पंजाब, हरियाणा, दिल्ली के वाणिज्य एवं उद्योग चैम्बर की बैठक में वचन दे चुके हैं कि भूमि आबंटन दिवाली अर्थात् 25 अक्तूबर, 2003 से पूर्व होगा. इसलिए, मेरा विश्वास था कि पट्टे के प्रपत्र को ढूँढ़ने के साथ-साथ हमें न्यायोचित व्यवस्था के लिए काम करना चाहिए, जिसमें मुख्य सचिव द्वारा भारत हैवी इलैक्ट्रिकल्स लिमिटेड बोर्ड के अध्यक्ष को खत भेजना और जिला-स्तर पर व्यावहारिक व्यवस्था शामिल है.

किसी भी तरह से, टाइगर का संदेश स्पष्ट था : 'गरजते हुए चलो. खोने के लिए समय नहीं है, और हर दिन बीतने के साथ हमारा कार्यकाल कम हो रहा है.' उनको आश्वासन दिया गया कि अगले सोमवार तक तीनों भूसम्पत्तियों पर कोई व्यक्ति उपस्थित होगा और उद्योग नगरी के लिए दिशा-निर्देश हेतु सूचना पट्ट लग जाएँगे.

टाइगर संदेश : गरजते चलो

अन्य विषय, जिस पर मुख्य सचिव ने विवेचना की, वह जिला उद्योग केन्द्रों के स्वरूप एवं कार्यों से सम्बद्ध था. 9 नवम्बर तक विभागीय प्रोन्नति समितियों का गठन पूरा होना है और लघु उद्योगों के पंजीकरण की प्रक्रिया का सरलीकरण होना है. अब जिला उद्योग केन्द्र मूलतः पंजीकरण एवं आँकड़े एकत्रित करने का काम करेंगे. जहाँ तक संभव हो सके इनका काम प्रोत्साहन देने का होगा, न कि नियन्त्रण का. इसका अर्थ है कि उनकी भूमिका व्यवधान की अपेक्षा राह बनाने की होगी. क्षमता-विस्तार के लिए प्रमाण-पत्र देने के सम्बन्ध में सहमति है कि उत्तरांचल में उन चार्टर्ड एकाउंटेंट/इंजिनियर द्वारा प्रमाण-पत्र जारी करने की व्यवस्था शुरू हो, जिन्हें इसके लिए विशेष प्रशिक्षण एवं/या इसके लिए निश्चित प्रपत्र दिया जाएगा. उद्योग विभाग निश्चित रूप से बेतरतीब जाँच कर सकता है. उन्हें अवगत कराया गया कि एक अक्तूबर तक जिला उद्योग प्रोत्साहन समितियों में कम्प्यूटर लग जाएँगे और महाप्रबन्धकों को मोबाइल फोन दिए जाएँगे. इस योजना का व्यय सिडकुल वहन करेगा. सभी महाप्रबन्धकों के लिए हिमालयन टॉर्च बियरर्स में अभिप्रेरण प्रशिक्षण का भी जिक्र किया गया, किन्तु मुख्य सचिव ने जोर देकर कहा कि यह सब ठीक है, किन्तु प्रोन्नति ही असल प्रोत्साहन है.

बैठक सम्पन्न होने से पूर्व मुख्य सचिव ने पुनः वन, कृषि, खाद्य संरक्षण, यातायात, स्वास्थ्य, शिक्षा एवं पर्यटन को समेकित करने की जरूरत पर बल

दिया. उत्तरांचल उद्योग के मिशन में सब क्षेत्रों को शामिल करना ही होगा. इस कार्य को उन नौ पर्वतीय जिलों में आगे बढ़ाना है, जिन क्षेत्रों में पलायन, जीवन निर्वाह के लिए कृषि और रोजगार की कमी के सवालों का जवाब उद्योग दे सकता है. इन जिलों में क्या हम इनमें से प्रत्येक क्षेत्र में प्रोत्साहन देने के लिए अपेक्षित पहचान करने में सक्षम हुए हैं? हमारी योजनाएँ क्या थीं? क्या प्रधानमन्त्री रोजगार योजना सहायक हो सकती है? मैं बैठक से नवीन स्फूर्ति लेकर बाहर आया.

अब यह कर दिखाना है!

मैं समझता हूँ कि कुछ लोगों को वर्तमान मुख्य सचिव की कार्य शैली के साथ संतुलन बिठाने में कठिनाई हो रही है. मेरा सौभाग्य है कि मेरे लिए यही कार्यशैली सर्वाधिक सुपरिचित है, इसलिए मुझे प्रारम्भिक कठिनाइयों का सामना नहीं करना है. यदि कुछ है, जिसकी मुझे आदत नहीं है, वह है : फाइल या प्रारूप को अनुमोदन के लिए प्रस्तुत करने में देरी. वन एवं ग्राम्य विकास की व्यवस्था में अधिकारी प्रायः अपने खत खुद भेज देते और बाद में, टाइगर को अपनी कार्यवाही से अवगत कराते.

यहाँ एक अन्य समस्या है : कई लोग एक ही फाइल का पीछा करते हैं. उदाहरण के लिए, अर्बन हाट को लीजिए. इसे सिडकुल कर रहा है और इसी प्रकार, उद्योग में संयुक्त सचिव, चन्दोला भी कर रहे हैं.

मैं उद्योग के निदेशक एवं सचिव दोनों ही रूप में एक साथ कार्य करने के विचार से सहज नहीं हूँ. हमें उद्योग के लिए कोई निदेशक प्रतिनियुक्ति में क्यों नहीं मिल सकता है? या किसी अपर सचिव को कार्य भार क्यों नहीं दिया जा सकता है? इस विषय में बाद में; क्योंकि जब घर जल रहा हो तो कोई मार्ग और गलियारे की कैसे सोच सकता है ....

30 सितम्बर, 2003

राज्य स्तरीय बैंकर्स समिति की 25 सितम्बर, 2003 की बैठक में यह घोषित किया गया कि भारतीय रिज़र्व बैंक ने उत्तरांचल को रुड़की में सर्वेक्षण उपकरण समूह की स्थापना के लिए आगे बढ़ने के लिए औपचारिक सहमति दे दी है. सामने समस्या यह है कि इस समूह को विकसित कैसे किया जाए ? क्या इसे विश्व स्तरीय केन्द्र के रूप में विकसित करने की कोई संभावना है?

पहले, हम उन सभी प्रतिस्पर्धात्मक अनुकूलताओं को देखें जो रुड़की में उपलब्ध हैं. इसमें सर्वप्रथम है रुड़की में इण्डियन इंस्टीट्यूट ऑफ टेक्नॉलोजी का होना. 1847 में थॉम्प्सन इंजीनियरिंग कॉलेज के रूप में स्थापित यह हमारे देश में सर्वोत्तम नागर इंजीनियरिंग संस्थान है, जहाँ से इंजीनियर और सर्वेक्षकों की एक पूरी पीढ़ी प्रशिक्षित हुई है. यहाँ के स्नातक अब देश-विदेश के सभी क्षेत्रों में उच्च-पदस्थ देखे जा सकते हैं.

रुड़की में सर्वेक्षण उपकरण-समूह

रुड़की का वैज्ञानिक और सर्वेक्षण उपकरणों के लिए केन्द्र के रूप में विकसित होने का एक और कारण है : गंग नहर और प्रोजेक्ट में भारी निवेश, जिससे थॉम्प्सन कॉलेज की जरूरत इन उपकरणों के लिए और बढ़ी और इससे यह नगर के निवासियों के लिए सुधार और अनुकूलन का दौर रहा.

मुझे समिति के अध्यक्ष और रुड़की के प्रमुख उद्योगपति साजिद अंसारी से उत्तम प्रस्तुति मिली. इसमें रुड़की की समस्याओं की सूची और साथ ही समाधान हैं. हालाँकि सरकार, इण्डियन इंस्टीट्यूट ऑफ टैक्नॉलॉजी और उद्योग में अपेक्षित समन्वय नहीं है. साथ ही, सरकार से आशाएँ भी अस्वाभाविक हैं, सरकार केवल सुसाध्य बनकर उद्योग को आगे बढ़ा सकती है. व्यापारिक उद्यम तो उद्योग को ही आगे बढ़ाना होगा.

पहला काम है कि उनमें आत्मविश्वास और अपनी सक्षमता में गर्व-भाव जगाना होगा या सिर्फ उसको संपुष्ट करना होगा; ताकि वे रुड़की को भूमण्डलीय केन्द्र के रूप में रूपान्तरित कर सकें. मैंने उनको संयुक्त राष्ट्र विकास कार्यक्रम की सहायता से विकसित लुधियाना के हौज़री उद्योग समूह और रुद्रपुर में चावल मिल समूह को देखने की सलाह दी है.

आज भी, उद्योग जगत में परस्पर प्रतिस्पर्द्धा का प्रारम्भिक दृष्टिकोण व्याप्त है. आधुनिक समय की पुकार है कि सम्मिलित प्रयास से एकल फर्म या कम्पनी को वृहत् रूप से तत्सम्बन्धी उद्योग के रूप में विकसित किया जाए. इण्डियन इंस्टीट्यूट ऑफ टैक्नॉलॉजी, रुड़की में विज्ञान और प्रौद्योगिकी पार्क ने पहले कदम पर संस्थान के प्रोफेसर्स से उद्योग के वास्तविक और व्यावहारिक समस्याओं के सन्दर्भ में सहयोग लेना शुरू कर दिया है, जैसा कि प्रोफेसर स्वयं बता रहे हैं कि इसके लिए अन्तर-विषयक टीम की ज़रूरत है. देहरादून में सुरक्षा, शोध एवं विकास संस्थान में स्थित प्रकाशीय प्रयोगशाला सर्वेक्षण उपकरणों में प्रकाशिक यन्त्रों में उस आवश्यक सुधार को लाने में मदद कर सकती है, जिसकी अभी उनमें कमी है.

प्रतिनिधिमण्डल को लुधियाना भेजने एवं रुड़की समूह पर प्रतिवेदन तैयार करने के लिए यूपिका को निदेश दिया गया है. मैंने इस सम्बन्ध में भारतीय बाजार

विकास केन्द्र से भी सहायता लेने का आग्रह किया है. मैंने उनको सुझाव दिया कि वह सहकारी संस्था का गठन करें अथवा कम्पनी अधिनियम के अनुच्छेद 25 के तहत ऐसी सामूहिक संस्था का पंजीकरण करें, जिसका मूल उद्देश्य लाभार्जन न हो. मैंने उन्हें अभिप्रेरित करने के लिए अंसारी से व्यक्तिगत रूप से अनुरोध किया है.

दोपहर भोजन के समय, मैंने रुड़की के अन्य उद्यमियों से मुलाकात की, उनमें से अधिकांश अपने व्यावसायिक व्यवहार में स्पष्ट एवं एकाग्रचित्त हैं. कई चीन जा चुके हैं और भूमण्डलीय परिदृश्य में उत्पादन के रुख से वाकिफ़ हैं. चर्चा विभिन्न विषय-मूलक रही, जिसमें विश्व के प्रमुख उत्पादक मैसर्स लाइका के साथ संभावित सहयोग भी सम्मिलित था. मैंने 7 अक्तूबर को देहरादून स्थित अपने दफ्तर में 9.30 बजे प्रातः मिलने के लिए उन्हें आमन्त्रित किया. अन्य विषयों के साथ मुझे इस बात पर जोर देने की आशा थी कि एक हस्तचालित सर्वेक्षण उपकरण विकसित किया जाए, जो गाँव में भूमि की परिरेखा को अंकित कर सके और साथ ही भूस्वामी का और कृषि-भूमि पर खेतिहर किसान का भी चिह्नीकरण कर सके.

यदि रुड़की राजस्व कर्मचारियों के लिए कोई ऐसा उपकरण बना सके और हम भूमि का लेखा-जोखा रखने में पारदर्शिता ला सकें; तो यह अपने आप में एक महत्त्वपूर्ण उपलब्धि होगी और उपकरण बनाने वालों के लिए अपने व्यवसाय को बढ़ाने का अच्छा अवसर होगा. देश में ग्यारह करोड़ इकाइयाँ हैं, जो राजस्व विभाग के साथ पंजीकृत हैं और अन्य दो करोड़ राजस्व आलेखों से बाहर होंगे. बैंक सभी किसानों को कृषि ऋण-पत्र जारी करने की प्रक्रिया कर रहे हैं. भूमि का लेखा-जोखा व्यक्तियों या राज्य के राजस्व बोर्ड या अधिकारी के पास है. यदि हम तकनीकी हस्तक्षेप से भूस्वामी को अपने स्वामित्त्व का स्पष्ट रिकॉर्ड दे सकें और अभिलेखन का कार्य निजी क्षेत्र को दे सकें, तो हम टोडरमल के द्वारा अकबर के लिए किए गए भूमि व्यवस्थापन में पहला सुधार कर सकते हैं. रुड़की के पास देश की महान सेवा करने का अवसर है. मैं इस चर्चा को तुरन्त अमरेन्द्र के साथ आगे बढ़ाना चाहता हूँ और चेन्नई में ई. प्रशासन की राष्ट्रीय संगोष्ठी में भागीदारी के लिए रुड़की की टीम को तैयार करना चाहता हूँ. हम ग्रामीण विकास, कृषि और विज्ञान व प्रौद्योगिकी विभाग के सचिव तथा भू-रिकॉर्ड के सचिव व निदेशकों के साथ बैठक करना चाहते हैं. इण्डियन इंस्टीट्यूट ऑफ टैक्नॉलॉजी, रुड़की / लाल बहादुर शास्त्री प्रशासनिक अकादमी के लोग इसमें अकादमिक सहयोगी हो सकते हैं. वे इसे आगे बढ़ाने की

टोडरमल से आगे : राजस्व का नवीन दृष्टिकोण

भूमिका निभा सकते हैं. मैं इस कार्ययोजना को क्रियान्वित करना चाहता हूँ. इस प्रयास में संयोजन के लिए किसे खोजूँ?

सिडकुल किस तरह का संगठन होगा? मुझे पराग गुप्ता द्वारा सुझाए गए ढाँचागत संगठन के बारे में आशंका है, जिसमें विशेषीकृत पदसोपान में प्रतिनियुक्त लोग होंगे, जो आश्वस्त प्रोन्नति व जीवन-पर्यन्त जीवन-वृत्ति के लिए आशावान् होंगे. मेरा विचार है कि हमारे पास सीमित अवधि के लिए व्यावसायिक व्यवस्था हो, जिसमें वित्तीय संघों/सरकारों/निजी क्षेत्र और स्वतन्त्र परामर्शदात्री इकाइयों के साथ विशिष्ट अनुबन्ध हो. शायद हम आवेदन-पत्र छाँटने की पूर्ण आधिकारिक इकाई को ही बाहर दे दें. शायद हमें तीनों भूसम्पत्तियों के लिए तीन अवकाश-प्राप्त कर्नल की सेवाएँ खरीदनी चाहिए और एक कार्यालय प्रबन्धक तो कार्यालय का स्वरूप बदलने के लिए होना ही चाहिए. मैं सिडकुल के प्रतिस्पर्धी को विकसित करना चाहता हूँ, ताकि यह निठल्ला न हो और उत्तरांचल में औद्योगिक भूखण्डों के आबन्टन हेतु एकाधिकार सम्पन्न न हो.

***

505 प्रस्तावों के साथ : उत्तरांचल पथ-नेतृत्व के लिए तत्पर

04 अक्तूबर, 2003

कैम्प कंट्री इन : भीमताल

मैंने उद्योग नगरी के लिए पन्तनगर विश्वविद्यालय में निरीक्षण हेतु 3 अक्तूबर की प्रातः बेला का समय निर्धारित किया. दिन की शुरुआत अच्छी हुई, इक्नॉमिक टाइम्स ने समाचार-कथा का शीर्षक दिया : "505 प्रस्ताव के साथ उत्तरांचल पथ-नेतृत्व के लिए तत्पर". इससे भी अधिक महत्त्वपूर्ण है कि यह खबर पराग गुप्ता की ओर से थी. यह इस बात का लिखित प्रमाण है कि विभाग का काम कितना प्रशंसित हुआ है. उसके लिए, कई चीज़ें एक ही रात में बदल गईं. उसका अपना उच्चाधिकारी और सिडकुल का अध्यक्ष बदल गया और इससे कार्य का स्वर, दिशा और गति बदल गई. डॉ. टोलिया का निर्णय लेने का तरीका सर्वथा भिन्न है एवं निर्णय लेने की गति इतनी तीव्र है कि आप उनके द्वारा सुझाए गए समाधानों के समक्ष संभावित समस्याओं की व्याख्या न कर सकें, तो आप समाधानों की श्रृंखला के भँवर में फँस जाएँगे.

पन्तनगर विश्वविद्यालय को विश्वविद्यालयीय कृषि भूमि की 3000 एकड़ का भूखण्ड स्थानान्तरित करना है, जो आर्थिक रूप से उपयोगी नहीं है. यह ऐसा मामला है जो मेरे लिए अपने पूर्व विभाग में भी चिन्ता का विषय रहा, क्योंकि यदि

पंतनगर में भूमि-विवाद

कृषि विश्वविद्यालय अपने खेतों को लाभपूर्वक नहीं व्यवस्थित कर सकता है, तो बाहर क्या संदेश जाएगा ? भारत में अधिकांश कृषि विश्वविद्यालय अमरीका की भूमि-अनुदान विश्वविद्यालय की नीति के अनुसार चल रहे हैं. पन्तनगर विश्वविद्यालय को इलिनॉय विश्वविद्यालय का सहयोग प्राप्त है. किन्तु इलिनॉय, कॉर्नेल या टैक्साज़ कृषि और खनन विश्वविद्यालय के समान नहीं है, जो शोध में भूमण्डलीय श्रेष्ठता के केन्द्र हैं और जिन्होंने उद्योग की सक्रिय साझेदारी से अपने कार्यक्रम के लिए स्वयं धनागम की व्यवस्था की हो. यहाँ स्थितियाँ भिन्न हैं. इसका कारण है : अव्यावहारिक वेतन-क्रम एवं राज्य के द्वारा निर्धारित शोध-कार्यक्रम का केन्द्रवादी क्रियान्वयन. तथ्य यह है कि पन्तनगर जैसा विश्वविद्यालय भी, जो भारत में

सर्वोत्तम है, सहारे के लिए राज्य पर बहुत अधिक निर्भर है.

घेरज़ी ईस्टर्न के कर्नल सेठी और दीपांकर दत्ता, जिला उद्योग केन्द्र के सहायक प्रबन्धक, नवीन पन्त और जी.पी. दुर्गापाल, कृषि व्यापार कॉलेज के डीन, वी.पी. अरोड़ा और कुमाऊँ, गढ़वाल वाणिज्य एवं उद्योग चैम्बर के पूर्व-अध्यक्ष शिवकुमार मेरे साथ हैं. कृषि भूमि का कार्याधिकारी गायब है. यह आश्चर्य की बात नहीं है. उन्हें लगता है कि उन्हें कृषि भूमि से वंचित किया जा रहा है. हमने चिह्नित स्थान का निरीक्षण शुरू किया. इससे पूर्व, मेरे विचार से, मैंने कर्नल सेठी (पन्तनगर के लिए घेरज़ी द्वारा नियुक्त) के दिमाग से तुरन्त कार्यवाही और सटीक निर्णय लेने की जरूरत के सम्बन्ध में सारे संशय मिटा दिए हैं. उनके दिमाग में कुछ संदेह इस विषय में था कि चीज़ें कैसे संगठित हों. मैंने उनसे कहा कि यह परामर्शदाता की चिन्ता का विषय नहीं है और उन्हें काम यह मानकर करना चाहिए कि भूमि उपलब्ध है.

मुझे यहाँ यह स्वीकार करना है कि मैं उस विश्वास के आधार पर ही खुले रूप से ऐसा कह सकता हूँ, जो मुख्य मन्त्री एवं मुख्य सचिव ने मेरे ऊपर व्यक्त किया है. सर्वाधिक अप्रत्याशित कोनों से विरोध आ रहा है और इसे दीर्घ दृष्टि एवं योजनाबद्ध तरीके से ही साधा जा सकता है. अब यह स्पष्ट है कि सोमवार को उच्च न्यायालय में कैवियट देनी होगी ताकि किसी प्रकार की जनहित याचिका से बच सकें, जो कब्जा करने वालों या उन निहित स्वार्थों द्वारा हो सकती थी, जो भूमि के तुरन्त निपटारे के इच्छुक नहीं हैं और यह भी नहीं चाहते हैं कि इस 4500 एकड़ भूमि का विकसित औद्योगिक क्षेत्र के रूप में रूपान्तरण हो, क्योंकि इससे औद्योगिक भूसम्पत्ति का मूल्य गिर जाएगा. साथ ही, उनका वह संरक्षण हमेशा के लिए खत्म हो जाएगा जिसका आनन्द वे भूमि-आबंटन के लिए इस समय ले रहे हैं.

इस कानूनी कार्यवाही हेतु सिडकुल को सुधांशु धूलिया (जे.एन.यू. में मेरे प्रतिभाशाली सहपाठी) से तुरन्त सम्पर्क करने के लिए कहा गया है. मैंने पराग से एक प्रारूप नरेश नारद, सचिव, हैवी इंडस्ट्रीज, भारत सरकार के समक्ष प्रस्तुत करने को कहा है, ताकि भारत हैवी इलैक्ट्रिकल्स लिमिटेड बोर्ड पर दबाव डाल सकें कि बताई गई शर्तें मनमानी हैं और संकेत देती हैं कि वे काम को किसी प्रकार टालना चाह रहे हैं.

डॉ. पी.एल. गौतम, कुलपति और उनके नियन्त्रक मुझे बासमती के बीजों की विभिन्नता दिखाते हुए परिसर के चारों ओर ले गए. जब मैं कृषि व्यापार कॉलेज के कृषि-व्यापार छात्रों को सम्बोधित कर रहा था, कुलपति उपस्थित थे. उन्होंने मुझे अपने आलीशान बँगले में चाय के लिए निमन्त्रित किया और तब उनके द्वारा बम की तरह झटका दिया गया कि विश्वविद्यालय की इच्छा है कि भूमि के लिए

सिडकुल 60 करोड़ रु. दे और साथ ही उन कब्जाधारी लोगों के पुनर्वास के लिए 6 करोड़ दे, जिनको वहाँ होना ही नहीं चाहिए और 13 करोड़ रु., जो कि विश्वविद्यालय को राज्य सरकार को भूमि बेचने की स्थिति में देने हैं, छोड़ दिए जाएँ; तो कुल हुआ 79 करोड़ रु..

यह शास्त्रोक्त उदाहरण है कि शावक अपना चितकबरापन अपने माता-पिता को दिखाए. पहले सरकार ने विश्वविद्यालय को जमीन दी ताकि वह अपने धनागम के लिए खेती करे, जो कि वे लाभकारी रूप में नहीं कर सके. जब सरकार इसे वापिस चाहती है, तो मूल्य की बात की जाती है, जो कि उसके आसपास के क्षेत्र में व्याप्त मूल्य से कई गुणा अधिक है. मेरी रणनीति है कि तनातनी न हो और उनसे इस मामले को विश्वविद्यालय बोर्ड के समक्ष रखने के लिए निवेदन किया जाए, जिसमें सौभाग्य से सरकारी प्रतिनिधियों की और सुधीर चड्ढा जैसे कृषि उद्यमियों की काफी संख्या है, जिनसे प्रत्याशा है कि वे उद्योग नगरी के विकास के लिए बोलेंगे. मेरी अपनी अनुभूति है कि कुलपति, डा. गौतम भूमि हस्तान्तरण के लिए मान गए हैं. विश्वविद्यालय के दादा लोग, स्थानीय राजनीतिज्ञ और कृषि विभाग, जिन्हें यह हानि प्रतीत हो रही है, उन पर दबाव बना रहे हैं कि वह ऐसा न करें.

हम इसका मुकाबला कैसे करें? मैंने पराग से मंत्रीमंडल के भूमि-हस्तान्तरण से सम्बन्धित फैसले के उद्धरण निकालने के लिए कहा है और सचिवों (वित्त, कृषि एवं शिक्षा) के अर्द्ध-शासकीय पत्र का प्रारूप बनाने को कहा है, जिससे सरकार का दृष्टिकोण सामने रखा जा सके. मैंने नियन्त्रक को भी वित्त के अन्य रास्तों की जाँच करने को कहा है, जिसमें 3 करोड़ का सालाना खर्च भी शामिल है, जिसे सिडकुल सामयिक किस्तवार भुगतान से चुकता करे और दूसरे वर्ष से मूलधन का विकास करे. इसमें से धन का कुछ हिस्सा सिडकुल के पूँजीनिवेश का हिस्सा समझा जाए, जिससे विश्वविद्यालय को सिडकुल में अपने निदेशक मनोनीत करने का अधिकार होगा. यह हमें इस प्रश्न पर ले आता है कि क्या सिडकुल अपने अंशदान दे सकता है और भविष्य में क्या वह इसी प्रकार के आदेश से अच्छे प्रबन्धन वाली कम्पनी बन सकेगा?

हरिद्वार, काशीपुर, इण्डिया ग्लाइकोल लि. आदि

इसी प्रकार हरिद्वार में मिशन का लक्ष्यात्मक स्वरूप बनाना होगा. जिलाधिकारी और अधिशासी को चिह्नित जगह से प्रतिदिन प्रगति रिपोर्ट लेने के लिए कहना होगा और भूमि-हस्तान्तरण के लिए प्रभावी कदम उठाने होंगे. हमें एक अधिकारी को प्रतिनियुक्त करना होगा जिसका यह एकमात्र कार्य हो. इसके लिए सिडकुल में कर्मचारी नियुक्ति और प्रोन्नति का सवाल सामने आता है. जैसा कि मुख्य सचिव ने पुनरीक्षण बैठक में जिक्र किया था,

हमें विभागीय प्रोन्नति समितियों का तुरन्त गठन करना होगा, क्योंकि प्रोन्नति जैसा अन्य कोई अभिप्रेरक नहीं है और हमें सिडकुल के लिए उद्योग विभाग के लोगों को प्रतिनियुक्ति पर लेने की बात पर गम्भीर चिन्तन करना होगा. दस वर्ष से प्रोन्नति न होने के कारण कुण्ठा के बावजूद सहप्रबन्धक काफी ठीक लग रहे हैं.

काशीपुर में, मैं सभी उद्यमियों और चैम्बर्स को अपनी औद्योगिक इकाई स्थापित करने का न्यौता दे रहा हूँ. मैंने अपने इस विचार को इण्डिया ग्लाइकोल्स लिमिटेड को भी बताया है, क्योंकि उन्हें स्वयं को आगे बढ़ाने वाले उद्योगों का ठोस स्वरूप विकसित करना होगा, जो उनसे कच्चा माल लेकर खपत करे. ये इकाईयाँ सौन्दर्य-प्रसाधन, साबुन या बैटरी के लिए स्वच्छ जल जैसी श्रेणी में हो सकती हैं.

मुझे श्याम भरतिया के साथ भी आगे काम करना है. आई.जी.एल. और राज्य सरकार औषधीय इकाई और ग्वारगम प्रोजेक्ट पर काम कर रहे हैं. उन्होंने जड़ी-बूटी शोध विकास संस्थान में एम.एल. भरतिया चेयर को प्रवर्तित किया है, जिसमें इस समय प्रो. ए.एन. पुरोहित आसीन हैं और अवकाश-प्राप्ति के बाद अपने चयनित क्षेत्र में अग्रणी कार्य कर रहे हैं. यह भी पुनः तत्कालीन वन एवं ग्राम्य विकास आयुक्त डा. आर.एस. टोलिया द्वारा की गई पहल है.

यह समय है कि हम उद्योग को शोध एवं अकादमिक संस्थाओं के लिए सहायक होने के लिए कहें, न कि केवल विज्ञापन या स्मारिका प्रकाशन के लिए उनकी ओर से आशा करें. मैंने राय फाउंडेशन की साधना राय से भी सम्पर्क किया, जो भीमताल में कंट्री इन रिज़ॉर्ट की मालिक हैं और राय विश्वविद्यालय की प्रेरणास्रोत हैं.

09 अक्तूबर, 2003

5 से 7 अक्टूबर तक बारहवें वित्त आयोग का उत्तरांचल प्रवास विशेष रूप से प्रदेश को पूँजी निवेश के लक्ष्य के रूप में सर्वोपरि/सर्वप्रथम (numero uno) स्थान के रूप में प्रस्तुत करने के दृष्टिकोण से बहुत अच्छा रहा, क्योंकि व्यापार में निर्णय लेने के लिए गुलाबी अखबारों में प्रकाशित विज्ञापन शृंखला की अपेक्षा 'आपस में कही गई बात' की बेहतर प्रासंगिकता है. वित्त आयोग के सामने अपनी बात को प्रभावपूर्ण ढंग से कहने के लिए रणनीति कई बैठकों की शृंखला में निर्धारित की गई, जिसकी अध्यक्षता मुख्य मन्त्री ने स्वयं की. उत्तरांचल राज्य 'विशेष श्रेणी

के राज्य' के रूप में प्रस्तुति कर रहा है. इस बात पर भी जोर दिया जा रहा है कि पूर्व वित्त आयोग के समय में धन का कोई हस्तान्तरण नहीं हुआ, क्योंकि राज्य उस समय अस्तित्त्व में नहीं था. मुख्य सचिव ने प्रस्तुतियों के पूर्वावलोकन के लिए सभी विभागों की बैठक बुलाई. इसके लिए बहुत पृष्ठभूमि-कार्य की आवश्यकता थी. वित्त एवं योजना विभाग ने इसके लिए कड़ी मेहनत की. मुझे दोनों पक्षों : कृषि, व्यापार एवं उद्योग की ओर से प्रस्तुति देने के लिए कहा गया.

बारहवें वित्त आयोग में प्रस्तुति

यद्यपि मेरे लिए अपनी पक्ष-प्रस्तुति तैयार करना सर्वथा आसान था, तो भी वचनबद्ध तैयारी के लिए समय देना चिन्तन का विषय है, क्योंकि यह अन्य कई मामलों में अनुगामी कार्यवाही के समय के आड़े आ रहा था. उनमें से बताने के लिए कुछ मामले हैं : उद्योग समूह विकास, समेकित औद्योगिक केन्द्र, भारत हैवी इलैक्ट्रिकल्स लि. में भूमि विकास. इन दिनों, मैं उद्योग नगरियों के सपने देख रहा हूँ और जब मैं मानसिक रूप से इनके लिए किसी कार्ययोजना या विज्ञापन-प्रारूप की तैयारी में व्यस्त न रहूँ, तो मैं भावी तीन भूसम्पत्तियों के बारे में सोचता हूँ, जो मुझे विकसित करनी हैं. मैं इनका संयुक्त रूप से विकास चाहता हूँ.

बारहवें वित्त आयोग की पुनः चर्चा करूँ. पंजाब, हरियाणा एवं दिल्ली के वाणिज्य एवं उद्योग चैम्बर की प्रस्तुतियों के मामले में यह आम सहमति है कि वित्त सचिव की प्रस्तुति के अतिरिक्त अन्य सब प्रस्तुतियाँ एक ही फ्लॉपी में संग्रहित होंगी. इससे अत्युत्तम प्रभाव होता है, किन्तु इसके लिए कठिन श्रम आवश्यक है, इससे राज्य सरकार की व्यावसायिकता और प्रतिबद्धता परिलक्षित होती है. अधिकांश अवसरों की तरह, इस आयोजन के समायोजक के रूप में अमरेन्द्र स्वाभाविक पसन्द हैं. अपर सचिव, आलोक कुमार जो अब सिडकुल के प्रबन्ध निदेशक हैं, के द्वारा प्रदत्त जानकारियों के साथ उन्होंने कई क्षेत्रों के बारे में बताते हुए उत्तम प्रस्तुति दी. दस प्रस्तुतियों को एक साथ प्रस्तुत करते हुए, जिनमें से अधिकांशतः पुनरावृत्ति होती, नक्शों और तकलीफदेह तफसीलें होतीं, जिनमें आयोग के सदस्यों की आदिष्ट सत्ता के साथ प्रासंगिकता 'न' जैसी होती, कष्टदायक है और फिर भी यह अनादृत बेकार का काम है. हमेशा की तरह आखिरी मिनट परिवर्तन होते हैं, जिनको शामिल करना ही होगा. डॉ. टोलिया ने सुझाव दिया कि शोध एवं विकास के सन्दर्भ में हस्तक्षेपीय वक्तव्य की भी तैयारी की जानी चाहिए.

ऐसे ही, अष्टमी का दिन इस वित्त आयोग की तैयारी में बीत गया. मैं कन्या-पूजन के लिए देर साँझ तक घर नहीं पहुँच सका और बन्नू खफा थी. ऐसा होना सही था, क्योंकि यह बैठक 10.30 बजे से शुरू होकर लगभग एक घंटे में

समाप्त होनी थी और यह सायं चार बजे तक चली और मेरे घर पहुँचने तक समझाने-बुझाने की मेरी तकनीक चुक गई थी. इससे दुःख, आघात और न्यायसंगत रोष की तड़पाने वाली आवृत्ति शुरू हो जाती है...आप जानते हैं कि ऐसा क्यों हुआ है, यह भी जानते हैं कि इस बात से ऐसा ही होगा और फिर भी परिस्थिति पर आपका कोई नियन्त्रण नहीं है. हम कितनी भी कठिन कोशिश करें, घर और कार्यालय के बीच जलरोधी खण्ड नहीं हो सकते हैं.

दशहरा बारहवें वित्त आयोग के सदस्यों के स्वागत में और टिहरी, हरिद्वार और ऋषिकेश में अलग-अलग सदस्यों के समक्ष अपनी बात को अनौपचारिक रूप से बताने में बीत गया. मेरा सौभाग्य है कि मैं टी.आर. प्रसाद, पूर्व मन्त्रिमण्डलीय सचिव, के अनुरक्षक के रूप में साथ चल रहा था, जिनके साथ मुझे 2000-2001 में अकादमी में अधिष्ठापन कार्यक्रम के लिए पाठ्यक्रम संयोजक के रूप में परिचर्चा करने का विशेषाधिकार प्राप्त था. उनको भारतीय अर्थतन्त्र पर उदारवाद के प्रभाव की वलयनिष्ठ जानकारी है. उनके साथ बात करना सदैव स्फूर्तिदायक है, वह हास्यपटु एवं हाजिरजवाब हैं और अपने काम की प्रतिबद्धताओं के अनुपात में उल्लेखनीय रूप से विश्रान्त हैं.

10 अक्तूबर, 2003

उद्योग विभाग को अब उत्तरांचल राज्य की तृतीय वर्षगाँठ के अवसर पर 9 नवम्बर को राज्य की निवेश-क्षमता प्रदर्शित करने की अतिरिक्त जिम्मेदारी दी गई है. यह आयोजन नीति सम्बन्धी की गई पहल की घोषणा करने के लिए, पार किए गए मील-पत्थरों को प्रदर्शित करने के लिए और संभावित कार्यों की पूर्व सूचना देने के लिए उत्तोलक शक्ति हो सकता है. मुख्य सचिव की पुनरीक्षण बैठक में, प्रत्येक विभाग को अपनी नीति घोषणा/कार्य योजना/कार्य-प्रतिवेदन/उद्घाटन/इमारतों का लोकार्पण/नई योजनाओं का सूत्रपात/ क्रीड़ा-आयोजन एवं नई तकनीक पहल का परिचय देने के लिए सूची प्रस्तुत करने हेतु कहा गया.

आज के दिन की मुख्य घटना है : भारत हैवी इलैक्ट्रिकल्स लि. के अधिकारियों के साथ उद्योग नगरी को भूमि हस्तान्तरण के सम्बन्ध में सफल वार्ता. भूमि हस्तान्तरण की सभी प्रक्रियाएँ जटिल होतीं हैं और केन्द्रीय लोक उद्योग संस्थान से पुनः हस्तान्तरण (विशेष रूप से जब पट्टे के मूल कागज़ उपलब्ध न हों) कई कठिनाइयों से संत्रस्त होता है. जैसा कि पहले कहा है, भारत हैवी इलैक्ट्रिकल्स

लि. की शर्त मुश्किल, लगभग असम्भव थी. मुख्य सचिव द्वारा सचिव, वृहत् उद्योग को प्रेषित खत को और भारत हैवी इलैक्ट्रिकल्स लि. के बोर्ड में एण्ड्रयू दीदार सिंह की उपस्थिति का आभार है कि हम न्यायोचित और लागू करने लायक समाधान ढूँढ़ने में समर्थ हुए. बैठक में मिज़ाज काफी उखड़े हुए थे. आखिर में, हम भारत हैवी इलैक्ट्रिकल्स लि. के साथ लगभग 900 एकड़ की प्रथम भूसम्पत्ति को उद्योग विभाग को वास्तविक भूखण्ड आबंटन के लिए स्थानान्तरित करने हेतु न्यायसंगत समझौते की वार्ता सम्पन्न कर सके. यह हमारे लिए दुष्कर कार्य था, क्योंकि भूमि के वास्तविक कब्जे के बिना हम उद्योग के प्रति अपनी वचनबद्धता नहीं निभा सकते थे. हालाँकि, बाद की घटनाएँ दिखाएँगी कि दलदल का हल इतना सहज नहीं था! किन्तु, हमें या तो रास्ता खोजना था या बनाना था.

भारत हैवी इलैक्ट्रिकल्स लिमिटेड के लिए साधुवाद

अब अगली चिन्ता थी कि पन्तनगर विश्वविद्यालय से भूमि का हस्तान्तरण, जिसके लिए 20 अक्तूबर को बैठक बुलाई गई थी. मैंने इन्दु पाण्डे और कृषि सचिव, ओम प्रकाश को इस विषय पर संक्षिप्त टिप्पणी बताई थी और अब मुझे प्रमुख सचिव, शिक्षा के साथ भी बात करनी थी. इस बीच, घेरज़ी ने पन्त नगर एवं हरिद्वार में चिह्नित स्थल पर दो कर्नल नियुक्त किए. उन्होंने मुझे 15 अक्तूबर को तैयार योजना का प्रथम प्रारूप दिखाने का वादा किया, जो काफी सही है. काम की गति ठीक है

प्रौद्योगिकी के सॉफ्टवेयर पार्क की गति अपेक्षाकृत धीमी है. दो सप्ताह पूर्व अमरेन्द्र के द्वारा विलक्षण डाँट के बावजूद विकास की गति आशा के अनुरूप नहीं है. अभिजीत भौमिक के अकस्मात् त्याग-पत्र से फीडबैक परामर्शदाता की गति में व्यवधान हुआ है, क्योंकि हमने सूचना प्रौद्योगिकी के सम्बन्ध में रणनीति पर इनके साथ ही विस्तार से बात की थी. इस बार वे बेहतर तरीके से तैयार हैं और उन्होंने हमें रूपरेखा दी है, जिसके अनुसार काम करने की उनकी योजना है. अमरेन्द्र के हस्तक्षेप से सर्वेक्षण का कार्य पूरा हो गया है और भूमि विवादमुक्त है; हालाँकि परिरेखीय सर्वेक्षण बाकी है. जहाँ तक इस भूसम्पत्ति का प्रश्न है, हमें दीवाली की अन्तिम तिथि लाँघनी होगी. अमरेन्द्र चाहते हैं कि वह एक नवम्बर से बैंगलौर में शुरू होने वाली प्रौद्योगिकी प्रदर्शनी के लिए तैयार रहें, किन्तु वे इस तिथि के लिए भी वचनबद्ध होने के इच्छुक नहीं हैं. पुनश्च, हम उन्हें बहुत अधिक धकिया नहीं सकते हैं. हमारे लिए गुणवत्ता एक मुख्य पैमाना

प्रौद्योगिकी पार्क स्थापना में 'यदि' एवं 'किन्तु'

है. आप योजना एक ही बार बना सकते हैं.

'फीड बैक' ने हमें एक नमूना दिया है, जिसमें अग्रणी भूसम्पत्ति-परिवर्द्धक जैसे डी.एल.एफ., यूनीटेक आदि भूमि का विशाल भाग लेंगे और अपने हिस्से का स्वयं विकास करेंगे और सुविधाओं के लिए भुगतान प्राप्त करेंगे. कई सॉफ्टवेयर फर्म अपने कार्यालय के लिए स्थान को स्वयं विकसित करने की इच्छुक नहीं हैं. वे किराए पर इस सुविधा को लेना चाहती हैं. यह छोटे खिलाड़ियों के लिए है, यद्यपि माइक्रोसॉफ्ट, फॉरंसिक इंस्टीट्यूट और अन्य बड़े व्यवसायी अपनी विशेष ज़रूरतों वाले हैं. अब यह स्पष्ट है कि हम आई.टी./आई.टी.ई.एस. सम्पत्ति को 2004 के उत्तरार्द्ध में ही शुरू करने में समर्थ होंगे. हमेशा की तरह, अमरेन्द्र ने अपनी अद्भुत स्पष्टता और तथ्यों की सैद्धान्तिक प्रस्तुति की अपनी क्षमता से हमें चकित कर दिया. वह तनिक विकल हैं क्योंकि उनके स्वप्न बायोटेक प्रोजेक्ट के उद्घाटन में अभी भी मुश्किल दिखाई दे रही है. इस बीच, मैंने सुझाव दिया कि अति सामान्य और पारम्परिक नाम, बायोटेक भवन के स्थान पर हम इसे आई सी बायोटेक (I CEE BIOTECH-International Centre for Education and Excellence in Biotechnology) कहें. अन्य विषय, जिस पर हमें भारत सरकार से चर्चा करनी है, वह है : बायोटेक्नॉलॉजी को प्राथमिक थ्रस्ट वर्ग घोषित करना. इस बीच सकारात्मक पक्ष पर, हम फैम इण्डिया और वेस्टिंग हाउस उत्पादन में सहायक इकाइयों के लिए हिमाचल के स्थान पर, उत्तरांचल चुनने के लिए संचालित कर सके. वास्तव में, फैम इण्डिया उत्तरांचल अवस्थापना विकास कम्पनी द्वारा आयोजित भोजन बैठक के बाद हिमाचल स्थित बद्दी के लिए रवाना नहीं हुए.

त्वरित कॉफी मशीन/सूप मशीन को लगाने से और इसके द्वारा तुरन्त परोसे जाने वाली गति से भी रुख में अन्तर आता है. अब मुझे सिडकुल दफ्तर से कर्मचारी वर्दी लेनी है और एक अच्छे प्रतीक्षालय की रूपरेखा बनानी है. साथ ही स्वागत-कक्ष में टिप्पणी के लिए आगन्तुक-पुस्तिका रखनी है. उनमें से अधिकांश टिप्पणियाँ सकारात्मक होंगी और हमें श्रेष्ठता के लिए प्रेरित करेंगी. महामहिम राज्यपाल ने भी मुझे एक वृहद् निवेश के अवसर की सूचना देने के लिए फोन किया, जो सामान्य उत्पादन एवं प्रौद्योगिकी क्षेत्र में होगा. आधे घंटे में ही इसका अनुगमन किया गया. जी. बालाचन्द्रन, मिदनापुर (पश्चिमी बंगाल) में मेरे पूर्व जिलाधीश अब भारतीय निर्यात संगठन संघ में महानिदेशक हैं और उनके साथ पंजाब, हरियाणा एवं दिल्ली के वाणिज्य एवं उद्योग चैम्बर की निवेशकों की बैठक के बाद उन्होंने प्रस्तावित किया कि इसी माह के अन्त में उत्तरांचल उद्योग की निर्यात क्षमता के सन्दर्भ में कार्यशाला आयोजित की जाए. इसके साथ ही साथ, भारतीय उद्योग परिसंघ द्वारा उत्तरांचल मेले की तैयारी हो. इसके लिए भी

विस्तारित योजना तय है, जिसमें एन.एन. प्रसाद द्वारा समर्थित उत्तरांचल-यात्रा-सप्ताह की घोषणा भी शामिल है, इसके लिए गढ़वाल मण्डल विकास निगम को संयोजन करने को कहा गया है. दिन के समय, उत्तर प्रदेश राज्य औद्योगिक विकास निगम के प्रादेशिक प्रबन्धक अपनी भूसम्पत्तियों में भूखण्ड हस्तान्तरण पर चर्चा करने के लिए आए. देश में अधिकांश औद्योगिक भूसम्पत्तियों के बारे में यह घटित हुआ है : भूमि का मूल्य जान-बूझकर कम रखा गया, या पूर्ति को माँग से कम रखा गया ताकि दुर्लभता की स्थिति हो, जिससे संरक्षण या अवकोच, भाई-भतीजावाद या सिफारिश के पर्याप्त अवसर हों. इन भूसम्पत्तियों कि लिए, जो मूल्य उद्धरित किए जाते हैं, वह वास्तव में चोरी है और इसका बाजार की वास्तविकता से कोई सम्बन्ध नहीं है. यह सट्टेबाजों और भू-दलालों के लिए आने हेतु और तुरन्त लाभ हेतु निमन्त्रण है. इस प्रक्रिया में सच्चा उद्यमी हार ही जाता है.

11 अक्तूबर, 2003

जसपुर-काशीपुर में रुग्ण इकाइयों का पुनर्जीवन

अहमदाबाद से कल्याण शाह और उसकी टीम जसपुर-काशीपुर मिलों को लेने की चर्चा करने के लिए यहाँ आई है. ये मिलें 1995 से बन्द पड़ी हैं और 3000 मज़दूरों का प्रश्न इनसे जुड़ा है. 1998 में पुनर्वास पैकेज की घोषणा की गई, जिससे अपेक्षित परिणाम प्राप्त नहीं हुए और 1999 में इसे असफल घोषित कर दिया. अब बैंक ऑफ बड़ौदा कार्यकारी एजेंसी है और उद्योग एवं वित्तीय पुनर्स्थापना ने मामले को ठप्प कर दिया है. समय-समय पर व्यक्तियों/संस्थाओं/निगमों द्वारा सरकार को इन्हें पुनर्जीवित करने के लिए प्रस्ताव प्राप्त होते हैं. मुख्यमन्त्री को अहमदाबाद से कल्याण शाह का निवेदन मिला, जो कपड़ा-व्यापार में हैं और जिन्होंने पहले भी एक साल ठेके पर इन मिलों को चलाया था. उन्होंने इन मिलों को सँभालने और चलाने का प्रस्ताव रखा, जिसमें सम्पत्ति एवं उत्तरदायित्व दोनों शामिल थे, बशर्ते कि राज्य उन्हें कामचलाऊ पूँजी एवं आधुनिकीकरण के लिए 30 करोड़ रुपये दे, जिस पर वह 5% की दर से ब्याज देने के लिए तैयार थे. ये मिल और भूमि उन्हें दे दी जाएगी, वे इसे सरकार को ऋण के

विरुद्ध सुरक्षानिधि के रूप में गिरवी रखने को तैयार थे.

उनके पास इसे चलाने के लिए व्यापारिक कुशाग्र बुद्धि थी और उनके द्वारा सुझाई गई पुनर्वास योजना भी सार्थक थी, किन्तु सरकारी व्यवस्था में हम इस पर कैसे काम करें? हम कैसे जानें कि यह सर्वोत्तम एवं एकमात्र विकल्प है. उससे भी अधिक महत्त्वपूर्ण यह है कि हम अपने जोखिम का बचाव कैसे करें? योजना कामयाब न होने पर क्या होगा ? हम निर्वाचन-वर्ष में बढ़े हुए दायित्व और लोकनिन्दा में फँस जाएँगे.

मिलों को दुबारा चलाने की मुख्यमन्त्री की चिन्ता पूर्ण रूप से सच्ची है और उन्होंने प्रायः सार्वजनिक रूप से और निजी बातचीत में इसे कहा है. ये मिल उनके निर्वाचन क्षेत्र में हैं और वह इन्हें स्थापित करने में उपादेय रहे हैं. स्वाभाविक रूप से उनका नाजुक कोना दृष्टिगत है. फिर भी, हमें प्रक्रिया का पालन करना है और जोखिम का बचाव करना है. उत्तरांचल अवस्थापना विकास कम्पनी और सिडकुल ने विकल्प दिए हैं : 3% तक ब्याज दर में छूट, पूँजी-निवेश पर रियायत आदि. इससे कल्याण शाह के साथ रास्ता नहीं निकला. मेरी अपनी अनुभूति है कि यदि मुख्यमन्त्री बैंक ऑफ बड़ौदा के साथ बात करें तो विकल्प हमारे दृष्टिपथ में है. हमें उद्योग एवं वित्तीय पुनर्स्थापना निगम के साथ एक बार पुनः बात करने की जरूरत है. इस बीच, मज़दूरों के वेतन और भुगतान को मिल को पुनर्जीवित करने की योजना से अलग करना होगा. अब बजट की व्यवस्था उपलब्ध है, तो बेहतर होगा कि मज़दूरों का भुगतान कर दिया जाए; चाहे स्वैच्छिक अवकाश योजना से या संभव पुनर्वास योजना से, जैसा मज़दूर स्वीकार करें.

काशीपुर-जसपुर की इस मिल ने मुझे हिमालयन दुग्ध उत्पादक सहकारी संघ के वे दिन याद दिलाए, जब प्रमुख प्रबन्धक के रूप में इसका दायित्त्व मेरे पास था. यह एक सफल इकाई थी, जो अकुशल प्रबन्धन एवं लापरवाही के कारण विनाश की ओर जा रही थी. सौभाग्य से, आज हर सरकार प्रबन्धन एवं वित्तीय व्यवस्था के आधुनिकीकरण की पक्षधर है.

अब हम क्या करें? हमें इसकी चर्चा उद्योग एवं वित्तीय पुनर्स्थापना निगम के साथ करनी होगी, विज्ञापन देना होगा और मुख्य वस्त्र क्षेत्र के प्रभावकारी लोगों को बुलाना होगा और मज़दूरों का तुरन्त भुगतान करना होगा. यह रास्ता लम्बा हो सकता है, किन्तु यह होना ही है. इससे भी अधिक महत्त्वपूर्ण है कि केवल विज्ञापन से ही बेहतर प्रस्ताव आ सकते हैं. किसी भी तरह से, हम कल्याण शाह की ओर उस समय वापिस लौट सकते हैं, जब अन्य सब कुछ असफल हो और यदि मज़दूर स्वैच्छिक अवकाश योजना के लिए अनिच्छुक हों.

इस बीच, मुझे ख्याल आया है कि हम लुधियाना में ओसवाल समूह से बात कर सकते हैं. 1996 में, झांगीलाल ओसवाल से मेरी इज़रायल की उड़ान में

मुलाकात हुई थी. वह अपनी इकाई के लिए वस्त्र उपकरण खरीदने के लिए गए थे, क्योंकि इज़रायल में उच्च श्रम मूल्य के कारण वस्त्र-उद्योग सुस्त हो रहा था. मैं कृषि सहकारिता के अध्ययन के लिए गया था. हमें मेरे सहपाठी आयकर अधिकारी रवि गिल ने परस्पर परिचित कराया और उस विदेशी भूमि पर हमने एक-दूसरे को अपेक्षाकृत भली-भाँति जाना. हम दो दिन के लिए एक ही होटल में ठहरे और बाद में साथ-साथ आयोजनों में गए और कई लोगों से एक साथ मिले.

और इसीलिए, मैंने लुधियाना में अपर उपायुक्त, राहुल भण्डारी से बात की, जिन्होंने कुछ ही मिनटों में मुझे उनका सम्पर्क नम्बर दे दिया. जैसे कि सब कुछ हमारे अनुकूल हुआ, वह प्रिंगल के शो-रूम का उद्घाटन करने के लिए देहरादून यात्रा की योजना बना रहे थे, जो उनका शीत परिधान और सह-सामग्री का पहचाना नाम है. मैंने उनसे निवेदन किया कि वह अपनी आर्थिक टीम को काशीपुर भेजें, ताकि वह इसके पुनर्जीवन, यदि यह सम्भव है, के लिए सलाह दे सकें. अन्यथा यह भी संकेत दिया कि हम आपसी समझौते के आधार पर यह इकाई उन्हें देने का प्रस्ताव करते हैं, मैं इस बात पर जोर देना चाहूँगा कि यह विज्ञापन एवं उद्योग एवं वित्तीय पुनर्स्थापना के माध्यम से ही होना था.

16 अक्तूबर, 2003

इस समय एक दुर्लभ प्रविष्टि, क्योंकि नींद-चक्र पूरी तरह से अव्यवस्थित है.

चार दिन का अन्तराल है. मैं इतवार की साँझ से मंगलवार तक वायरल ज्वर के कारण ढीला रहा, किन्तु इस प्रकार का लक्ष्य सामने होने पर आप अपनी गति और फुरसत से बीमार नहीं हो सकते हैं. भारतीय उद्योग परिसंघ द्वारा आयोजित उत्तरांचल मेला आज शुरू हुआ और यद्यपि मैं 13 तारीख को संयुक्त प्रेस कांफ्रेंस में उपस्थित नहीं रहा, किसी भी तरह सेमीनार के दौरान एग्रीकॉन 2004 और निवेश सम्मेलनों को स्थगित नहीं किया जा सकता है. मेरे इस अतिविश्वास की भी समस्या है कि मेरी व्यक्तिगत रुचि के बिना चीज़ें वैसी नहीं होंगी!!

मंगलवार सुबह, मैं प्रमुख सचिव, वित्त के साथ विज्ञापन की चर्चा करने की योजना बना रहा था. विवेक निगम, प्रमुख प्रबन्धक, उत्तरांचल अवस्थापना विकास कम्पनी और मैं उनसे मिलने के लिए गये. हमें ज्ञात हुआ कि भारत सरकार ने विशेष श्रेणी के राज्यों के लिए विशेष स्वैच्छिक अवकाश योजना दी है, जिसमें

80% केन्द्रीय अनुदान प्राप्त होगा और शेष 20% (इस समय 5-6% ब्याज दर पर) बाजार ऋण प्राप्त हो सकता है, इससे हमें कई विकल्प मिल गए; जैसे कि वस्त्र इकाई के रूप में मिल का पुनर्जीवन, या मिलों को समाप्त करना और भूमि को नई उद्योग नगरी के रूप में विकसित करना. मज़दूरों की भी स्वैच्छिक अवकाश योजना में रुचि थी और वित्त विभाग मुख्यमन्त्री की ओर से प्रधानमन्त्री को पत्र लिख रहा था. यह उत्तरांचल का सौभाग्य है, हमारे मुख्यमन्त्री का प्रधानमन्त्री और केन्द्रीय मंत्रीमंडल के सदस्यों के साथ और प्रशासनिक सेवा के अधिकांश वरिष्ठ सदस्यों के साथ अच्छा तालमेल है. अधिकांश चीज़ें, रियायती पैकेज भी संभवतः उनके कारण ही मिला है. वास्तव में, मैंने पहले ही रिकॉर्ड में लिखा है कि प्रधानमन्त्री द्वारा नैनीताल पैकेज की घोषणा के बिना, राज्य सरकार के पर्यटन, कृषि-व्यापार एवं ऊर्जा के त्रय से बाहर उद्योग को प्रोत्साहन देने के सभी प्रयास संभव नहीं होते. नैनीताल घोषणा मुख्यमन्त्री के राजनेता-स्वरूप का सर्वाधिक पुष्ट प्रमाणचिह्न है.

यह निश्चित हुआ कि कोटद्वार उद्योग समिति का प्रतिनिधिमण्डल भूस्थल परिवहन केन्द्रीय मन्त्री, मेजर जनरल बी.सी. खण्डूरी से कोटद्वार में ग्रोथ सेंटर के कार्य को गति देने के लिए मिलेगा. यह सिद्धान्त रूप से स्वीकृत है, किन्तु कुछ

कोटद्वार में ग्रोथ सेंटर

आखिरी मिनट की कठिनाइयाँ हैं, उत्तरांचल के ग्राम्य विकास मन्त्री, सुरेन्द्र सिंह नेगी भी इस ग्रोथ सेंटर के लिए अत्यधिक प्रयास कर रहे हैं और इसलिए उन्होंने मेजर जनरल खण्डूरी से प्रतिनिधिमण्डल की मुलाकात का समर्थन किया. यद्यपि सही रूप में सच पूछिए, तो यह उनके निजी हित के विरुद्ध था, क्योंकि इसका श्रेय उनके राजनीतिक विरोधी को मिल सकता था. मेजर जनरल खण्डूरी के पास वक्त कम था. यह बैठक सम्भव नहीं हो सकी; मैं भी स्वस्थ नहीं था; और समन्वयात्मक प्रयास की तैयारी नहीं हो सकी. हमें अब कुछ और सप्ताह की देरी होगी.

कोटद्वार में स्टील इकाइयों और भट्ठी उद्योग का समूह है, जो उत्तर प्रदेश में अल्प औद्योगिक सम्बन्धों, अवस्थापना और ऊर्जा संकट के कारण रुग्ण हैं. नई औद्योगिक नीति से अब पुनर्जीवन की संभावना है, किन्तु उत्तरांचल में उत्तर प्रदेश द्वारा अवस्थापना एवं वित्तीय निगमों पर दोहरे नियन्त्रण से सम्बन्धित समस्याएँ हैं और भूसम्पत्तियों और कर्मचारियों के बँटवारे में अनियमित देरी से सम्बद्ध समस्याएँ हैं.

भारतीय उद्योग परिसंघ के साथ बैठकें सफल रहीं. पन्तनगर में एग्रीकॉन होगा. सम्मेलन के लिए पन्तनगर के दस किलोमीटर के दायरे में 72 वातानुकूलित कमरों को ढूँढने में समर्थ रहे. जिसमें परिसर के भीतर दस कमरे शामिल नहीं हैं,

जिन्हें सरकारी अतिथियों के लिए अलग रखा जाएगा. हम सत्रीय योजना पर सहमत हैं : उत्तरांचल में कृषि का परिदृश्यात्मक अवलोकन और बायोटेक्नॉलॉजी, उद्यानिकी और खाद्य-संरक्षण, औषधीय पौधे, और कृषि बाजार के लिए विशेष सत्र. इस बात पर भी सहमति थी कि हम केन्द्रीय कृषि मन्त्री, मुख्यमन्त्री और लोक निर्माण विभाग, बायोटेक्नॉलॉजी, उत्तरांचल सरकार की मंत्री इन्दिरा हृदयेश, कृषि मन्त्री महेन्द्र सिंह माहरा को उद्घाटन के लिए और गवर्नर, उद्यान मन्त्री, मुख्य सचिव और केन्द्रीय कृषि सचिव को समापन समारोह के लिए निमन्त्रित करेंगे.

भारतीय उद्योग परिसंघ द्वारा एग्रीकॉन

हम एग्रीकॉन के लिए गोविन्द बल्लभ पन्त कृषि एवं तकनीकी विश्वविद्यालय पन्तनगर के कृषि वाणिज्य कॉलेज के बारे में कुछ विचार कर सकते हैं. इससे विद्यार्थियों को नई जानकारी मिलेगी और अगले कुछ साल के लिए ऐसे कार्यक्रमों को आयोजित करने की विश्वविद्यालयीय क्षमता में निश्चित रूप से सुधार होगा. जो मेरे दिमाग में था और उत्तरांचल स्थापना दिवस की बैठक में वापिस भागने के कारण बता नहीं सका वह है कि हमें एक सहयोगी देश भी ढूँढना चाहिए. हमारी पिछली बैठक में, हमने इज़रायल / नीदरलैण्ड / दक्षिण कोरिया / यू.के. के विषय में संभावित विकल्पों के रूप में विचार किया था. हमें तुरन्त इसका अनुगमन करना होगा.

15 अक्तूबर को भारतीय उद्योग परिसंघ ने मुख्य सचिव के साथ परिचर्चा आयोजित की. यह डॉ. टोलिया की मुख्य सचिव के रूप में प्रथम बैठक थी, यद्यपि उन्होंने संयुक्त कार्य बल की पहले कई मौकों पर अध्यक्षता की थी. डॉ. टोलिया ने अपना भाषण हमेशा की तरह आत्मविश्वास, हल्के विनोद, तथ्यों की पूर्ण जानकारी और उच्चस्तरीय धारणात्मक विश्वास के साथ दिया. उन्होंने स्मरण के आधार पर बिना किसी लिखित प्रारूप या सन्दर्भ के, अपनी बात कही, और उत्तरांचल के निर्माण के लिए उत्तरदायी घटनाओं का ऐतिहासिक अनुक्रम, नए राज्य में निवेश अवसरों और सरकार द्वारा की गई पहल का उल्लेख किया. उन्होंने सार्वजनिक रूप से हमारी प्रशंसा करने की उदारता दिखाई. उन्होंने कहा कि उन्हें अपनी टीम पर गर्व है और यह भी कि उन्हें हमारे उत्साह को मर्यादित करना पड़ता है.

इससे ठीक विपरीत कथन ज्यादा सही होता!

एन.एन. प्रसाद और मैंने उत्तरांचल में निवेश अवसरों पर प्रस्तुति की. पंजाब, हरियाणा एवं दिल्ली के वाणिज्य एवं उद्योग चैम्बर में की गई प्रस्तुति को सिर्फ शीर्षक स्लाइड छोड़कर कुछ अधिक नहीं बदलना पड़ा. अमरेन्द्र नहीं पहुँच सके

क्योंकि वह पन्तनगर में केन्द्रीय कृषि सचिव के साथ बैठक में उपस्थित थे. प्रस्तुतियों का बहुत स्वागत हुआ. वास्तव में, मुझे यह कहने में तनिक भी संकोच नहीं होगा कि टीम उत्तरांचल ने प्रस्तुति करने में और निवेशकों का उत्तर देने में निपुणता हासिल कर ली है. आप जितनी ज्यादा प्रस्तुति देते हैं, उतना ज्यादा सीखते हैं (जैसे कि घुड़सवारी के साथ है, जितनी ज्यादा सवारी करो, उतना ही आप सीखते हैं, किन्तु एक अनचाही फिसलन आपको दो हफ्तों तक बाहर कर सकती है!)

टीम उत्तरांचल

डॉ. टोलिया के साथ महाप्रबन्धकों के साथ बातचीत के तुरन्त बाद संयुक्त कार्यबल के साथ मेरी चतुर्थ बैठक है, किन्तु यह सचिव, उद्योग के रूप में मेरी प्रथम बैठक है. मुझे इस बैठक के लिए बेहतर तैयारी करनी चाहिए थी, क्योंकि मेरे लिए पूर्णरूपेण आश्चर्य की बात थी कि संक्षिप्त परिचय के बाद डॉ. टोलिया ने मेरी ओर देखा और अनुगमनात्मक कार्यवाही का ब्यौरा देने के लिए कहा, विशेष रूप से, उन स्थगित कार्यों, जिनको सुलझाने की जरूरत है और सरकार द्वारा की गई पहल के बारे में जानकारी देने के लिए कहा. खैर, मैंने डॉ. टोलिया के हस्ताक्षर के लिए प्रस्तुत करते हुए प्रतिवेदन को कुछ मिनट पहले ही पढ़ा था, अतः मैं स्थिति सँभाल सका.

'फीड बैक वेंचर्स' के विनायक चटर्जी ने सलाह दी कि जबकि राज्य ने विभिन्न क्षेत्रों में लोक एवं निजी सहभागिता में अग्रणी कार्य किया है यह विभागीय पहल थी और शायद संस्थागत स्मृति राज्य सरकार के स्तर पर उपलब्ध नहीं है. यहाँ तक कि विभाग भी इस सर्वोत्तम कार्यशैली को कुछ अपवादस्वरूप औपचारिक अवसरों को छोड़कर नियमित रूप से व्यवहार में नहीं ला सके हैं. जबकि इस प्रदेश में, अन्तर-विभागीय सम्बन्ध सकारात्मक हैं. इसलिए उन्होंने परामर्श दिया कि संयुक्त कार्य समिति स्थायी प्रकृति की स्थापना के लिए अवस्थापना/अनुदान के सहारे की संभावना पर विचार करे, जिससे क्षेत्रीय सीमाओं से परे अवस्थापना विकास प्रोजेक्ट का मूल्यांकन हो; चाहे वह रोपवे से इको-टूरिज़्म और हाइड्रो ऊर्जा जैसे संभावित निवेशक हों. प्रोजेक्ट का मूल्य और इसका 10% सफल निवेशक से लिया जा सकता है और यह अनुबन्ध की एक शर्त हो सकती है. इससे काम में गति आएगी और प्रोजेक्ट के प्रकार के आधार पर संभावित निवेशक को चुनने में सुविधा होगी यद्यपि सिडकुल में एक अवस्थापना सलाहकार समिति है, इसका प्रभावी कार्यक्षेत्र भिन्न है शायद उत्तरांचल अवस्थापना

सरकार एवं निजी क्षेत्र में भागीदारी

विकास कम्पनी इस कार्यानुबन्ध के लिए सही सुविधा होगी. मुझे अपने इस विचार पर पूर्ण विश्वास है कि डॉ. टोलिया और इन्दु पाण्डे मान गए हैं और इसलिए हम इस मुद्दे को 30 तारीख की उत्तरांचल अवस्थापना की बैठक में उठा सकते हैं (इससे भारतीय निर्यात संगठन संघ की कार्यशाला से टकराव हो रहा है, दोनों बैठकें 30 अक्तूबर को निर्धारित हैं, अब कुछ नहीं किया जा सकता है.)

टाइटन घड़ियों की टीम यहाँ है और उन्होंने हमें सूचित किया है कि उनके द्वारा 'वास्तविक विस्तार' किया गया है और वे लोग उद्घाटन के लिए तैयार हैं. मुझे याद है कि देहरादून में टाइटन फैक्टरी के प्रबन्धक अतुल कुमार को कहा था कि अक्तूबर प्रथम सप्ताह तक यह काम हो जाना चाहिए. यह विशेष मील के पत्थर की तरह घटित होगा, चूँकि यह वास्तविक विस्तार का प्रथम उद्घाटन है. उन्होंने मुख्यमन्त्री से तिथि देने के लिए कहा है और मैंने मुख्यमन्त्री के विशेष अधिकारी आर्येन्द्र के साथ इसी माह की 29 तारीख तय की है. हमें किशोर उपाध्याय और उद्योग मित्र के उपाध्यक्ष प्रदीप टम्टा, जिनको हाल ही में राज्य-मन्त्री का दर्जा प्राप्त हुआ है, से सहमति लेनी होगी.

17 अक्तूबर, 2003

भारतीय उद्योग परिसंघ का उत्तरांचल मेला

मुख्यमन्त्री भारतीय उद्योग परिसंघ मेले के लिए एकदम समय पर आए. वस्तुतः वह निर्धारित समय से दो मिनट पहले आए. उत्तरांचल सरकार की स्टॉल अभी अन्तिम रूप से सज रही थी, जब मैंने मुख्यमन्त्री के कारवाँ की आवाज़ सुनी, मैं गौतम थापर के साथ उनके स्वागत के लिए दौड़ा क्योंकि हम सह-प्रायोजक और संयोजक हैं. अपनी स्वभावगत शैली के अनुसार, मुख्यमन्त्री प्रश्न पूछते हुए, प्रश्नों का उत्तर देते हुए, तकनीक और हस्तकला में रुचि दिखाते हुए एक छोटी दुकान से दूसरी दुकान तक गए. भारतीय उद्योग परिसंघ के द्वारा एक-सी दुकानों को छोड़ने के और विभिन्न वर्गों से सम्बन्धित चुनिंदा दुकानों को दिखाने के लिए किए गए सभी परोक्ष प्रयास बेकार गए, क्योंकि उन्होंने प्रत्येक छोटी दुकान देखना और लोगों के साथ संवाद करना जारी रखा. वह बहुत खुशनुमा मूड में थे और अपने चारों ओर उद्योगपतियों, पत्रकारों और मेले के दर्शनार्थियों के लिए अनुकूल माहौल बना रहे थे. विशिष्ट अतिथि कक्ष में चाय

के समय, गौतम थापर ने औद्योगिक नीति और उत्पादन शुल्क की छूट में कुछ विसंगतियों की बात की और भारत सरकार का इन बिन्दुओं की ओर ध्यानाकर्षण करने की जरूरत की ओर संकेत किया.

उत्तरांचल में औद्योगिक निवेश पर संगोष्ठी सफल रही.

क्या ये संगोष्ठियाँ मददगार होती हैं? जब से मैंने उद्योग विभाग में कार्यभार सँभाला है, मैं व्यापारिक समारोह/प्रदर्शनी से अलंकृत एक संगोष्ठी से दूसरी संगोष्ठी में जा रहा हूँ. भारतीय निर्यात संगठन संघ ने देहरादून में 30 अक्तूबर को एक-दिवसीय समारोह का प्रस्ताव रखा और हमने स्वीकार कर लिया. इसमें मुख्य रूप से निर्यात पर ज़ोर रहेगा और महानिदेशक ने मुझे बताया है कि पंजाब और राजस्थान में यह पहल सफल रही है. मुख्यमन्त्री ने इस समारोह का उद्घाटन करने की स्वीकृति दी है और मुख्य सचिव अतिथि-प्रतिनिधियों के लिए रात्रिभोज कर रहे हैं. भारतीय उद्योग परिसंघ के आयोजन के तुरन्त बाद, मुझे इस समारोह के लिए काम करना होगा. उत्तरांचल की राष्ट्रीय निर्यात में हिस्सेदारी नगण्य है और वास्तविक उपस्थिति केवल कृषि व्यापार में है और वह भी कृषि उत्पाद निर्यात विकास एजेन्सी के अनिल स्वरूप द्वारा दिए गए विशेष प्रोत्साहन के कारण संभव हुआ. जैसा कि पहले उल्लिखित है, भारतीय विपणन विकास केन्द्र का समारोह दिसम्बर में होगा. यद्यपि अब मुझे ख्याल आ रहा है कि चार राज्यों में चुनाव के कारण राजनेता अपनी ऊर्जा को राजनैतिक सत्ता हथियाने की इकहरी निष्ठा के कारण एक-सूत्रीय रखना चाहेंगे.

24 अक्तूबर, 2003

पूरे एक सप्ताह का अन्तराल है. यह वायरल बुखार की पुनः गिरफ्त के कारण हुआ. मैं ज्वर-नियन्त्रण के लिए और सामान्य काम की कुछ झलक के लिए एंटीबायटिक्स लेने के लिए विवश था, बीमार होने का विलास हो नहीं सकता है. पूरे समय मोबाइल बजता रहा और यहाँ तक कि इसे कॉल डाइवर्ट पर डाल देने, से भी मदद नहीं मिली.

जितना कि मुझे याद है, मेरा 17 अक्तूबर को मेले में जाने का और पर्यटन प्रोत्साहन संगोष्ठी में भाग लेने का इरादा था. मैंने सुबह की अच्छी शुरुआत की. डाबर समूह और रैडिको समूह के साथ मुलाकात की. आचार्य बालकृष्ण ने 5 करोड़ निवेश की आयुर्वेदिक फर्म स्थापित करने के सन्दर्भ में दिव्य ज्योति

फाउंडेशन के लिए निवेश बैठक आयोजित की, तब मैंने इतना अधिक अस्वस्थ महसूस किया कि काम जारी नहीं रह सका और मैंने सोचा कि घर जाना ही ठीक होगा.

26 अक्तूबर, 2003

25 अक्तूबर को दिवाली थी और साधारणतः ही इस कार्यों की गहमागहमी वाले त्यौहार में और बढ़ोतरी हो गई, बन्नू अस्वस्थ रही.

जिससे हमें बहुत मदद मिली, वह सिर्फ 9.30 बजे बिस्तर में घुस जाने की मेरी अभिरुचि थी. इससे मुझे असामाजिक होने की प्रसिद्धि मिल रही है, किन्तु यही एकमात्र रास्ता है, जिससे मैं चार बजे जाग जाता हूँ, फाइल और पत्राचार निपटाता हूँ. घर पर ई. मेल तंग कर रहा है; वरना यह प्रश्नों का उत्तर देने का सर्वोत्तम समय है. शहर के इस भाग में ज़ाइबर वे और भारत संचार निगम का सम्पर्क-सूत्र समस्या है और मुझे जल्दी से जल्दी इसका हल ढूँढना है.

बन्नू को अत्यधिक एलर्जी हो गई है. वाकई यह भयंकर है. वह बहादुरी से सह रही है, किन्तु मुझे उसके साथ समय बिताना चाहिए.

28 अक्तूबर, 2003

बन्नू की एलर्जी और गम्भीर हो रही है, जनकल्याण हस्पताल में डॉ. संदीप एवं रीना आहूजा ने आपात्कालीन सेवा-शुश्रूषा का उपक्रम किया है. डॉ. जयदीप दत्ता और मैं, दो अन्य डॉक्टरों का मत जानने के लिए बन्नू के साथ गए. वह स्टीरॉयड्स और अन्य कठोर दवा न लेने के अपने फैसले पर अडिग है. अधिकांश लोग इस विकट स्थिति में आसान रास्ता चुनेंगे और किसी भी प्रकार की दवा निगल लेंगे. बन्नू की विशेषता है कि वह अपने शरीर को प्रकृति के अनुकूल ढालने की स्वतन्त्रता देने की पक्षधर है.

***

दिन का पूर्वार्द्ध, देहरादून में टाइटन घड़ियों के प्रथम वास्तविक विस्तार को

मनाने के लिए आयोजन की व्यवस्था करने में बीत गया. मुख्यमन्त्री इसके लिए उत्साहित हैं क्योंकि चौदह वर्ष पहले देहरादून में निवेश के उनके फैसले का श्रेय उन्हीं को है. उनके पास द' इकोनोमिस्ट की प्रति है जिसका मुख्य आलेख है 'तेल अर्थव्यवस्था का अन्त'. यह प्रशंसनीय है कि वह कैसे सभी मुद्दों पर स्वयं को सजग रखते हैं. पहले भी उल्लेख किया है, वह उत्कंठित पाठक हैं. जब मैंने चीनी अर्थतन्त्र पर द' इकॉनोमिस्ट के अंक में पूर्व प्रकाशित बिन्दुओं पर कुछ बातें उन्हें बताईं तो वह निश्चित रूप से बहुत खुश हुए. मुझे अब याद नहीं है कि मैंने द' इकॉनोमिस्ट पढ़ना कब शुरू किया; किन्तु अस्सी के उत्तरार्द्ध में, मैंने पश्चिमी बंगाल में, उप सचिव, हेम पाण्डे के दफ्तर से, बाद में दार्जीलिंग प्लान्टर्स क्लब से टाइम्स लिटरेरी सप्लीमेंट और द' इकॉनोमिस्ट की प्रतियाँ ली होंगी. मैं टाइम्स लिटरेरी सप्लीमेंट को तो जारी नहीं रख सका, किन्तु लाल बहादुर शास्त्री अकादमी के दिनों से ही मैंने कभी मुश्किल से ही द' इकॉनोमिस्ट का कोई अंक छोड़ा होगा.

द' इकॉनोमिस्ट और टाइम्स लिटरेरी सप्लीमेंट

मुख्यमन्त्री औद्योगिक भूसम्पत्तियों की प्रगति के बारे में भी जानना चाहते हैं. पन्तनगर और भारत हैवी इलैक्ट्रिकल्स लि. की भूमि अब तैयार है. बोर्ड की तूफानी बैठक के बाद, पन्तनगर विश्वविद्यालय ने अपने खेत का एक भाग देने के लिए अपनी सहमति दी है. इसके लिए, प्रो. गौतम को अपनी समझ-बूझ और व्यावहारिक दृष्टिकोण वाले कुलपति के रूप में श्रेय देना होगा. उनको कई क्षेत्रों से कठोर प्रतिबन्धों में से प्रस्ताव को गति देते हुए आगे ले जाना पड़ा था. वस्तुतः, 18 अक्तूबर को मुख्य सचिव के कमरे में संयोजक बैठक के दौरान कई मुद्दों पर सुलह हो गई थी. भूमि के लिए उद्योग से मुआवजे के सम्बन्ध में छः सप्ताह पहले कुलपति के भिन्न दृष्टिकोण को जानना मेरे लिए रुचिकर था, मैंने उनके दृष्टिकोण से ही तर्क किया. मैंने यह बताया है कि व्यवसायात्मक दृष्टिकोण की माँग है कि आप उसी विभाग के लिए तर्क करें, जिसका दायित्त्व उस समय वर्तमान में सँभाल रहे हों. मुझे यह आत्मस्वीकृति देनी होगी कि पन्तनगर विश्वविद्यालय के साथ मेरे पुराने सम्बन्ध के कारण मुझे मदद मिली और हम एक-दूसरे के दृष्टिकोणों को भलीभाँति समझ सके. डॉ. टोलिया ने बिना कुछ ज्यादा कहे बैठक की अध्यक्षता की, किन्तु फाइलों का निपटारा अपनी सामान्य गति से, मुस्कुराते हुए और बीच-बीच में उकसाते हुए, एक-एक घंटे बाद चाय-कॉफी का आदेश देते हुए करते रहे. वह सिर्फ यह चाहते थे कि हम बैठे रहें और तब तक बातचीत करते रहें, जब तक कि समाधान न हो जाए; और समाधान मिल गया!

इस बीच स्थापना-दिवस समिति की बैठक ने भी काफी समय ले लिया. डॉ. टोलिया को यह समझाना कठिन है कि यह मेरी आधिकारिक सत्ता में नहीं है क्योंकि टाइगर के साथ तर्क नहीं होता. यहाँ सभी भूसम्पत्तियों के बीच, जो दिवाली पर अधिरक्षण (कब्जे) के लिए तैयार होनी चाहिए स्थापना दिवस की बैठकों के लिए काफी समय तो निकलना था. इससे कठिनाई हो रही थी, जीवन आपके काल्पनिक सपनों के अनुरूप श्रेष्ठ वातावरण-विलास तो कभी नहीं है. असल की जिन्दगी की तरह सरकार में भी आपको प्रायः ऊबड़-खाबड़ सतह पर चलना है, जो कभी-कभी समतल और हरी-भरी होती है, अधिकांशतः आपको टीले और दरारें और पत्थर और कभी दुःखदायी गोल मोड़ मिलते हैं, जो आपको बन्धनों में कस लेते हैं. कुछ भी हो, यह सिलसिला 9 नवम्बर को उत्तरांचल स्थापना दिवस के साथ ही खत्म होगा.

और, अब पिछले कार्यभार के प्रोजेक्ट हैं; जैसे कि कृषि विकास के लिए अन्तर्राष्ट्रीय कोष मुझे अभी भी ग्राम्य विकास विभाग ने अपने फन्दे में रखा है और मैं ऋण-वार्त्ता की बैठकों में उपस्थित रहता हूँ. इससे उद्योग विभाग से समय जाता है. मैंने अपने आपको समझाया है कि मुझे इससे अलग होना चाहिए, किन्तु यह आसानी से तो नहीं हो सकता है.

29 अक्तूबर, 2003

टाइटन उद्योग का 'वास्तविक विस्तार' ऐसा प्रथम समारोह है, जिसमें उद्योग और सरकार ने रियायती उद्योग पैकेज के सतही क्रियान्वयन का संयुक्त प्रदर्शन किया. टाइटन ने बहुत प्रभावी आयोजन किया और फैक्टरी देखने जाना रहस्योद्घाटन जैसा रहा. हर चीज़ एकदम सुई की नोक पर हुई. प्रगतिशील फैक्टरी के प्रबन्धक अतुल सुबह कुछ तनाव में थे, क्योंकि उसके सभी अधिकारी, प्रबन्धकीय निदेशक भास्कर भट्ट, उपाध्यक्ष शान्ताराम और मुख्य कार्यकारी अधिकारी बीजू कुरियन सभी उपस्थित थे. टाइटन घड़ियों में सर्वाधिक जटिल कामों को करने के लिए स्त्रियों और विकलांग व्यक्तियों को रोजगार देने की सर्वाधिक प्रगतिशील नीति है. उच्च श्रेणी की सफाई वाली कार्यशाला औद्योगिक उत्पादन इकाई की अपेक्षा ऑपरेशन थियेटर जैसी प्रतीत होती है. यहाँ

उपलब्धि-उल्लास : टाइटन घड़ियों का विस्तार

अब प्रति वर्ष तीस लाख घड़ियाँ बनेंगी. समूह के गुणवत्ता सम्बन्धी कथन सर्वत्र दिखाई दे रहे हैं, जैसे, 'हमारी नीति है : ग्राहकों की आशाओं से श्रेष्ठतर होना'.

इस अवसर पर मुख्यमन्त्री, राज्यमन्त्री किशोर उपाध्याय और उद्योग मित्र प्रदीप टम्टा सभी उपस्थित रहे. यह साधारणतया फील गुड[1] माहौल था. जिसमें हर किसी ने उत्तरांचल को विशेष रूप से घड़ियों, पर्यटन और पहाड़ी व्यवस्था के संदर्भ में, स्विटजरलैण्ड की तरह रूपान्तरित करने की बात की. मुख्यमन्त्री ने टाइटन से और भी विस्तार करने और असेम्बली इकाइयाँ लगाने का आग्रह किया. एक और बिन्दु पर ज़ोर दिया गया कि बाजारी अर्थ-व्यवस्था में, कुशलता एवं प्रतिस्पर्धा विकास एवं विस्तार की अनिवार्य शर्त है. अपरिहार्य रूप से, भीमताल में एच.एम.टी. घड़ियों के बन्द होने की असलियत से तुलना की गई. टाइटन ने घड़ियों को केवल समय बताने वाले उपकरण के रूप में नहीं, अपितु फैशन उपांग और वैयक्तिक घोषणा के रूप में माना है.

वक्त !

कोई भी समझता है कि दिन में समय-सम्बन्धी सूचना अब हरेक स्थान पर दिखाई दे रही है, आपके कम्प्यूटर, मोबाइल, डैस्क कैलैंडर पर या जब आप दफ्तर जाते हैं तो कार में और आपके टेलीफोन उपकरण पर भी. फिर भी हम सब घड़ियाँ पहनते हैं और अब प्रत्येक के पास एक से अधिक घड़ियाँ हैं. यह उनके बाज़ार संरक्षित स्वरूप और व्यापारिक अवसरों की क्षमता को समझने के सामर्थ्य के बारे में काफी ब्यौरा देता है.

30 अक्तूबर, 2003

क्या मैं गरीबी रेखा से नीचे और स्व-सहायता समूहों की बात से अलग हो रहा हूँ? क्या ये अब और ज्यादा प्रासंगिक नहीं हैं? जब कि मैं इस मुद्दे पर कुछ सप्ताह बाद अधिक स्पष्टता हो जाने पर दृष्टिनिक्षेप करूँगा, मुझे इस समय यह ख्याल आ रहा है कि हम उत्तरांचल को उद्योग-आधारित और उद्योग द्वारा नेतृत्व करने वाला राज्य बनाने में सफल हैं. यह सरकार की पूर्व स्थापित कार्य-संस्कृति को बदलेगा. आज हमारे पास लगभग 90000 कर्मचारी अपनी गति से कार्य क़रते हैं,

1. अक्तूबर 2003 में 'फील गुड' का कोई चुनावी/प्रतीकात्मक महत्त्व नहीं था.

जिन्हें वास्तव में लक्ष्यों की या देरी की या मुश्किल से समय पर काम होने की फिक्र नहीं है. वे प्रतिस्पर्धात्मक रुख में नहीं हैं. यहाँ तक कि सिडकुल भी आक्रामक रूप से प्रतिस्पर्धी नहीं है, जैसा उसे होना चाहिए. यह निवेश छीनने की कोशिश नहीं कर रहा है और हमें उत्तरांचल को निवेश लक्ष्य के रूप में 'शिखर राज्य' बनाने की लम्बी राह पर अभी जाना है. हालाँकि, यदि हमारी एक उद्योग नगरी व्यावहारिक वास्तविकता बन जाए और एक हज़ार करोड़ से अधिक निवेश आकर्षित कर ले, तो यह आठ से दस हजार लोगों के लिए प्रत्यक्ष रोजगार के अवसर देगा और इससे कार्य संस्कृति बदल जाएगी. इन भूसम्पत्तियों को जीवित रहने के लिए भूमण्डलीय बाज़ार और अन्तर्राष्ट्रीय सोपान-चिह्नों के अनुरूप चलना होगा. उदाहरण के लिए, कपड़े की बात लें. कपड़े की फैक्टरी में काम का माहौल अन्तर्राष्ट्रीय निरीक्षण एवं ऑडिट के लिए खुला है और एक बार अधिकांश कामगार उत्पादन स्वरूप में आ जाएँ, तो अपने और दूसरे के समय का एहसास और सम्मान बढ़ता है. मैंने ध्यान दिया है कि आपको दूसरे व्यक्ति के समय का एहसास तभी होता है, जब आप समझते हैं कि आपके समय का प्रत्येक क्षण कितना अनमोल है.

नई कार्य संस्कृति

कलकत्ता से अमोल घोष निवेश प्रस्तावों के साथ यहाँ हैं. अब वह मुख्य इकाइयों के लिए कॉर्पोरेट सलाहकार हैं और उन्होंने पहले पश्चिमी बंगाल में निवेश को आकर्षित किया था. दिन के पूर्वार्द्ध में, वह कुछ खोया महसूस कर रहे थे, मैं टाइटन समारोह में व्यस्त था और मुझे सिडकुल के महाप्रबन्धक के साथ दून क्लब में उनसे सम्पर्क स्थापित करने में कुछ समय लगा. समारोह के दौरान, मैंने मोबाइल पर उनका संदेश देखा कि उन्हें हिमाचल भी जाना है. उसी समय मैंने यह निश्चय किया कि मुझे व्यक्तिगत रूप से यह तय करने के लिए हस्तक्षेप करना होगा कि वह हमारे साथ उत्तरांचल में ही रहें.

इसके बाद उत्तरांचल उद्योग परिसंघ की एग्रीकॉन और स्थापना दिवस पर संयुक्त निवेश पुस्तिका के विमोचन के बारे में बैठक हुई. निवेश पुस्तिका में सम्पूर्ण चित्र प्रस्तुत किया गया है कि उत्तरांचल में उद्योग की स्थापना कैसे हो. यह नये लोगों के लिए प्रवेशिका जैसा है, इसमें आवेदन पत्र और उन व्यक्तियों के पते भी हैं, जिन्हें सम्पर्क किया जाना चाहिए. एग्रीकॉन के लिए, विस्तृत योजना लगभग अन्तिम स्वरूप में है और विविध कृषि सहयोग कार्यक्रम में विश्व बैंक के साथ बातचीत के बाद हमारे पास समारोह का उत्तरदायित्त्व लेने के लिए पर्याप्त धनराशि उपलब्ध है. वास्तव में, अगले एग्रीकॉन के लिए सुरक्षित पूँजी रखने का प्रयास किया जाना है ताकि जब विविध कृषि सहयोग कार्यक्रम वापिस जाए, तो भी हम इस समारोह को हर वर्ष करने में समर्थ हों.

मुझे भारत हैवी इलैक्ट्रिकल्स लि. भूसम्पत्ति पर घेरज़ी द्वारा प्रगति प्रतिवेदन प्राप्त हुआ है. प्रगति ठीक है, किन्तु हम अभी भी अपनी समय-सारिणी से काफी हफ्ते पीछे हैं. हमें अपने सलाहकारों के काम में कितना योगदान देना चाहिए? मेरा अपना मत है कि आख़िर यह हमारा काम है. हमें अपने सलाहकारों को सभी संभव सहायता देनी चाहिए. दूसरा मत यह है कि हम उन्हें इतनी अधिक धनराशि दे रहे हैं, वे हमें अपना सर्वोत्तम नतीजा क्यों न दें? आखिर में यह अनुत्तरित प्रश्न है. कुछ अभिप्रेरण करना होगा, कुछ धमकी देनी होगी. काम जारी रहना चाहिए. हम कुण्ठा को जीतने नहीं दे सकते हैं. यह भी स्पष्ट करना होगा कि अन्तिम रूप में, यह सिडकुल की भूसम्पत्ति है और जब समस्याएँ उठेंगीं, निवेशक घेरज़ी के समक्ष नहीं, अपितु सिडकुल के सामने प्रश्न करेंगे. केवल यही कारण है कि मैंने कहीं दूसरी जगह तर्क दिया था कि सर्वोत्तम रणनीति होगी कि राज्य और सिडकुल उद्योग भूसम्पत्ति को संयुक्त या सहायक क्षेत्र के रूप मे प्रोत्साहित करें. सिडकुल के पास कम शेयर हैं, तो भी उसके प्रतिनिधि समिति में यह सुनिश्चित करने के लिए रहें कि चीज़ें असीमित/अनियन्त्रित न हों (श्लेष इरादतन है). हमें इस विषय में यह भी सोचना चाहिए सिडकुल में निजी क्षेत्र के कुछ गैर सरकारी निदेशकों/प्रशासकों को रखा जाए ताकि नौकरशाही कभी हावी न हो और सिडकुल साधारण सरकारी संस्थानों जैसा न हो.

दिन के उत्तरार्द्ध में, हमने हरिद्वार के जिलाधिकारी को विश्वास में लिया कि भूमि को भारत हैवी इलैक्ट्रिकल्स लि. से सिडकुल के लिए तीव्र गति से हस्तान्तरित होना है.

***

बन्नू स्वस्थ नहीं है. उसने डॉ. एस.के. उपांध्याय से होम्योपैथी दवा लेनी शुरू कर दी है. मेरे मित्र श्वेताभ सुमन, आयकर में अपर आयुक्त, अच्छे और योग्य होम्योपैथ ढूँढ़ने में सहायक रहे. सौभाग्य से, समस्या के सम्बन्ध में सभी चिकित्सकों का एक मत है. यह प्रचण्ड एलर्जी है, जिससे पूरे शरीर में निशान और सूजन होती है. मुझे पूरा विश्वास नहीं है कि दवा कारगर है या शरीर खुद ही अपने को ठीक कर रहा है, मैं सोचता हूँ कि दोनों ही बातें हैं.

31 अक्तूबर, 2003

उत्तरांचल में निर्यात वृद्धि पर भारत निर्यात संगठन संघ सेमीनार बहुत सफल और

एक ऐसा समारोह रहा, जिसकी मीडिया में खूब चर्चा रही. भारत निर्यात संगठन संघ के महानिदेशक जी. बालाचन्द्रन ने पहल की. वह विदेश-वाणिज्य के महानिदेशक ललित मानसिंह के साथ नई दिल्ली से आए. भारतीय उद्योग परिषद् ने देहरादून में सह-प्रायोजक का दायित्व स्वीकार किया. हम मुख्यमन्त्री से समय लेने में सफल रहे, जिन्होंने उद्योग के साथ एकल संवाद करने के लिए अतिरिक्त समय दिया. मैंने महसूस किया कि उद्योग के लिए 'वास्तविक विस्तार' हेतु स्व-प्रमाण-पत्र सम्बन्धी नियम उद्घोषित करने के लिए यह सर्वथा समीचीन अवसर है. यह एक ऐसा विषय था, जिस पर उद्योग काफी समय से हो-हल्ला कर रहा है और विभाग उसे टाल रहा था. मेरे विचार से इससे लाल फीताशाही और उत्पीड़न दोनों कम होंगे और साथ ही जिम्मेदारी का भाव आएगा. राज्यमन्त्री, किशोर उपाध्याय पारदर्शिता और सरल प्रक्रिया पर ज़ोर दे रहे हैं. यदि हम राज्य में उद्योग लाना चाहते हैं, तो यह पूर्ण रूप से अनिवार्य है.

निर्यात-प्रोत्साहन के लिए भारत निर्यात संगठन संघ संगोष्ठी

दोपहर के भोजन के समय हम कुछ लज्जास्पद स्थिति से बच गए. पत्रकार नाराज़ हो गए थे क्योंकि भारत निर्यात संगठन संघ के किसी व्यक्ति ने उन्हें खाने के लिए नहीं बुलाया. सौभाग्य से, मैंने बिल्कुल सही समय पर हस्तक्षेप किया, वरना एक बहुत अच्छे समारोह पर हमें बुरा प्रचार मिलता, जैसा बासमती से सम्बन्धित अन्तर्राष्ट्रीय सम्मेलन में हुआ था. बासमती सम्मेलन के समारोह-आयोजक ने पत्रकारों को सम्मेलन-सामग्री नहीं दी थी और यह उनके लिए कष्टदायी था. सरकार में अपने सहयोगियों के लिए एक छोटी-सी सलाह और दे दूँ : जब समारोह-आयोजक और सह-प्रायोजक बढ़िया हों, यदि कुछ गलत हो जाए, मीडिया आप पर ही रोष निकालेगा. सरकार / विभाग के लिए चेहरा तो आप ही हैं. यह तथ्य पुनः मुझसे एक दार्शनिक लेख की बात करवा रहा है : आप उस सबके लिए जिम्मेदार हैं, जो कुछ आपके साथ घटित हो. यद्यपि आप समारोह या अपने चारों ओर की स्थितियों के एकमात्र संचालक कभी नहीं हैं. हार्डी द्वारा रचित मेयर ऑफ कॅस्टरब्रिज और 'टैस' की कहानी याद करो. व्यक्ति का भाग्य कई तथ्यों से जुड़ा हुआ है और अन्तिम विश्लेषण में, आप अपने नियन्त्रण से परे के तथ्यों से बँधे हुए हैं.

किसी तरह से, इस मामले में, अभिरक्षण कार्य सफल रहा. यद्यपि इसका अर्थ यह हुआ कि मुझे वहाँ कुछ और देर तक रहना पड़ा, जब तक कि वह स्थिति सामान्य न हो. मैं एक अन्य निर्यातक को अपने साथ कार में घर तक ले गया, ताकि वार्ता का निष्कर्ष निकल सके. मैं घर पहुँचना चाहता था क्योंकि बन्नू अभी भी स्वस्थ नहीं है और मैं उसके साथ समय बिताना चाहता था.

मुख्य सचिव ने भारतीय निर्यात संगठन संघ के प्रतिनिधिमण्डल के लिए रात्रिभोज का आयोजन किया. हम उत्तरांचल के प्रमुख निर्यातकों और व्यापारियों को रात्रिभोज में भागीदारी और अनौपचारिक बातचीत के लिए ला सके. यह अधिक नहीं, तो भी समान रूप से महत्त्वपूर्ण है. इस बात पर भी सहमति रही कि उद्योग विभाग या सिडकुल में निर्यात-कोष्ठ स्थापित करने के लिए भारतीय निर्यात संगठन संघ हमें सहायता करेगा. हमें इसे स्थापित करने के लिए काम करना होगा. उत्तर प्रदेश में निर्यात प्रोत्साहन परिषद् अस्तित्व में है, जो विभिन्न सरकारी एजेंसियों के साथ निर्यातकों के पंजीकरण और उनके अभिलेखीकरण और प्रक्रियात्मक विषयों पर सुविधा देती है. उत्तरांचल में उसके समकक्ष कोई एजेंसी अस्तित्व में नहीं है.

***

हम कोई राह ढूँढ़ेंगे या बना लेंगे !

01 नवम्बर, 2003

31 अक्तूबर को भू-अध्यादेश, जो उत्तरांचल में वास्तविक कृषकों के लिए कृषि भूमि के सौदे को अभिसीमित करता था, के सन्दर्भ में 'बन्द' रहा. मैं इस विषय पर अपने विचार प्रस्तुत करने से अपने-आपको रोक नहीं सका, क्योंकि सचिव-समिति की बैठकों में, हममें से अधिकांश ने यह दृष्टिकोण व्यक्त किया था कि भूमि-मूल्य को कम करने के लिए भूसम्पत्ति-गृह-निर्माण और वाणिज्यपथ/संस्थात्मक दोनों के लिए, भूमि की संपूर्त्ति बढ़ानी चाहिए. भूसम्पत्ति में राष्ट्रीय और भूमण्डलीय खिलाड़ियों को राज्य में आमन्त्रित करने से और उन दोनों को भूमि-व्यापार में निवेश करने के लिए निमन्त्रित करने से ऐसा हो सकता है. देश के कई भागों में भू-माफिया के पनपने और बढ़ने का मुख्य कारण है : भूमि और सम्पत्ति की खरीद-फरोख्त पर प्रतिबन्धात्मक व्यवस्था है. अनुभव दिखाता है कि शहरी भूमि सीमा अधिनियम को वापिस लेने और मेट्रोपॉलिटन शहरों में भूमि परिवर्द्धकों के प्रवेश से वास्तव में भूसम्पत्ति के दाम गिरे हैं और गृह-ऋण कम्पनियों ने अपना घर खरीदने के बारे में सोचने के लिए नव-मध्यम वर्ग के सामने व्यावहारिक प्रस्ताव प्रस्तुत किया है.

किसी भी तरह से, 'बन्द हो' या 'बन्द न हो', औद्योगिक विकास प्रतीक्षा नहीं कर सकता है. 9 बजे प्रातः मोबाइल फोन बजना शुरू हो जाता है, यही समय मेरे विजिटिंग कार्ड पर लिखा है. बन्द के कारण, निवेश सम्बन्धी प्रश्न, भूमि के विवरण, संभावित निवेशकों की सूचियाँ और घर पर व्यक्तिगत बैठक के लिए निवेदन. मुझे उद्यमियों से घर पर मिलना पसन्द नहीं है. मैंने हरेक को सलाह दी कि दोपहर बाद मुझसे सिडकुल दफ्तर में मिलें, क्योंकि देहरादून में बन्द का असर दिन के मध्याह्न तक रहता है. उस समय तक समाचार-पत्र संवाददाता अगले दिन के लिए अपनी कहानी और पूर्ण या आंशिक बंद दिखाने वाली तस्वीरें जमा कर देते हैं. देहरादून में बन्द आयोजित करना आसान है. शैक्षिक संस्थाओं की अधिक संख्या होने के कारण आयोजकों के लिए सरल हो जाता है, क्योंकि वह स्कूल प्रबन्धन को छुट्टी घोषित करने के लिए विवश कर देते हैं. इस सन्दर्भ में, माता-पिता (हम भी) कोई जोखिम नहीं लेना चाहते हैं, किन्तु मेरा अपना ख्याल है कि देहरादूनवासी बन्द से ऊब और थक चुके हैं. बन्नू कहती है कि इस विषय पर

मेरा मत, अन्य मतों के जैसे ही, वही है, जिस पर मैं विश्वास करना चाहता हूँ, न कि यह प्रयोगधर्मी मूल्यांकन पर आधारित है.

दोपहर के भोजन के बाद मैं सिडकुल ऑफिस तक कार में गया और लॉन में बैठा. उपस्थिति कम थी, किन्तु इससे मुझे उन लोगों से व्यक्तिगत रूप से बात करने का अवसर मिला, जो दफ्तर में उपस्थित थे. उन्होंने प्रायः मुझे अधीर रूप में देखा है. आज माहौल सहज है. मैंने उनके साथ कॉफी पी, उनमें से कई लोगों के साथ बात की और अपने साधारण सुझाव दिए. तीन बजे, उद्योगपतियों ने पहुँचना शुरू किया और मैंने उनके और महाप्रबन्धक के साथ बैठक की. हमारे साथ हिन्दुस्तान लीवर, रुद्रपुर से आटा मिल परिषद् और खदान मिल अपने निवेश प्रस्तावों के बारे में वार्ता करने के लिए आए थे. हिन्दुस्तान लीवर भारत हैवी इलैक्ट्रिकल्स लि. में एक वृहद् निवेश करने का विचार कर रहा है.

02 नवम्बर, 2003

मुझे किस चीज़ ने इतना व्यस्त किया है? फाइलों की संख्या बढ़ रही है, उत्तर देने के लिए कई पत्र भी हैं, निवेशकों के प्रश्न और अपने मामलों के निपटारे के लिए स्टाफ की आशाएँ हैं. कई मामले कई साल से अटके हैं, उदाहरण के लिए एक नवम्बर का दोपहर पूर्व का पूरा समय स्टाफ की प्रोन्नति और विभागीय प्रोन्नति समितियों के मामलों में बीत गया. उत्तर प्रदेश से उत्तरांचल के पृथक् होने के साथ ही, विभाग को पुनर्गठित किया गया, किन्तु इस प्रकार पुनर्गठित करना सिर्फ कागज़ पर सहज दिखाई देता है. वरिष्ठता और स्थापन से सम्बन्धित विकट मामले हैं. एक विशेष उदाहरण लें. हस्तकला और हस्तकरघा विभाग (जो उत्तर प्रदेश में पृथक विभाग था) अब उद्योग विभाग के साथ विलय हो गया है. उद्योग विभाग अपेक्षाकृत बड़ा विभाग है, इसलिए प्रोन्नति की गति धीमी थी, किन्तु समान पदधारी की तुलना में जिम्मेदारी अपेक्षाकृत अधिक थी. आप दो विभागों का विलय बिना अन्तर्दाह/ईर्ष्या के कैसे कर सकते हैं. इन मामलों में कानून, प्रशासनिक पूर्वोदाहरण, उत्तर प्रदेश सरकार द्वारा समय-समय पर दबाव/धमकी के कारण जारी किए गए विसंगत सरकारी आदेश और सर्वोपरि न्याय एवं निष्पक्ष व्यवहार और साथ में, निश्चित रूप से प्रशासनिक अविलम्ब का प्रश्न है. मुझे यह स्वीकार करने के लिए स्पष्टवादी होना चाहिए, मैंने कभी इस स्तर पर काम नहीं किया है, जहाँ मुझे सेवा-नियमों की पूरी जानकारी की ज़रूरत होती. यह एक

स्पष्ट सीमा है. मैंने यह समझ लिया है कि मैं किसी भी बात और हरेक बात का विशेषज्ञ नहीं हो सकता हूँ.

यहाँ मुझे रिकॉर्ड में, उमाकान्त पँवार, अपर सचिव, उद्योग विभाग के द्वारा इस मामले में पृष्ठभूमि में किए गए कष्टदायी काम का उल्लेख करना चाहिए. मैंने निष्कर्ष निकाला कि मैं उनकी व्यावसायिक सलाह पर भरोसा कर सकता हूँ.

03 नवम्बर, 2003

आनन्ददायी छुट्टी

कल दोपहर के खाने के तुरन्त बाद, मुझे मुख्यमन्त्री के दफ्तर से फोन आया कि वह औद्योगिक नीति पर संक्षिप्त लेख चाहते हैं, क्योंकि वह उत्तरी भारत में, उद्योग के गढ़ लुधियाना जा रहे हैं. यद्यपि वह विशेष रूप से उद्योग विभाग से सम्बन्धित समारोह में नहीं जा रहे थे, फिर भी इस यात्रा पर जाते हुए उनके दिमाग में उद्योग था. लुधियाना मेरे गृह-नगर से केवल 70 किमी. की दूरी पर है. मैंने मुख्यमन्त्री से निवेदन किया कि यदि यह संभव है, तो मैं उनके साथ लुधियाना आना चाहूँगा और वहाँ से अपने माता-पिता को मिलने के लिए कपूरथला जाऊँगा. वह तुरन्त सहमत हो गए और मैं जल्दी से कपड़ों का जोड़ा, औद्योगिक निवेश पर अपनी प्रस्तुति और उद्योग नीति की दर्जन प्रतियाँ लेकर सीधे हवाई अड्डे पहुँच गया.

मुख्यमन्त्री लुधियाना में बहुत लोगों को जानते हैं. उद्योग संगठन, राज्य सरकार के अधिकारी, उनके कांग्रेस सहयोगी—सभी उनका स्वागत करने के लिए हवाई अड्डे पर पहुँचे. अत्यधिक अलंकृत स्वागत के बाद, हम सर्किट हाउस गए, जहाँ मैं कुछ मुख्य उद्योग संगठनों से मिला और मैंने उत्तरांचल में निवेश-क्षमता से उन्हें प्रभावित किया. मुख्यमन्त्री ने उद्योग के मुखियाओं के साथ एक-एक कर संवाद किया, जिसका बहुत अधिक प्रभाव हुआ. मुझे प्राथमिकता के आधार पर इनका अनुगमन करना होगा. (यह वस्तुतः गम्भीर समस्या है क्योंकि अनुगमन के लिए समय नहीं है). मेरा अनुमान है कि मुझे प्रति सप्ताह एक दोपहर अनुगमन के लिए रखना चाहिए. कम से कम उन बिन्दुओं के अनुगमन के लिए जिनका उल्लेख इन संस्मरणों में है. उदाहरण के लिए, यह अक्तूबर के पूर्वार्द्ध में निश्चित हुआ है कि मेरे जिलाधिकारी को पत्र लिखने की अपेक्षा बेहतर विचार होगा कि राज्य मन्त्री जिला पंचायत के अध्यक्षों को पत्र लिखें. हमने इसके जवाब को

मॉनीटर नहीं किया या इनका अनुगमन नहीं किया. इसी मामले में, जिलाधिकारियों को एक और खत भेजा जा सकता है, क्योंकि वे उद्योग समितियों के अध्यक्ष हैं.

2 नवम्बर की साँझ, मेरे माता-पिता मुझे देखकर आनन्दित हो गए. मैं उनके साथ कुछ घंटे ही व्यतीत कर सका, क्योंकि मुझे अगली सुबह मुख्यमन्त्री के साथ वापिस उड़ान भरनी थी.

***

04 नवम्बर, 2003

हम 10 बजे प्रातः देहरादून पहुँचे. मुख्यमन्त्री सीधे मन्त्रिमण्डल की बैठक के लिए गए और मैं मधुबन होटल गया; जहाँ राज्यमन्त्री ने अमरीका के आप्रवासी उत्तरांचलवासियों को उत्तरांचल में आन्तरिक निवेश के लिए और चिह्नित क्षेत्रों में निवेश आकर्षित करने के लिए तथा अमरीका में प्रतिनिधिमण्डल भेजने की संभावना के लिए निमन्त्रित किया था. अब किशोर उपाध्याय राज्य में तीन प्राथमिकताओं पर जोर दे रहे हैं : लाल फीताशाही न हो, हस्तान्तरण मूल्य शून्य हो और प्रशासन की प्रक्रिया में पारदर्शिता हो. व्यावसायिक उद्यमी के लिए यह उतना ही महत्त्वपूर्ण है जितना कि उत्पादन शुल्क और आयकर में छूट. उद्योगपतियों की नई पीढ़ी समझती है कि पैसा बनाना है, लाभ कमाना है, इसके लिए एक बार पूँजीनिवेश से ब्याज या किराया लेना काफी नहीं है. सामन्तवादी व्यवस्था एवं आधुनिक उद्यम व्यवस्था में यही मूलभूत अन्तर है. ब्याज या किराए से धनार्जन की निश्चित सीमा है; जबकि प्रतिस्पर्द्धा एवं गुणवत्ता के स्तर को उन्नत करने की प्रक्रिया द्वारा धन को द्विगुणित करने की असंख्य संभावनाएँ हैं. विचारों का स्वस्थ आदान-प्रदान हुआ. वास्तव में अन्तर्राष्ट्रीय श्रेष्ठता के बहु-आयामी संस्थान की स्थापना के बारे में विचार में चर्चा के बाद काफी सुधार आ गया. यह अर्थपूर्ण संवाद रहा. हम भूमण्डलीय निवेश के लिए स्वयं को तैयार कर रहे हैं. ऐसा करने से पहले, हमें अपने उद्योग को जमीन देनी है और यह सुनिश्चित करना है कि फैक्टरी आना शुरू करें, ट्रकों का आवागमन हो और लोगों को रोजगार मिलना शुरू हो.

किशोर उपाध्याय द्वारा आप्रवासी भारतीयों के लिए पहल

इस दिन की अन्य उल्लेखनीय बात है कि सिडकुल को निर्यातकों के पंजीकरण के लिए अन्तरिम एजेंसी का दर्जा दिया गया है. उत्तर प्रदेश में

निर्यातकों के पंजीकरण हेतु, उनको प्रक्रियात्मक देरी से बचाने के लिए और उचित छूट, जिसके वे हकदार हैं, दिलाने के लिए एक निर्यात परिषद् की स्थापना की गई है. यहाँ उदाहरण के लिए बासमती निर्यात का मामला है. मण्डी परिषद् बासमती निर्यातकों को मण्डी कर से मुक्त करती है, बशर्ते कि उनके पास निर्यात प्रमाण-पत्र सही रूप से प्राप्त हो. एक घोषित एजेंसी के बिना निर्यातकों के लिए यह काम बहुत अधिक कठिन था. उद्योग राज्यमन्त्री के साथ परामर्श करने के बाद यह निश्चित किया गया कि उत्तरांचल के लिए निर्यात-परिषद् के गठित होने तक, सिडकुल को केन्द्रीय एजेंसी की भूमिका दी जा सकती है. पहले ही दिन, प्रथम निर्यात पंजीकरण मैसर्स के.एल.ए. राइस द्वारा किया गया. अब हमें अखबार में निर्यात पंजीकरण की प्रक्रिया के विषय में विज्ञापन देने की जरूरत है और इसका भारत निर्यात संगठन संघ द्वारा अनुगमन होना चाहिए और उनकी मदद ली जानी चाहिए.

रुग्ण इकाइयों के लिए पुनर्वास योजना

राज्यों के लिए निर्यात हेतु अवस्थापना विकास की वीडियो कांफ्रेंसिंग आखिरी मिनट रद्द कर दी गई, मैं रुग्ण इकाइयों के पुनर्जीवन के लिए रिज़र्व बैंक ऑफ इण्डिया द्वारा आहूत राज्य स्तरीय अन्तर-संस्था समिति की बैठक में उपस्थित हो सका. मैंने अपना प्रारम्भिक विचार : इस समिति की स्थापना का मूल लक्ष्य रुग्ण इकाइयों को पुनर्जीवित करने का ईमानदार प्रयास है, स्पष्ट करने के बाद पराग गुप्ता को बैठक संचालित करने के लिए कहा. पराग ने बैठक का संचालन किया और अधिकांश बैंकर्स ने माना कि ब्रांच स्तरीय विश्लेषण करने पर कार्य उतना जटिल नहीं है, जितना उत्तरांचल में विशद् तथ्यों से प्रतीत होता था. यह निश्चित हुआ कि सभी मुख्य जिला प्रबन्धक और जिला उद्योग समितियों के प्रबन्धक एक बार फिर अपने स्तर पर प्रत्येक मामले की व्यावहारिकता की जाँच करेंगे और 'जानबूझकर दोष' और 'परिस्थित्यात्मक दोष' के आधार पर पुनर्जीवन की संभावनाओं का मूल्यांकन करेंगे.

05 नवम्बर, 2003

इण्डियन इंटरनेशनल ट्रेड फेयर 2003 में उत्तरांचल स्टॉल के पैवेलियन गाइड को पहचानने और प्रशिक्षित करने के लिए एयर हॉस्टेस अकादमी की मदद के लिए निवेदन किया गया. पिछले साल तक हम दिल्ली से गाइड लड़कियों की सेवाएँ लेते थे, जो

उचित रूप से प्रशिक्षित, अभिप्रेरित नहीं थीं या यहाँ तक कि उस राज्य की पृष्ठभूमि भी नहीं जानतीं थीं, जिसके लिए वह आगन्तुकों को गाइड कर रही थीं. मैंने पिछले साल इस समस्या को पहचाना था; जैसाकि मैंने ध्यान दिया था, अधिकांश पैवेलियन गाइड अपने सुनिश्चित कार्य के प्रति अनिच्छुक थीं, वह तो विज़िटर बुक भी नहीं भरवातीं थीं और राज्य के बारे में बिल्कुल कुछ जानकारी नहीं देतीं थीं. मैंने देहरादून में एयर होस्टेस एकेडमी की भावना भंगा से विदाई समारोह सप्ताह[1] में बात की और आरम्भिक संकोच के बाद, एयर हॉस्टेस अकादमी ने सहमति दी. निश्चित रूप से, यह राज्य सरकार एवं एयर हॉस्टेस अकादमी दोनों के लिए अच्छा अवसर होगा. प्रशिक्षणार्थियों को खुलने का मौका मिलेगा. एयर हॉस्टेस अकादमी ने चौदह लड़कियों की सिफारिश की और हमें उत्तरांचल पैवेलियन के लिए आठ लड़कियाँ चुनने के लिए कहा. यह वास्तव में, एक कठिन कार्य था, क्योंकि सभी लड़कियाँ होशियार, उत्साही और अपना बेहतर कदम आगे रखने को उत्सुक थीं. हमने अच्छे प्रशासनिक अधिकारी की तरह उनमें से प्रत्येक को उद्योग नीति और राज्य की पृष्ठभूमि की प्रति दी और अकादमी से कहा कि हमारे लिए अन्तिम सूची तैयार करें. मुझे अब विश्वास था कि हमारे पैवेलियन का प्रबन्धन सर्वोत्तम होगा.

एयर हॉस्टेस अकादमी एवं इण्डियन इंटरनेशनल ट्रेड फेयर

मुझसे मिलने वाले निवेशकों में डी.टी.ए. कन्सल्टिंग के मानस चक्रवर्ती भी थे, जो इससे पहले नई दिल्ली में मुख्य निवेश आयुक्त के.आर. भाटी से मिले थे. इस समूह ने फ्लोट ग्लास इन इण्डिया के प्रोजेक्ट पर 400 करोड़ रुपये के निवेश से जापानी संकाय बनाने की सलाह दी. हमेशा की तरह हमारा प्रतियोगी हिमाचल प्रदेश है और मानस को दोनों राज्य की स्थिति जाँचने के लिए निर्देश दिए गए हैं. मानस के साथ बात करना और उन्हें राज्य सरकार की विभिन्न नीतियों की व्याख्या देना रोचक था. जब वह राज्य में राजनैतिक परिप्रेक्ष्य की बात कर रहे थे, मुझे किशोर उपाध्याय का फोन आया और मैंने उनसे सीधे मन्त्री से बात करने के लिए कहा. हमने उनका ऊर्जा, वन एवं प्रदूषण नियन्त्रण अधिकारियों से भी सम्पर्क कराया. हरिद्वार प्रोजेक्ट के महाप्रबन्धक, नन्दा कल सुबह उन्हें भारत हैवी इलैक्ट्रिकल्स लि. की भूसम्पत्ति पर ले जाएँगे.

मैं बहुत चाहता हूँ कि हमें यह प्रोजेक्ट मिले. मानस ने भी हमें यह कहते हुए सकारात्मक स्पर्श दिया कि वह कई राज्यों में उद्योग बढ़ाने वाले कार्यों के लिए गए हैं, सिर्फ तमिलनाडु और उत्तरांचल (उनके दृष्टिकोण से) गम्भीर व्यवसायी हैं.

मैंने संयुक्त / सहायता प्राप्त / निजी / सहकारी क्षेत्रों में औद्योगिक भूसम्पत्ति की स्थापना के सम्बन्ध में विलम्ब से बचने और लाल फीताशाही को काटने के लिए एक और निर्णय लिया. मैंने इसे स्थापना दिवस के कार्यक्रम में सम्मिलित कर दिया, ताकि

1. 1-7 सितम्बर पूरी तरह से जाने वाले मुख्य सचिव मधुकर गुप्ता के विदाई समारोह में गुजरा.

भारतीय उद्योग परिसंघ और सिडकुल दोनों नियम निर्धारित करें और इस सप्ताह के अन्त तक मुख्य सचिव के समक्ष अनुमोदन के लिए प्रस्तुत करें. यदि हमारे पास पूरा करने के लिए कोई लक्ष्य और पाने के लिए मील का पत्थर न हो, तो क्या हो?

***

राज लूम्बा और इण्डिया फर्स्ट फाउंडेशन

इण्डिया फर्स्ट के राज लूम्बा की यू.के. में निर्यात में संलग्न संस्थाओं के सचिव और महाप्रबन्धक के साथ बैठक आयोजित करने का दायित्व भी उद्योग विभाग को दिया गया. विशिष्ट आप्रवासी राज लूम्बा ने लूम्बा ट्रस्ट की स्थापना की है, जो देश के प्रत्येक राज्य और केन्द्र-शासित प्रदेश में सौ योग्य बच्चों को छात्रवृत्ति देता है. 1960 में वह भारत से गए और उन्होंने यू.के. में वस्त्र और बने हुए वस्त्रों के उद्योग में अपनी उपस्थिति दर्ज की और गत कुछ वर्षों से वह भारत और यू.के. के मध्य निवेश प्रोत्साहन कार्यों में संलग्न हैं. रॉयल इंस्टीट्यूट ऑफ इंटरनेशनल अफेयर्स (चाथम हाउस) सहित यू.के. और भारत में मुख्य संस्थाओं का सदस्य होने के कारण उनके द्वारा उत्तरांचल निवेश का काम लेने से राज्य की बड़ी मदद होगी. यह उत्तरांचल के महामहिम सुदर्शन अग्रवाल की व्यक्तिगत पहल से ही संभव हो सका, जिन्होंने उनसे हिमज्योति फाउंडेशन[1] के लिए धन-एकत्रीकरण के सन्दर्भ में सम्पर्क किया.

राज लूम्बा सिडकुल, उत्तरांचल अवस्थापना विकास कम्पनी, सचिव, कृषि और निर्यात क्षेत्र में सुबुद्धि, जो उद्यानिकी में हमारे लिए उत्तरापेक्षी है, द्वारा दी गई प्रस्तुतियों से काफी प्रभावित हुए. हम निवेश के कुछ मुख्य अवसरों के रूप में पर्यटन, जल विद्युत, अवस्थापना और वस्तुओं के निर्यात को चिह्नित करने में समर्थ हुए.

07 नवम्बर, 2003

हमने पर्यटन, उद्यानिकी और उद्योग के क्षेत्र में सुलभ अवसरों पर प्रस्तुति के लिए व्यावसायिक भोज का आयोजन किया. राज लूम्बा ने सुझाव दिया कि प्रस्तुतियाँ विभिन्न क्षेत्रों में अवसरों और उनके वित्तीय विश्लेषण, विशेष रूप से लाभ, ब्याज दर, पूर्व-प्रस्तुत प्रतिवेदन की समीचीनता और खरीद के लिए उनकी सुलभता पर केन्द्रित हों. हमारे सौभाग्य से, हमारे पास इन मुद्दों पर उत्तर थे, किन्तु यह भी

1. महामहिम द्वारा उत्तरांचल में निर्धन बच्चों की शिक्षा को बढ़ावा देने के लिए स्थापित.

स्वीकार करना होगा कि अभी तक घरेलू निवेशकों के लिए प्रस्तुतियाँ की गई हैं और आप्रवासी भारतीयों द्वारा देश में अधिकारियों के साथ विचार विनिमय के सम्बन्ध में आड़े आने वाली समस्याओं पर विचार नहीं किया गया.

हमने वास्तव में अमरेन्द्र सिन्हा की अनुपस्थिति महसूस की. हम प्रोजेक्ट आरोही[1] और प्रोजेक्ट शिखर[2] के बारे में सिर्फ विस्तृत जानकारी दे सके, जबकि वह प्रौद्योगिकी पर आत्मविश्वास और पूर्ण विश्वसनीयता के साथ बोलते हैं. इस समय अमरेन्द्र बैंगलौर में प्रौद्योगिकी समारोह में हैं.

घेरज़ी को आज भारत हैवी इलैक्ट्रिकल्स लि. की औद्योगिक भूसम्पत्ति पर प्रस्तुति देनी थी, किन्तु वे देर सायं तक देहरादून नहीं पहुँचे हैं. मैंने उनकी प्रस्तुति के लिए अगले दिन सुबह 8 बजे का समय निश्चित किया है, क्योंकि मुझे सायं 4 बजे तक कोटद्वार में ग्रोथ सेंटर की बैठक में पहुँचना है, जो पिछले काफी समय से मुख्यतः उत्तरांचल और भारत सरकार के मन्त्री की राजनैतिक प्रतिस्पर्द्धा के कारण अटका हुआ है. मुख्यमन्त्री ने हस्तक्षेप करने की कोशिश की और मुख्य सचिव ने सम्बद्ध अधिकारियों से बात की. मैंने केन्द्रीय मन्त्री के निजी सचिव द्वारा दबाव बनाने की कोशिश की. हमारा सौभाग्य है कि यह बैठक अच्छी रही. हमारे पास प्रोजेक्ट की स्वीकृति 'सिद्धान्ततः' है बशर्ते कि हम सरकारी भूमि पर खर्चा कम करें एवं तकनीक एवं प्रौद्योगिकी पर व्यय करें.

कोटद्वार में ग्रोथ सेंटर

ग्रोथ सेंटर को 15 करोड़ केन्द्रीय अनुदान मिलेगा और मैंने वचन दिया है कि अगले कुछ दिनों में इसका विस्तृत विवरण बनाऊँगा. आशा है कि सोमवार (10 नवम्बर) को मैं ये विस्तृत विवरण भेज सकूँगा. यहाँ यह जोड़ना उपयुक्त होगा कि मैं बैठक में अति आत्म-विश्वास से और प्रतिवेदन के पूर्ण अध्ययन के बिना गया था, क्योंकि मेरे अधिकारियों ने मुझे यह बताया था कि बैठक तो केवल औपचारिकता है, यह स्क्रीनिंग समिति द्वारा पूर्व अनुमोदित है. अधिकांश बैठकों की तरह अध्यक्ष ने बैठक को दिशा दी. भाग्यवश, कृषि-निर्यात क्षेत्र के सम्बन्ध में मेरे पूर्व अनुभव के आधार पर मैं सचिव और अध्यक्ष को विश्वास दिलाने में समर्थ रहा कि राज्य सरकार सुझावों को स्वीकार करेगी. मैं प्रमुख सचिव, वित्त को मोबाइल फोन से विश्वास में लेने के बाद ही ऐसा कर सका.

---

1. प्रोजेक्ट आरोही : उत्तरांचल में सरकारी और सरकारी सहायता प्राप्त स्कूलों में कक्षा VI-VII के सभी बच्चों के लिए कम्प्यूटर-शिक्षा का कार्यक्रम है. संरक्षकों को आवर्तन व्यय के लिए 10 रु. देने होंगे. यह प्रोजेक्ट इंटेल और माइक्रो सॉफ्ट के सहयोग से शुरू किया गया.
2. प्रोजेक्ट शिखर : डिग्री कॉलेज के विद्यार्थियों के लिए स्वैच्छिक कार्यक्रम जो एम.सी.ए. के बराबर कम्प्यूटर शिक्षा देता है. एप्टैक और ECIL द्वारा चलाए जा रहे कार्यक्रम में 350 रु. प्रति माह शुल्क है.

यह एक उदाहरण है, जिसको मैं उत्तरांचल में विभागीय सचिवों के मध्य मैत्रीभाव एवं सामूहिक सहयोग के रूप में उद्धृत करूँगा. कम ही राज्य सरकार में सचिव राज्य के प्रति प्रतिबद्धता के सम्बन्ध में इस पूर्ण विश्वास के साथ निर्णय ले सकेंगे कि जब मामला सामने आएगा तो वित्त विभाग से फाइल पर समर्थन मिल ही जाएगा. प्रस्तावित अधिग्रहण और पुनर्वास के मामले में भूमि-स्वामित्व के कुछ विवरण भी उठाए गए, किन्तु ये सब नियन्त्रण में है. यदि सब सही रहे, तो स्पष्टीकरण अधिक से अधिक 14 नवम्बर तक और स्वीकृत प्रोजेक्ट कैलेंडर वर्ष के अन्त तक भेजना चाहिए.

उत्तरांचल के उच्च सोपान की टीम-स्पिरिट

दिन बहुत व्यस्त रहा, किन्तु नई दिल्ली में ठहरने का अर्थ होता भारत हैवी इलैक्ट्रिकल्स लि. भूसम्पत्ति के सूक्ष्मतर विवरण के अन्तिम प्रारूप में देरी, ऊर्जा निगम के साथ वार्ता का स्थगन और फलतः वास्तविक भूमि-आबंटन में रोक लगना, क्योंकि भूमि का मूल्य अन्तिम रूप से निश्चित नहीं किया गया है.

इसलिए, मैं मध्यरात्रि के बाद पूरी तरह से थका हुआ पहुँचा और सोने के लिए चला गया सुबह जितनी जल्दी हो सका, कार्यालय के लिए तैयार हो गया. मैंने कैडबरी के उच्चतम प्रबन्धक सैडरिक वाज़ और धर्मेश जोशी के साथ पहले ही बैठक तय की थी. वह दोनों भूसम्पत्तियों के बारे में प्रश्न पर प्रश्न पूछ रहे थे, किन्तु मुझे अन्दाज़ है कि विश्वविद्यालय की निकटता के कारण वह पन्तनगर ही चुनेंगे. यह पन्तनगर में हमारे लिए एक और बड़ा निवेश होगा.

कार्य की अधिकता का स्वाभाविक परिणाम हो सकता है कि कहीं किसी क्षेत्र में गलती रह जाना. भारतीय उद्योग परिसंघ और उत्तरांचल सरकार की संयुक्त निवेश विवरणिका में विसंगति का रह जाना स्वाभाविक ही था. चूक होने के लिए जिम्मेदारी को स्वीकार करते हुए, कारण ढूँढना कठिन नहीं था. सिडकुल और उद्योग के सह-निदेशक अलग गति से चलते हैं, दोनों का दिशा-बोध भिन्न है. दोनों ने भारतीय उद्योग परिसंघ को अपनी बातें भेजीं और दोनों के तथ्यात्मक विचार-वैभिन्न्य के कारण त्रुटि हो गई.

09 नवम्बर, 2003

आठ नवम्बर को अनिल अम्बानी, रिलायंस समूह के प्रबन्धकीय निदेशक, अपनी टीम के साथ मुख्यमन्त्री से मिले. मुख्यमन्त्री के साथ बातचीत की प्रारम्भिक तैयारी

में उन्होंने अपने स्वर्गीय पिता धीरू भाई के साथ तिवारी जी के घनिष्ठ सम्बन्ध की चर्चा की और फिर रिलायंस और उत्तरांचल सरकार में ऊर्जा क्षेत्र में सहयोग के विभिन्न विकल्प बताए. उत्तरांचल की पूरी टीम के साथ भावनात्मक सम्बन्ध स्थापित करते हुए उन्होंने उत्तरांचल में जल विद्युत के क्षेत्र में भारी निवेश के कारण गिनाए. दीर्घ समय में, इससे उनके दिल्ली में वितरण-व्यापार को विद्युत-सम्पूर्ति का व्यय कम होगा.

मुख्यमन्त्री की अनिल अम्बानी से मुलाकात

उन्होंने यह भी बताया कि कैसे दिल्ली में झुग्गी-झोंपड़ी समूह में अवैध कनेक्शन के नियमितीकरण होने पर दिल्ली में विद्युत मूल्य कम हो जाएगा, रिलायंस समूह एक विशाल विद्युत गृह (1000+MW क्षमता का) और वितरण व्यापार स्थापित करना चाहता है, जिसके लिए उन्होंने प्राप्त विकल्प सुझाए. वह अपनी तैयारी बहुत अच्छी तरह से किए हुए थे. एक बात जो आकस्मिक तौर से और समय की असली पकड़ के साथ कही, वह थी: जहाँ वह राज्य से भावनात्मक रूप से जुड़े हैं, उनके पिता का मुख्यमन्त्री के प्रति अगाध सम्मान भाव था, साथ ही वह 35 लाख रिलायंस-अंशधारकों के प्रति भी उत्तरदायी हैं; जो उनसे उम्मीद करते हैं कि वह अपनी पूँजी का बुद्धिपूर्वक उन प्रोजेक्ट में निवेश करें, जिससे लाभ सकारात्मक दर पर मिले. परस्पर लाभकारी सम्बन्ध की और उत्तरांचल में सरकार एवं निजी क्षेत्र की शक्ति को बढ़ाने की बात करते हुए, उन्होंने टिप्पणी की कि हिमाचल और नेपाल में भी जल विद्युत परियोजनाओं के लिए अवसर उपलब्ध हैं. मैं कहना चाहूँगा कि मैं उनकी सम्भाषण कला से काफी प्रभावित था. उन्हें किसी कागज़ या अपने सहायकों से मदद की जरूरत नहीं थी. मैंने अवस्थापना क्षेत्र में भी रिलायंस निवेश की संभावना के विषय में उनसे बात की, वह मूल रूप से ऊर्जा क्षेत्र में ही निवेश चाहते हैं. उद्योग भूसम्पत्ति का इसमें समावेश होता है क्योंकि वे अनिवार्य तत्त्व के रूप में विद्युत का प्रयोग करते हैं.

अगले दिन मुख्य सचिव अन्तर्राष्ट्रीय मुद्रा कोष के साथ परस्पर समझौते और वित्तीय अनुबन्ध के लिए रोम जा रहे थे. हमारे लिए यह महत्त्वपूर्ण था कि हम भारत हैवी इलैक्ट्रिकल्स लि. की औद्योगिक भूसम्पत्ति पर भूमि का मूल्य निर्धारित करें. यद्यपि सिडकुल ने प्रस्तावित किया था कि हम रु. 630-650 प्रति वर्ग मीटर पर भूमि दें, मेरी आन्तरिक अनुभूति थी कि यदि हम रु. 600 प्रति वर्ग मीटर की सीमा लाँघेंगे, तो विरोध होगा. मुद्दा यह था कि क्या भूमि का सर्कल मूल्य शामिल किया जाए. मेरा तर्क था कि जब हम ऊर्जा स्रोत का सम्पूर्ण व्यय (45 करोड़ रु.) भूसम्पत्ति पर डाल रहे हैं, यह न्यायपूर्ण नहीं होगा कि हम उद्योग से भूमि का मूल्य वसूल करें, जिसके लिए राज्य सरकार भारत हैवी

औद्योगिक भूखण्डों का मूल्य-निर्धारण

इलैक्ट्रिकल्स लि. को कुछ नहीं दे रही है. हमें हिमाचल के ख्याल से मूल्य देखना है, हमारा यह ख्याल है कि हम केवल बड़े खिलाड़ियों को चाहते हैं. क्या रु. 560 प्रति वर्ग मीटर भी अधिक है? किन्तु मैं भूमि-मूल्य के निर्धारण की पूर्ण प्रक्रिया में दुबारा नहीं उलझना चाहता हूँ. मुझे अच्छी तरह से ज्ञात है कि इस क्षेत्र में मेरी अनुभवहीनता और अज्ञान एक कमजोरी है. मेरा अनुमान है कि मैं जल्दी सीख रहा हूँ. यह अगली भूसम्पत्ति में नहीं होगा, जब कुछ हफ्तों बाद हम सितारगंज का विकास करेंगे. किन्तु मुख्य सचिव द्वारा अनुमोदित पूरी प्रक्रिया का सर्वोत्तम भाग था : *पूरे वेग से आगे बढ़ो !*

10 नवम्बर, 2003

ऊर्जा की दुनिया से वित्तीय संसार में सम्बन्ध और जुड़ाव लगभग स्वयंसिद्ध हैं. यह एक रोचक संयोग है कि मुख्य सचिव के साथ अगली बैठक राज्य सरकार और इंस्टीट्यूट ऑफ चार्टर्ड फाइनेंशियल एनालिस्ट्स ऑफ इण्डिया के साथ परस्पर समझौते पर हस्ताक्षर करने के अवसर पर, देहरादून में वित्तीय क्षेत्र विकसित करने के लिए हुई. यह विचार एम. रामचन्द्रन द्वारा शुरू किया गया, जो अब मुख्यमन्त्री के प्रमुख सचिव के दायित्व के साथ अवस्थापना विकास आयुक्त का कार्यभार भी सँभाल रहे हैं. भारतीय चार्टर्ड वित्त विश्लेषक संस्थान एक मुख्य वित्तीय अध्ययन संस्थान के रूप में उभरा है, जो चार्टर्ड फाइनेंशियल एनालिस्ट कोर्स पढ़ा रहा है. गत वर्षों में, यह व्यापारिक अध्ययन, प्रबन्धकीय परामर्श, शिक्षा, विधि अध्ययन और सम्बद्ध विषयों में भी विषयान्तरण कर रहा है. उत्तरांचल में विश्वविद्यालय की स्थापना का निर्णय राज्य सरकार और भारतीय चार्टर्ड वित्त विश्लेषक संस्थान दोनों के लिए सकारात्मक कदम है. अगले कदम पर, हमने विश्वविद्यालय परिसर से अनुबद्ध वित्तीय/वाणिज्य संकाय स्थापित करने की संभावना के बारे में भी उनसे बात की. मैंने उनको सुझाव दिया कि हमें मसूरी-देहरादून विकास प्राधिकरण के साथ तुरन्त बात करनी चाहिए, जो इस समय हरिद्वार-देहरादून मार्ग पर संस्थात्मक क्षेत्र के साथ-साथ 1000 एकड़ भूमि निर्धारण की प्रक्रिया में संलग्न है. इस वित्तीय क्षेत्र में मुख्य बैंकों/बीमा/ऋण दाता/निवेश परामर्शदाता और शोध सेवाओं के मुख्य/प्रादेशिक/व्यापारिक

उत्तरांचल सरकार एवं भारतीय चार्टर्ड वित्त विश्लेषक संस्थान के मध्य परस्पर समझौता

प्रक्रिया के अधिसंसाधन कार्यालय होंगे. शायद भविष्य में, स्टॉक एक्सचेंज / भावी बाज़ार की स्थापना हो सकेगी. जैसे उद्योग बढ़ेगा, गुलाबी अखबारों में उत्तरांचल / देहरादून का अंक जोड़ने की जरूरत होगी. वैसे भी, उद्योग के आने से पहले ही वित्तीय क्षेत्र की योजना बनाना, अच्छी व्यावसायिक बुद्धि दर्शाता है, साथ ही भारतीय चार्टर्ड वित्त विश्लेषक संस्थान और राज्य सरकार के पक्ष में दीर्घदृष्टि का परिचायक है.

राज्य का स्थापना दिवस 9 नवम्बर को आत्मविश्वास के साथ मनाया गया. अन्य कई आयोजनों के साथ मुख्यमन्त्री ने अर्बन हाट का उद्घाटन किया, भारतीय उद्योग परिसंघ के साथ संयुक्त निवेश विवरणिका का विमोचन हुआ, उद्योग भूसम्पत्ति की स्थापना के लिए तीन परस्पर समझौतों पर हस्ताक्षर किए गए.

12 नवम्बर, 2003

सहकारी समितियों की ओर : स्वयं सहायता सहकारिता अधिनियम

11 नवम्बर को सी.ई.सी.आई.-सी.ई.बी.ई.डी.[1] का सम्मेलन सहकारिता के लिए आत्मनिर्भरता अधिनियम पर हुआ. मैं कुछ खुश था कि मुझे परिपूर्ण सत्र और तकनीकी सत्र, दोनों में प्रथम वक्ता के रूप में निमन्त्रित किया गया, हालाँकि मैं सहकारिता विभाग छोड़ चुका हूँ. यह सत्य है कि मेरा 2001 के पूर्वार्द्ध में सी.ई.सी.आई.-सी.ई.बी.ई.डी. के कार्यक्रम के शुरू के दौर से सम्बन्ध रहा है, जबकि मैं अभी अकादमी में ही था. कई संगठन आपके साथ सम्पर्क में उस समय नहीं रहते हैं, जब एक बार पद परिवर्तन हो जाए. सहकारिता में हमारी कितनी अच्छी टीम थी. यद्यपि विभाग और सहकारिता नेता आरम्भ में अधिनियम में बदलाव या प्राइमरी कृषि-ऋण सहकारी समितियों के स्व-सहायता समूह में या आई.सी.आई.सी.आई. बैंक के साथ साझीदारी के प्रति उत्साहित नहीं थे, उनकी अधिकांश आशंकाएँ और भय की भावना दूर हो गई. मुझे प्रमोद कुमार सिंह, उत्तरांचल सहकारी बाज़ार संघ के अध्यक्ष का पूर्ण सहयोग मिला. वस्तुतः उन्होंने खाई से घिरे हुए सहकारी निकाय से होने वाले

1. कैनेडियन सेंटर फॉर इंटरनेशनल स्टडीज इन-कोऑपरेशन कम्यूनिटी बेस्ड इकनॉमिक डेवेलपमेंट.

विरोध को शान्त करने में महत्त्वपूर्ण भूमिका निभाई. उन्होंने सहकारिता मन्त्री, मन्त्री प्रसाद नैथानी को भी विश्वास में लिया, जो बाद में, विशेष रूप से महिला बैंक और बीमा सम्बद्ध इकाइयों के प्रबल समर्थक बन गए. प्रेम सिंह हूडा मेरे प्रबल समर्थक हैं. ओरिएंटल बैंक ऑफ कॉमर्स से प्रतिनियुक्ति पर, हूडा सहसपुर से चकराता की पट्टी पर 'ग्रामीण' प्रोजेक्ट को शुरू करने का कार्यभार सँभाल रहे है. प्रारम्भिक दिनों में, उन्हें भी विश्वास दिलाना पड़ा कि प्राइमरी कृषि ऋण सहकारी समितियाँ और स्व-सहायता समूह साथ-साथ काम कर सकते हैं. संयोग से, सहकारी एवं ग्रामीण विकास विभाग दोनों उस समय मेरे पास थे, जब सहकारी समितियाँ और स्व-सहायता समूह को जोड़ने के विचार को प्रथमतः जोरदार प्रोत्साहन शुरू किया गया. ग्राम्य विकास विभाग से भी तनिक विरोध था, क्योंकि उन्होंने स्व-सहायता समूह को हमेशा बेहतर स्तर के कृषकों को बीज और खाद बाँटने वाली अर्द्ध-सरकारी संस्था के रूप में देखा, जो अधिक कार्यकुशल नहीं है, जबकि स्वसहायता समूह अनिवार्य रूप से गरीबी रेखा के नीचे परिवारों के लिए है. मैं उत्तरांचल सहकारी बाजार संघ और सी.आई. व बीमा क्षेत्र के बीच सम्बन्ध स्थापित करने में सकारात्मक भूमिका निभाने वाले आई.सी.आई.सी.आई. बैंक के मनीष जैन का भी उल्लेख करना चाहूँगा. इससे पहले उन्होंने राज्य के कृषि की दूरगामी आदर्श योजना से सम्बन्धित विज़न प्रलेख का प्रारूप तैयार करने में सहायता की थी.

कुछ वर्षों से प्राइमरी कृषि ऋण सहकारी समितियों को पुनर्जीवित करना मेरे लिए भावावेग का विषय है. जबकि मैं प्राइमरी कृषि ऋण सहकारी समितियों के पतन के कारण बिन्दुवार बताने में समर्थ हूँ, उनके पुनर्जीवन के लिए व्यावहारिक कार्यवाही का सुझाव देने में सक्षम नहीं हूँ. इस दोराहे पर, मैं स्वीकार करना चाहूँगा कि तीन व्यक्तियों ने मुझे सहकारी आन्दोलन, समस्याओं और संभावित समाधानों के लिए वास्तविक अन्तर्दृष्टि दी. सर्वप्रथम हैं : अन्तर्राष्ट्रीय श्रम संगठन के स्व. कृष्ण कुमार तैमिनी जो सच में, मेरे संरक्षक रहे. उन्होंने न केवल मुझे इस क्षेत्र की समस्याएँ समझाईं, अपितु वह मुझे यथार्थवादी सुझाव दे सके. शशि राजगोपालन का भी मेरे चिन्तन पर बहुत महत्त्वपूर्ण प्रभाव रहा है, किन्तु उनका दृष्टिकोण भिन्न था. उन्होंने योजना आयोग के मॉडल सहकारी अधिनियम (1991) और बाद में आन्ध्र प्रदेश के परस्पर सहायता प्राप्त सहकारी समिति अधिनियम और सहकारी विकास संघ के प्रारूप अधिनियम को तैयार करने में मुख्य भूमिका निभाई है; हमने जम्मू-कश्मीर और पंजाब के लिए अधिनियमों पर भी साथ-साथ काम किया. सहकारिता के लिए सैद्धान्तिक स्वरूप को समझने, नेतृत्व के सिद्धान्तों और अकादमी में वास्तविक शिक्षण के लिए आदर्श अध्ययनों के सन्दर्भ में आई.आई.एम., अहमदाबाद के प्रोफेसर समर दत्ता को श्रेय है.

मैं शशि राजगोपालन से इस बात पर असहमत था कि सरकारी सहकारी समितियों को उनके भाग्य पर छोड़ दिया जाए, मेरा दृष्टिकोण था कि इतने बड़े नेटवर्क : उत्तरांचल में लगभग 800 और पूरे देश में लगभग 95000, प्राइमरी कृषि ऋण सहकारी समितियाँ को सजीव रखने के लिए व्यावहारिक नमूना देने का प्रयास होना चाहिए.

मेरा सौभाग्य है, उत्तरांचल में सब कुछ ठीक हो रहा है. अधिनियम सर्वसम्मति से पारित हुआ, उदारवादी विधान को कांग्रेस और भाजपा दोनों ने समर्थन दिया, यद्यपि 'मैं तुमसे श्रेष्ठतर' होने का नाटक विधान सभा में पूरे जोर-शोर से चलता रहा.

उदार कानून के लिए द्विदलीय समर्थन

उत्तरांचल सहकारी बैंक के अध्यक्ष के रूप में प्रेम सिंह हूडा का चयन सहकारिता मन्त्री ने तनिक अनिच्छा से किया. बाद में, उन्होंने स्वीकार किया कि यह सही निर्णय है. हमें इससे अधिक उत्साह और प्रतिबद्धता और लक्ष्य में तल्लीन भाव वाला अन्य व्यक्ति न मिलता.

***

कुछ विषयान्तरण!

मुझे यह रिकॉर्ड में लिखना चाहिए कि इस सप्ताह मैंने अपने समय का काफी भाग उद्योग से अन्य विषयों को दिया. 10 नवम्बर को एल.एम. सिंघवी द्वारा प्रथम उत्तरांचल-स्थापना-वक्तव्य, 11 नवम्बर को सी.ई.सी.आई.-सी.ई.बी.ई.डी. का अन्तर्राष्ट्रीय सम्मेलन, उत्तरांचल आत्मनिर्भरता सहकारी समिति अधिनियम और 13-14 को पंजाब लोक सेवा आयोग के लिए पटियाला में साक्षात्कार कराना उत्तरांचल में पूँजी निवेश बढ़ाने में प्रत्यक्षतः सहायक नहीं है. परोक्ष रूप से लाभप्रद अवश्य है. शायद अपने काम को सैद्धान्तिक रूप से देखने के लिए अन्तराल आवश्यक है.

स्थापना-दिवस वक्तव्य में कानून, राज्यतन्त्र और राजनैतिक अर्थतन्त्र की ओर त्रि-आयामीय दृष्टिनिक्षेप किया गया और यह स्पष्ट हुआ कि सर्वोत्तम रूप

डॉ. लक्ष्मीमल सिंघवी के वक्तव्य को सुनने का सुख

से सुनियोजित औद्योगिक नगरी और प्रोत्साहन के लिए प्रयुक्त कड़ियाँ भी निवेश को आकर्षित नहीं कर सकती हैं जब तक कि निवेशक को स्वस्थ और स्थायी राजनैतिक परिवेश का आश्वासन सुलभ न हो. लक्ष्मीमल सिंघवी के वक्तव्य का मूल स्वर था : छोटे राज्यों का प्रादुर्भाव, उनकी व्यावहारिकता और उनका आर्थिक विकास. उनके पाण्डित्यपूर्ण वक्तव्य में, विस्तृत प्रतिभा, वाग्विदग्धता, ज्ञान एवं स्वाध्याय, विषय विशदता, राजनैतिक

कुशाग्र बुद्धि और दूरदर्शिता की झलक मिली. उन्होंने पंजाबी सूबा आन्दोलन से शुरू और उत्तर-पूर्व में सेवन सिस्टर्स की स्थापना तक, देश में छोटे राज्यों का ऐतिहासिक परिप्रेक्ष्य प्रस्तुत किया. उनके अनुसार मुख्य राजनैतिक दलों द्वारा छोटे राज्यों की माँग को स्वीकार करना भारतीय संघीय व्यवस्था के नये स्वरूप की सकारात्मक विशेषता है. यू.एस.एस.आर., चैकोस्लोवाकिया और यूगोस्लाविया, जहाँ राजनीतिक व्यवस्था की कठोरता और अनमनीयता के कारण टूटन हो गई, से भिन्न भारतीय जनतन्त्र ने राजनैतिक परिपक्वता का श्रेष्ठ प्रदर्शन किया है. नये राज्यों की स्थापना से प्रशासनिक व्यवस्था को भी गति मिली है, जैसा कि उत्तरांचल, छत्तीसगढ़ और झारखण्ड का अनुभव दिखाता है. उन्होंने उत्तरांचल के लिए अपनी शुभकमानाएँ व्यक्त कीं और उम्मीद की कि राज्य में शतमुखी विकास हो.

शतमुखी विकास के प्रतीक शैं'ग्रीला

इस अवसर पर मुझे धन्यवाद ज्ञापन का विशेषाधिकार दिया गया. मुझे विद्वत्जन से युक्त मंच, जहाँ महामहिम राज्यपाल, मुख्यमन्त्री, राजनयिक एल.एम. सिंघवी और मुख्यमन्त्री के प्रमुख सचिव एम. रामचन्द्रन विराजमान हैं, से बोलते हुए अतिविशिष्टता एवं विनम्रता की अनुभूति हुई.

***

19 नवम्बर, 2003

शिविर : नई दिल्ली (इण्डिया इंटरनेशनल सेंटर)

अर्द्धराह में भूल सुधार या एक नया नाम! आखिर हम दस हजार करोड़ की स्थिर रकम पर ही क्यों अटके रहें ? मेरे पास आई.बी.एम. का नया 'थिंक पैड' है और मैंने रिलायंस की नेट-सम्पर्क सुविधा को परखा है. यह घर और कार्यालय, दोनों ही जगह पुरानी व्यवस्था से बेहतर है. मेरे लिए अभी भी नेटवर्क का, कॉनैल या लाल बहादुर शास्त्री अकादमी, मसूरी जैसा सन्तोषजनक स्तर नहीं है. मुझे अमरेन्द्र के साथ इस विषय पर बात करनी है. जब तक सम्पर्क-सूत्र बेहतर नहीं होता, हमारी कई समस्याएँ हैं. यद्यपि रिलायंस सेवा अच्छी है, रिडिफ/याहू में बढ़ते हुए प्रयोग को गति देने की क्षमता नहीं है. नेशनल इंफॉर्मेटिक्स सेंटर की वैबसाइट में भी कुछ भयंकर दोष है. जब दो दशक पूर्व नेशनल इंफॉर्मेटिक्स सेंटर

की स्थापना की गई थी, इसने जिलों को जोड़ने की केन्द्रीय भूमिका अदा की, अब सही समय है कि इसे अधिसंसाधित कर दिया जाए, क्योंकि एन.आई.सी. में, जो पहल और आगे बढ़ने की तीव्र इच्छा होनी चाहिए, वह बिल्कुल नहीं है. पिछले सप्ताह, मैंने अमरेन्द्र से उत्तरांचल की एन.आई.सी. साइट पर समस्याओं की शिकायत की थी. शायद स्क्रीन पर इतने अधिक ग्राफिक्स हैं कि उन्हें 'डाउनलोड' करना कठिन है. साथ ही, नवम्बर के मध्य में, प्रथम पृष्ठ पर सितम्बर की मुख्य सूचनाएँ देखने से अटपटा लगता है.

हम या तो राह ढूँढ़ेंगे या राह बना लेंगे! यह नई कार्य-संस्कृति है, जिसे मैं चाहता हूँ कि उद्योग विभाग आत्मसात कर ले. मैं इस वाक्य तक कैसे पहुँचा? जिस दिन, 1 सितम्बर, 2003 को मैंने उद्योग विभाग का कार्यभार सँभाला, यह राष्ट्रीय उत्पादन परिषद् के टेबल कैलेण्डर पर दिवसीय-विचार था और मैंने इसे अपने विजिटिंग कार्ड पर और उद्योग विभाग की लेखन-पुस्तिकाओं पर तत्काल अंकित किया. मैंने इसे भारतीय उद्योग परिसंघ उत्तरांचल सरकार की संयुक्त निवेश विवरणिका में 'टीम उत्तरांचल' पर भी लिख दिया. धीरे-धीरे परिवर्तन अवश्य होगा.

मध्य-राह में संशोधन

गत सप्ताह की प्रमुख विशेषता है : 19 नवम्बर को देहरादून में निवेशकों की बैठक. हमने स्टील क्षेत्र के अतिरिक्त, अन्य सभी इच्छुक उद्यमियों को पत्र भेजे हैं कि वे 22 नवम्बर तक हमें भूमि और विद्युत की अपनी सही ज़रूरत से अवगत कराएँ; ताकि हम पूरी भूसम्पत्ति को विभिन्न क्षेत्रों में बाँटने से पहले उनकी जरूरत के तथ्य को जानें. इस कार्यवाही का मुख्य लक्ष्य था कि स्टील क्षेत्र के प्रवेश से पूर्व, अन्य सभी को समायोजित कर सकें, क्योंकि स्टील सेक्टर की विद्युत माँग बहुत अधिक है. हमारे पास देहरादून में अपनी उपस्थिति का पंजीकरण कराने वाले 72 उद्यमी घराने आए हैं. मधुबन में, हमारी प्रस्तुतियों के लिए सौ से अधिक लोग आए. गत दिवस, मैंने अखबारों और इलैक्ट्रॉनिक मीडिया के प्रतिनिधियों को 11 बजे से 5.30 तक उपस्थित रहने के लिए पत्र भेजे हैं, ताकि वे स्वयं हमारी संवाद प्रक्रिया और निवेशकों के प्रति हमारी प्रतिबद्धता को देख सकें. मेरे सारे प्रयासों के बावजूद, मुझे सूचनाएँ मिल रही हैं कि कुछ सलाहकार और भू-स्वामी यह प्रचार करने में सक्रिय हैं कि वह मुख्य स्थानों पर भूखण्ड सुरक्षित कर सकते हैं. इस मामले में सत्य यह है कि हमने 30 अक्तूबर से पहले आवेदन करने वालों को भूखण्ड का आश्वासन दिया है. वास्तव में, बाद

सक्रियता नीति : निवेशक-सम्मेलन 2003

में आवेदन करने वालों को भी समायोजित किया जाएगा, किन्तु अन्तिम तिथि 30 अक्तूबर और सुरक्षानिधि जमा कराने की अन्तिम तिथि 22 नवम्बर है. ऐसा यह सुनिश्चित करने के लिए किया गया कि लोग वास्तव में एक स्थान, हरिद्वार या पन्तनगर के पक्ष में निर्णय लेने के लिए दबाव में रहें. मुझे आत्मस्वीकृति करनी चाहिए कि निवेशक बैठक से पूर्व मैं तनाव में था. मुझे ऐसी सूचना मिल रही थी कि हिमाचल प्रदेश की तुलना में भूमि का मूल्य अधिक है या भुगतान की शर्तें कड़ी हैं, किन्तु हम पारम्परिक भूसम्पत्तियों पर प्राप्त होने वाली सुविधाओं की अपेक्षा बेहतर सुविधाएँ दे रहे हैं. बैठक में यह बिन्दु उठाया गया. हम इस प्रकार के प्रश्नों के सही हल देने में समर्थ रहे और दो घंटे की प्रस्तुति के बाद, सभी संदेह दूर हो गए. दोपहर के भोजन के लिए जाने से पूर्व यह अनुभव हो रहा था कि दिन सफल रहा.

मैंने, एम. रामचन्द्रन, मुख्यमन्त्री के प्रमुख सचिव और अवस्थापना विकास आयुक्त को बैठक को सम्बोधित करने के लिए निवेदन किया था. उन्होंने तीव्रगति से औद्योगीकरण और शिकायतों, यदि कोई हो तो, के तत्काल सुधार के प्रति राज्य सरकार की प्रतिबद्धता को दोहराया. उन्होंने यह स्पष्ट किया कि उत्तरांचल छोटा राज्य है, यह काम के प्रति गम्भीर है.

संवाददाता सम्मेलन में, सभी प्रकार के प्रश्न पूछे गए, जिनमें कुछ विवादास्पद सवाल जैसे स्थानीय लोगों को रोजगार का आश्वासन, पर्यावरण पर प्रभाव और पर्वतीय क्षेत्र में उद्योग की संभावना शामिल थे. कई बार 'जिज्ञासा' का सामना करना व्यक्ति को बहुत क्षुब्ध करता है. इसके संतुलन के लिए यह सोचना अच्छा है कि प्रैस अपनी दिलचस्पी तो दिखा रहा है. मीडिया द्वारा उठाए प्रश्न प्रायः उनकी जातीय और सांस्कृतिक सोच और सामाजिक-राजनैतिक पृष्ठभूमि की झलक देते हैं. एक और महत्त्वपूर्ण बिन्दु है कि यदि आप तथ्यों और आँकड़ों को प्रस्तुत करते हुए तर्क कर सकते हैं, तो चतुर्थ स्तम्भ को संतुष्ट करना कठिन नहीं है.

दोपहर के भोजन के बाद का सत्र उत्पादन और आयकर रियायत; उद्योग के स्थान के सम्बन्ध में राज्य की नीति; सेलाकुई औद्योगिक नगरी में समतलीय क्षेत्रफल की सीमा का पुनर्सुधार; किराए के परिसरों में आने वाले नए उद्योग को पैकेज के विस्तार के सम्बन्ध में पूछे गए विशेष प्रश्नों का उत्तर देने में समर्पित रहा. हमारे साथ मंच पर प्रदूषण नियन्त्रण बोर्ड और उत्तरांचल विद्युत निगम की टीम उनके प्रश्नों का उत्तर देने के लिए उपस्थित थी. पराग गुप्ता, यू.पी.सी.एल. और प्रदूषण नियन्त्रण के मध्य अधिकांश विषय स्पष्ट हो गए. हमने उत्पादन शुल्क आयुक्त, दीपांकर ऐरन को नई दिल्ली जाने से पहले आने के लिए निवेदन किया और निवेशकों की शंकाएँ दूर करने के लिए बिक्री-कर के लोग भी वहाँ मौजूद

थे. यह इकहरी-खिड़की वाला मंच था, जहाँ शंकाएँ उठाई जा सकती थीं, व्यक्त की जा सकती थीं और समाधानों का रास्ता मिल सकता था.

हमें दिन के दौरान उद्योग से शाबाशी का स्पर्श मिला. शारदा मोटर्स के जे. एस. पुरी सहारा प्रतिनिधि के साथ हमारे लिए सकारात्मक बात की, एवरेडी बैटरीज़ से सुनील लालवानी और कंट्रोल एवं स्विचगियर्स से राजेश सहगल प्रतिनिधि रूप में रहे. यह उद्‌घाटित करने की बात है कि सर्वोत्तम प्रशंसोक्ति जो हमें मिली, वह थी कि हम नौकरशाही से भिन्न प्रकृति के हैं! हमने क्या किया है? कुछ नहीं, सिवाय इसके कि सभी तथ्य निवेशकों के समक्ष रख दिए और यह पक्का किया कि समय और स्टाफ के दबाव के बावजूद, उत्तर तत्काल एवं विशेषीकृत हों.

शाबाशी एवं साधुवाद का स्पर्श

यहाँ मुझे यह कहना है कि दिन की शुरुआत में ही मैंने बैठक के आयोजक महाप्रबन्धक, नन्दा को कहा था कि विस्तृत विवरण पर ध्यान देने से सारी कार्यवाही श्रेष्ठ हो जाएगी. पृष्ठभूमि का बैनर और बेहतर एवं व्यावसायिक बनाया जा सकता था, प्रस्तुतियों के लिए श्वेत-पट्ट के स्थान पर ओवर हेड प्रोजेक्टर का प्रयोग हो सकता था और निवेशकों को नोटबुक और पेंसिल दी जा सकती थी. बैठने की व्यवस्था के लिए भी हरेक मेज के चारों ओर छः कुर्सियाँ, कुछ कॉफी और पानी की व्यवस्था होनी चाहिए, ताकि प्रस्तुतियों/परिचर्चा के दौरान अधिक व्यवधान न हो. यह बैठक परामर्शदाता प्रकृति की अधिक थी, क्योंकि यह सिडकुल की ओर से हमने पहली बार आयोजित की थी.

घर लौटने से पहले, मैंने मुख्य सचिव एवं मुख्यमन्त्री को लिखकर भेजा कि उत्तरांचल 23 नवम्बर को शुरू होने वाली भारतीय उद्योग महासंघ व इंडो कैनेडियन बिज़नेस काउंसिल के प्रतिनिधिमंडल में उत्तरांचल के प्रतिनिधि शामिल नहीं होंगे, क्योंकि विदेश राज्यमन्त्री विनोद खन्ना प्रतिनिधिमंडल की अध्यक्षता से हट गये है. हम निवेश आकर्षित करने के लिए अगले साल में युनाइटिड स्टेट्स ऑफ अमेरिका और युनाइटिड किंगडम में बैठक करने पर गम्भीरतापूर्वक विचार कर रहे हैं. कैनेडा-यात्रा हमारे लिए अच्छी प्रशिक्षण भूमि होती. एक तरीके से, मुझे कुछ राहत मिली है, संनन्दन की परीक्षा 4 दिसम्बर से शुरू हो रही है; मैं परीक्षा से पहले एक सप्ताह आस-पास रहना पसन्द करूँगा.

मुझे यहाँ यह बताना चाहिए कि दोपहर के भोजन के तुरन्त बाद, मुझे मुख्यमन्त्री के विशिष्ट अधिकारी आर्येन्द्र से फोन पर सूचना मिली कि मुझे खाद्य एवं सम्पूर्ति का अतिरिक्त कार्यभार दिया गया है. मैं हतप्रभ हो गया. इसका वास्तविक अर्थ है कि मुख्य चुनौती से रुचि एवं एकाग्रता से दिशान्तरण होना. मैं

कोई अतिरिक्त दायित्व नहीं लेना चाहता था. उद्योग विभाग में वैसे ही समय का दबाव था. जैसे ही मैंने मोबाइल नीचे रखा, फिर से, खाद्य एवं संपूर्ति विभाग के मन्त्री प्रीतम सिंह की ओर से फोन आया, जिन्होंने मुझसे वादा लिया कि मैं 'न' नहीं कहूँगा. पहले मैंने उनके साथ पंचायती राज और ग्राम्य विकास में काम किया है, उनके साथ अच्छी घनिष्ठता है; यद्यपि हम हर विषय पर सहमत नहीं होते हैं, हम एक-दूसरे की मजबूरी का सम्मान करते हैं. स्वयं को समायोजित करना चाहिए, कोई लक्ष्मण रेखा के लिए दृढ़ रहे और उस बिन्दु से आगे कोई समझौता न हो. इस बात से राहत मिली कि यह अतिरिक्त दायित्व संभवतः वर्षान्त तक होगा, 1988 के बैच के लोगों की जनवरी 1, 2004 से सचिव स्तर पर प्रोन्नति होने से मैं इस दायित्त्व से मुक्त हो सकूँगा.

20 नवम्बर की सुबह, हमने उद्योग के टोरेंट ग्रुप का स्वागत किया. पुनः वे लोग अपने उद्देश्य में स्पष्ट हैं और अब हम भी अपनी वार्ता-कुशलता में बेहतर हैं. वार्ता के दौरान पराग गुप्ता और विवेक निगम मेरे साथ थे. इससे मदद मिलती है. बातचीत हमेशा बहुत रोचक होती है और शारीरिक भाषा से और भी ज्यादा. आपको सुनिश्चित करना है कि आप क्या चाहते हैं और कहाँ मान जाना चाहिए. यह भी महत्त्वपूर्ण है कि बातचीत कभी भी भंग न हो. टोरेंट ने पन्तनगर भूसम्पत्ति में 100 एकड़ भूमि की इच्छा के साथ बात शुरू की, किन्तु भूमि-मूल्य को रुकावट कहा, इसलिए हमने उन्हें स्वयं अपनी उद्योग-सम्पत्ति विकसित करने का विकल्प दिया जिसमें छोटा जल-विद्युत संस्थान भी हो सकता है, ताकि लम्बे समय में विद्युत और अवस्थापना का खर्चा कम हो. मुझे आई.आई.टी. एफ. के लिए दिल्ली जाना था, पराग और विवेक अभी भी बातचीत कर रहे थे और मैंने निजी क्षेत्र में औद्योगिक सम्पत्ति स्थापित करने की जानकारी के लिए प्रदीप दत्ता के साथ उनकी बैठक तय कर दी. मेरा अपना अनुमान था कि टोरेंट समूह दोनों में से किसी एक स्थान पर 20 एकड़ भूमि के लिए फैसला लेंगे.

टोरेंट ग्रुप द्वारा उत्तरांचल की जानकारी लेना

भारत के प्रमुख वाणिज्य-निगम, रिलायंस ग्रुप को नाराज़ करने का जोखिम उठाकर भी मैं कहना चाहूँगा कि उनका अनुगमन-कार्य उत्तरांचल सरकार की अपेक्षा धीमा है. उत्तर प्रदेश में उनके निवेश-संयोजकों ने अवस्थापना क्षेत्र में संभावित निवेश के बारे में 10 नवम्बर को भेजे गए ई. मेल का भी उत्तर नहीं दिया. शायद वे स्पष्टतः जानते हैं कि वे क्या चाहते हैं और शायद इच्छुक नहीं हैं. किन्तु मुझे रिकॉर्ड में कहना चाहिए, चाहे कोई किसी लायक हो, हमें हरेक ई. मेल (विशेष रूप से प्रशंसात्मक) का उत्तर ज़रूर देना है. क्या यह नाप का प्रश्न है? क्या संगठनात्मक विकास के निश्चित स्तर के बाद काम अव्यवस्थित हो जाता है.

यदि ऐसा है भी, तो व्यवस्था को सही रखना चाहिए.[1]

21 नवम्बर को प्रगति मैदान में उत्तरांचल दिवस था और मैंने एस.बी.आई. कैप्स, फर्मा क्षेत्र, निर्यातकों और निवेशकों के साथ बैठक निश्चित की थी. विभिन्न दिवसों पर वर्गीकरण के आधार पर सेमीनार की महत्त्वाकांक्षी योजना सफल नहीं हुई, किन्तु उत्तरांचल पैवेलियन साधारणतः अच्छा बन गया. सरस[2] की ग्राम्य विकास स्टॉल इस बार और भी बेहतर व्यवस्थित हैं, डी.डी.ए. की तरह में से प्रत्येक ने अपनी उपस्थिति दर्ज कराई. छोटे सम्मेलन कक्ष में होम थियेटर पर उत्तरांचल में पर्यटन पर फिल्म दिखाई जा रही थीं. यह कक्ष न केवल फिल्म के लिए, अपितु मेले के चक्कर काटने के बाद विश्राम-घर के रूप में भी लोकप्रिय रहा. निश्चित रूप से हमें वाटरशेड, डी.ए.एस.पी., जिम कॉर्बेट और निवेश अवसरों के सम्बन्ध में फिल्में दिखाकर इसका महत्त्व बढ़ाना चाहिए. जैसा कि मेले के नोडल अधिकारी एन.के. सिंह ने कहा कि हम मेले के दौरान ऐसे सब पवित्र बिन्दुओं पर चर्चा करते हैं, बाद में तुरन्त भूल जाते हैं और अगले वर्ष वही भूलें दोहराते हैं. वस्तुतः जब मैंने अगले इंडिया इंटरनेशनल ट्रेड फेयर के लिए उत्तरांचल के स्थायी हॉल की बात मुख्यमन्त्री से की, तो उन्होंने कहा कि उनको इसका आश्वासन गत वर्ष भी दिया गया था!

प्रगति मैदान में उत्तरांचल दिवस

एस.बी.आई. कैप्स के साथ बैठक में कई विचार जागे. हमने उनको सितारगंज में 1000-1500 एकड़ तक विस्तारित उद्योग भूसम्पत्ति विकसित करने के लिए लिखा. हमारे पास भूमि और रियायती औद्योगिक पैकेज है, उनके पास निवेशक और प्रस्तावित औद्योगिक सम्पत्ति के लिए परिष्कृत अवस्थापना को सजाने की क्षमता है. इस बैठक के तुरन्त बाद, हरियाणा के निर्यातकों के साथ बात करते हुए मुझे ख्याल आया कि हमें पन्तनगर/सितारगंज में विशेष निर्यात मण्डल के लिए कुछ क्षेत्र निर्धारित करना चाहिए. यदि हमारे पास कुछ एकड़ अवशेष हों, तो हरिद्वार में भी इस सबके लिए पूरा ध्यान औद्योगिकी को देना चाहिए, किन्तु अब खाद्य और सम्पूर्ति विभाग का विशाल प्रभाग भी मेरे समय की अपेक्षा कर रहा है. यदा-कदा मोबाइल केरोसीन, नियुक्ति, स्थानान्तरण या न्यायिक मामलों के लिए बजता रहता है. मुझे रिकॉर्ड में कहना है कि इस स्तर पर मुझे खाद्य और संपूर्ति विभाग का पुनर्गठन नहीं करना है; क्योंकि यह अतिरिक्त कार्यभार है और

1. 24 तारीख को मेरे नई दिल्ली से वापिस आने के बाद, नोडल एजेंसी अधिकारी का एक साधारण उत्तर मिला जिसमें मेरे ई. मेल में कहे गए विशेष विषयों/अवसरों का जवाब नहीं था.
2. सरस ग्राम्य विकास मन्त्रालय (भारत सरकार) द्वारा स्व-सहायता समूह द्वारा निर्मित वस्तुओं का ब्रांड नाम है. अब प्रगति मैदान में हर साल स्व-सहायता समूह का पैवेलियन स्थापित किया जाता है.

यदि मैं दोनों विभागों में चुनौती लेता हूँ, तो बहुत जल्दी होम हो जाऊँगा. इसलिए मैं अपने-आप को पुनः याद दिलाता हूँ कि मुझे इस विभाग को अस्थायी रूप से सँभालना है और मुझे उम्मीद करनी है कि अगले कुछ सप्ताह में अगला पदाधिकारी आ जाए.

मुख्यमन्त्री का दौरा बहुत सफल रहा. वास्तव में, एक समय पर, मैं काफी तनाव में था, क्योंकि हमारे साथ मुख्यमन्त्री, लोकनिर्माण विभाग एवं सूचना मन्त्री, कृषि मन्त्री, उद्योग मित्र के उपाध्यक्ष और सल्ट (अल्मोड़ा) के विधायक रणजीत रावत पैवेलियन में थे. ठीक उसी समय उत्तरांचल के पूर्व मुख्यमन्त्री और पूर्व विधानसभा अध्यक्ष भी पैवेलियन में आ गए. पूर्व मुख्य सचिव और उनकी पत्नी मृगांक गुप्ता भी सांस्कृतिक सन्ध्या और तत्पश्चात् रात्रिभोज के लिए वहाँ थे. हमेशा की तरह सांस्कृतिक कार्यक्रम से पहले सीट के लिए छीना-झपटी और धकमपेल थी. तकनीकी रूप से कहूँ, तो मुख्यमन्त्री को प्रगति मैदान में सांस्कृतिक कार्यक्रम के लिए लाल चौक पहुँचाने के बाद उद्योग विभाग के काम की इतिश्री हो गई थी. मैं उत्तरांचल पैवेलियन वापिस आया और वहाँ से भागना ही चाहता था. पहले दिन से ही उत्तरांचल पैवेलियन में एयर होस्टेस अकादमी की लड़कियाँ मेरे ऑटोग्राफ और फोटो-सेशन चाहती थीं. मुझे बताना है कि मैंने इस तरह के आदर-सत्कार का मजा लिया और उन सबके लिए अच्छी पंक्तियाँ लिखीं. जैसा कि मैंने पहले बताया था कि देहरादून से गाइड-लड़कियों को लाने का फैसला सितम्बर में किया गया था और यह बहुत सफल रहा. मुझे भावना और उसकी टीम को धन्यवाद कहना चाहिए. उत्तरांचल पैवेलियन में उनकी जानकारी और निष्ठा आई.टी.पी.ओ. के द्वारा ली गई लड़कियों की अपेक्षा कहीं अधिक है, क्योंकि उत्तरांचल तथा सरस पैवेलियन तक मुख्यमन्त्री के साथ अनुरक्षण करने वाली लड़कियों को यह भी नहीं मालूम था कि मेले में कितने देश भाग ले रहे हैं. इसके विपरीत, उत्तरांचल पैवेलियन की लड़कियों को राज्य की पृष्ठभूमि तथा रियायती औद्योगिक पैकेज की जानकारी थी और उन्होंने लोगों द्वारा पूछे गए प्रश्नों का सलीके से आत्मविश्वास और गर्व के भाव के साथ उत्तर दिया.

यहाँ एक और विषय है, जिसका मैं जिक्र करना चाहूँगा : क्या ट्रेड-फेयर अपनी उपयोगिता खो चुका है? भारत की सर्वोत्तम छवि और औद्योगिक सामर्थ्य विश्व को दिखाने के लिए सत्तर के दशक में शुरू हुए इस मेले में बाकी दुनिया की भागीदारी कम हो रही है. इस वर्ष केवल छः देश सहभागिता के लिए आए. इससे भी अधिक महत्त्वपूर्ण है कि लगभग प्रति सप्ताह राज्यों की राजधानियों और मेट्रो शहरों में कोई समारोह या अन्य कुछ कार्यवाही और प्रगति मैदान में भी विशेषीकृत मेले आयोजित हो रहे हैं. आज के सन्दर्भ में, मेले में होने वाला व्यय और प्रतिनियुक्त कर्मचारी वर्ग का व्यापारिक दृष्टि से अर्थ नहीं है. अधिकतर यह

सांस्कृतिक प्रतिच्छवि मात्र बन गया है. प्रत्येक राज्य अपना प्रदर्शन करना चाहता है, प्रत्येक राज्य की सांस्कृतिक संध्या में दिल्ली और आस-पास के उस राज्य के निवासियों को एकत्रित होने का सुनहरा अवसर मिलता है. किन्तु यह सोचते हुए कि हमने इस पर 50 लाख व्यय किए हैं, यह प्रश्न पूछना चाहिए; क्या धन का मूल्य वसूल हुआ है ? क्या व्यापारिक पूछताछ की गई ? हाँ, मैं निवेशकों और एस.बी.आई. कैप्स से मिला, किन्तु यह बैठकें उत्तरांचल पैवेलियन में हुईं, क्योंकि मैं उस दिन वहाँ उपस्थित था. अन्यथा मेले से कुछ प्रश्न उभर कर नहीं आए.

द' ट्रेड फेयर : एक प्रश्नचिह्न

25 नवम्बर, 2003

नई दिल्ली से लौटने के बाद, मैंने उजवल (उत्तरांचल जल विद्युत निगम लि.) के बोर्ड की बैठक में भाग लिया, जो प्रो. एस.एल. राव, राष्ट्रीय प्रबन्धन कार्यक्रम के पूर्व डीन से मिलने का अवसर था. इस कार्यक्रम में, मैं 1989-90 में पश्चिमी बंगाल के सरकार के प्रतिनिधि के रूप में उपस्थित रहा था. मुझे वित्त-संसार का कुछ ज्ञान था, मैं राजकोषीय और वित्तीय नीति को साधारणतः समझता था (द' टाइम्स ऑफ इण्डिया के बाद 1988-85 में द' इक्नॉमिक टाइम्स में मेरी द्वितीय नियुक्ति को शुक्रिया), राष्ट्रीय प्रबन्धन कार्यक्रम के जटिल कोर्स ने ही मुझे वास्तविक अंक-साधना का विचार दिया. प्रो. राव ने पढ़ने और लिखने का अपना उत्साह कायम रखा है, उनकी हाजिरजवाबी और प्रखर बुद्धि से हमेशा बोर्ड की कुल गुणवत्ता बढ़ती है. सरकार से बाहर के एक और सदस्य, एस. रमेश, पूर्व प्रशासनिक अधिकारी हैं, जिन्होंने डी.ओ.पी.टी. समिति के सदस्य के रूप में भारतीय प्रशासनिक अधिकारियों के प्रशिक्षण के पुनर्गठन के प्रश्न पर मेरे साथ अकादमी के दिनों में गहरी चर्चा में भागीदारी की. अब वह रानीखेत के स्थायी निवासी के रूप में उत्तरांचल के आर्थिक विकास में बहुत रुचि ले रहे हैं और साधारणतः युवा सहकर्मियों के उद्यम का समर्थन करते हैं. यह एस.बी.आई. के पूर्व अध्यक्ष और टी.आर.ए.आई. के संचालक, एम.एस. वर्मा के लिए भी बोर्ड की पहली बैठक थी. ऊर्जा और टेलीकॉम में दीर्घ अनुभव को देखते हुए, एस.एल. राव, एम.एस. राव एवं एस. रमेश की बोर्ड की बैठक में उपस्थिति से वास्तव में गुणवत्तामय अन्तर आएगा. मुख्य प्रबन्धकीय निदेशक, ए.बी. गिरि ने बैठक को व्यावसायिक तरीके

से संचालित किया. प्रशिक्षण की जरूरत और अभिप्रेरण के कुछ साधारण बिन्दुओं के अतिरिक्त, मैंने अपना समय ऊर्जा क्षेत्र की बारीकियाँ समझने में लगाया; इस क्षेत्र से मेरा यह पहला आमना-सामना है. सायंकाल में, मुख्य प्रबन्धकीय निदेशक ने ऊर्जा क्षेत्र में सुधार विषय पर ऊर्जा के प्रमुख सचिव की और दिल्ली सरकार के जगदीश सागर, जिन्होंने नई दिल्ली में विनिवेश में सर्वोत्कृष्ट भूमिका निभाई, की प्रस्तुति आयोजित की.

* * *

ग्राहकों की अपेक्षा से बेहतर होना

01 दिसम्बर, 2003

यह सप्ताह उत्तरांचल एयरवेज़ और पन्तनगर में आयोजित कृषि/कृषि व्यापार सम्मेलन को अर्पित रहा. उत्तरांचल को निवेश/पर्यटन के निवेशक/यात्री के अग्रिम लक्ष्य (जो गुलाबी अखबारों में अब हाई नेट वर्थ इंडिविजुअल कहा जाता है) के रूप में विकसित करने के लिए मुख्य मुद्दा हवाई सम्पर्क है. दिल्ली से सड़क से आने में लगभग पाँच से सात घन्टे लगते हैं और एक दिन में आना-जाना कठिन है. सड़क की हालत खराब है; किन्तु उत्तरांचल सरकार इसके लिए कुछ नहीं कर सकती है, क्योंकि अधिकांश भाग उत्तर प्रदेश में हैं. निश्चित रूप से राष्ट्रीय सड़क आयोग दिल्ली-हरिद्वार और बाद में हरिद्वार-देहरादून को चार-पट्टी सड़क बनाने के लिए प्रतिबद्ध है. इसमें दो से तीन वर्ष लगेंगे और व्यापार तथा यातायात बढ़ रहा है. आज की तारीख में, हरिद्वार में सौ नए उद्योग आ रहे हैं; लगभग पच्चीस ने सेलाकुई औद्योगिक क्षेत्र में किराए के या खरीदे गए परिसर चुने हैं. स्वाभाविक रूप से, प्रत्येक उद्योग के साथ व्यक्तियों और वस्तुओं का आवागमन होता है.

अवस्थापना सुधार : वायु-सम्पर्क की संभावना

हमारे पास जौली ग्रांट में हवाई अड्डा है, जहाँ डॉनियर्स उतर सकते हैं. राष्ट्रीय हवाई अड्डा ऑथोरिटी द्वारा अब सही तरह से लागू किए गए कड़े नियन्त्रण एवं सुरक्षा नियमों से पहले बयालीस सीट वाले जहाज़ भी आते थे. किन्तु निरन्तरता जारी नहीं रह सकी. टिकट का ऊँचा मूल्य होने के साथ-साथ, उड़ान के अक्सर रद्द होने से हवाई यात्रा की अविश्वसनीयता के कारण भी बार-बार आने वाले यात्री इससे दूर रहे. बड़ी हवाई कम्पनी के दृष्टिकोण से देहरादून-दिल्ली का क्षेत्र प्राथमिकता में नहीं था, इसलिए हवाई जहाज़ की अनुपलब्धता या अन्य किसी कारण से जब किसी उड़ान को कम करना था, तो दिल्ली-देहरादून की उड़ान को हटाया गया. इसीलिए कोई ऐसी समर्पित हवाई कम्पनी, जो उत्तरांचल के लक्ष्य को छूने के लिए उड़ान भरना चाहे, की जरूरत है. राज्य सरकार जेट और सहारा के साथ बातचीत का प्रयत्न कर रही थी, क्योंकि वे डॉनियर नहीं चलाते हैं और इस समय भूमण्डलीय होने की कोशिशों में व्यस्त हैं, हमने डैकन एयरवेज़ से सम्पर्क करने का प्रयास किया. उन्होंने अपना मत व्यक्त किया कि वह जून 2004 तक देहरादून के साथ हवाई-सम्पर्क स्थापित करेंगे. इस

बीच, हमने अपनी समर्पित हवाई-सेवा शुरू करने की भी कोशिश की.

यह कैसे हुआ, वह रोचक प्रसंग है. निवेशकों की बैठक के बाद, मैं मधुबन की लॉबी में पंकज शाह और उनके मित्र तरुण यादव से मिला. तरुण और पंकज देहरादून में ग्लोबल ऑफिस, राष्ट्रीय एवं अन्तर्राष्ट्रीय यात्रा में निपुण यात्रा-एजेंसी के कार्यालय को स्थापित करने की कोशिश कर रहे थे. सिर्फ यात्रा-एजेंसी ही क्यों स्थापित की जाए? कोई एयरलाइन क्यों नहीं? 'उत्तरांचल एयर' का ख्याल कैसा है? मैंने उनसे इस पर विचार करने और अगले दिन मिलने के लिए कहा. और उन्होंने ऐसा ही किया. तरुण ने फोन किए और किराए और चार्टर्स की मूल्य-सूची इकट्ठी की. महँगा होने के कारण हवाई जहाज़ खरीदने का प्रश्न नहीं था. राष्ट्रीय हवाई अड्डा ऑथोरिटी अगले दो वर्ष में देहरादून में एयरबस उतारने वाली है, इसलिए उनके लिए इस क्षेत्र में छोटे हवाई जहाज़ की व्यावहारिकता नहीं रहेगी. हमने शुरू में सौ घंटे के लिए एक किराए के विमान की बात निश्चित की. हम तीनों के मध्य दायित्व-विभाजन हुआ; तरुण को तकनीकी सुगमता और चलाने की व्यावहारिकता का पता लगाना था, पंकज को देहरादून के आई.एम.एस. के छात्रों के साथ बाज़ार-सर्वेक्षण करना था और मुझे सरकार में सहमति बनानी थी और साथ ही सिडकुल को साझीदार बनाना था. 11% की भागीदारी के साथ, यह एयरलाइन सहायता-प्राप्त क्षेत्र होगा और सरकार के साथ सम्बन्ध को बढ़ावा देगा.

मुझे सरकार में उत्साहित समर्थक मिले. वस्तुतः, हम उस माँग को पूरा कर रहे थे, जो पहले ही से थी. अवस्थापना विकास आयुक्त बहुत उत्तेजित थे, उन्होंने अपने सकारात्मक सुझाव दिए और हमें आनन्दा, जे.पी., तेल एवं प्राकृतिक गैस निगम लि., वन अनुसंधान संस्थान और देहरादून के अन्य बड़े संस्थानों से सम्पर्क करने की सलाह दी. उन्होंने परामर्श दिया कि सरकार के अधिकारियों के समक्ष प्रस्तुति के बाद, हमें अन्य पदधारी लोगों के साथ भी बैठक करनी चाहिए. सचिव, नागरिक उड्डयन, पी.सी. शर्मा ने भी विचार का स्वागत किया. सचिव होने के नाते वह चाहते थे कि इस क्षेत्र में कुछ काम हो. हमने नई हवाई-पट्टियों, चिन्याली सौड़, गोचर और पिथौरागढ़ में सेवा शुरू करने की संभावना पर भी चर्चा की.

दिल्ली-देहरादून क्षेत्र को 3000 रु. से कम मूल्य पर रखना चाहिए और मेरा मूल्यांकन था कि बाज़ार में 2785 रु. के लगभग किराए-मूल्य को रखना चाहिए. पहले तरुण ने एक-तरफ से 4500 रु. की गणना की थी और मैंने अपनी आन्तरिक प्रतिक्रिया दी थी कि यह नहीं चलेगा. सिडकुल दफ्तर के स्थान को कार्यालय शुरू करने के लिए प्रयोग किया जा सकता है. यात्री-सुविधाओं में हवाई अड्डे पर ही एक पेय ओर अल्पाहार दिया जा सकता है. पिछले कुछ दिनों में, मैं जब भी,

मसूरी में जे.पी. होटल में एयर हॉस्टेस अकादमी के कार्यक्रम या 16 वर्ष से कम आयु के जिला स्तरीय खेल-आयोजन के सन्दर्भ में गया, मैंने सर्वेक्षण किया और मुझे जानकारी मिली. वायुसेवा का विचार चलेगा, बशर्ते कि सेवा की निरन्तरता हो और तकनीकी आधार पर उड़ान रद्द न हो. लोग कोहरे या बुरे मौसम की बात समझते हैं, यह दिखाई देता है. तकनीकी गड़बड़ी बुरे प्रबन्धन की प्रयोक्ति है. पन्तनगर में भी, पन्तनगर-देहरादून एवं पन्तनगर-दिल्ली सेवा की व्यावहारिकता की रोक थी. दोनों ही अच्छे चल सकते हैं. विशेषतः यदि दिल्ली-पन्तनगर के सेवा को कार्बेट के लक्ष्य से जोड़ दिया जाए और चालकों के साथ पैकज टूअर की बात की जाए.

पन्तनगर में कृषि-व्यापार कॉलेज ने 'उत्तरांचल में कृषि-व्यापार अवसर' पर संगोष्ठी का आयोजन किया है. मुझे मुख्य वक्ता के रूप में निमन्त्रित किया है. सत्र की अध्यक्षता करना या प्रस्तुति देना तुलनात्मक रूप से आसान है, मूल विषय पर मुख्य वक्तव्य तैयार करना भिन्न प्रकार की कन्दुक-क्रीड़ा है. अच्छा है, मुझे एक बार फिर से कृषि-वाणिज्य पर अपनी एकत्रित पठनीय सामग्री पढ़नी पड़ी. मुझे अपने विचारों को सुनियोजित करना पड़ा और मुझे स्तरीय सन्दर्भ भी देखने पड़े : ई.पी.डब्ल्यु., हिन्दू रिव्यु ऑफ एग्रीकल्चर और कृषि वित्त निगम का अपना जर्नल फाइनेंसिंग एग्रीकल्चर, और इस विषय पर मेरे लिखित अपने लेख.[1]

उत्तरांचल में कृषि-वाणिज्य को प्रोत्साहन : भारतीय उद्योग परिसंघ और डी.ए.एस.पी.

कॉलेज में भाषण के साथ, कार्य-सूची में तीन अन्य विषय हैं. भारतीय उद्योग परिसंघ की टीम कुलपति, डीन और निदेशकों को डी.ए.एस.पी. एग्रीकॉन 2004 के सम्बन्ध में मिलने के लिए विश्वविद्यालय आ रही है. संयुक्त कार्य बल में इस समारोह के लिए प्रस्ताव रखा गया, किन्तु भारतीय उद्योग परिसंघ इसे देहरादून में आयोजित करना चाहती है. हम चाहते हैं कि यह पन्तनगर में हो. वास्तव में, मेरा यही ख्याल उस समय भी था, जब मैं सचिव, उद्यानिकी और ग्राम्य विकास था. प्रारम्भिक अनिच्छा के बाद, भारतीय उद्योग परिसंघ ने सहमति दे दी, किन्तु वे लोग प्राप्त सुविधाओं की जानकारी प्राप्त करना चाहते थे.

जिला उद्योग समिति के सहायक प्रबन्धक, नवीन पन्त ने सूचनाएँ दे दीं. विचार का एकल लक्ष्य वैभिन्य था, हमने डी.ए.एस.पी. को संगोष्ठी की आरम्भिक धनराशि देने के लिए कहा और कुछ धन के लिए वाणिज्य-वर्ग, प्रतिभागी शुल्क

---

1. इसका सुखद परिणाम हुआ कि बन्नू ने अब मुझे सलाह दी कि मैं नये लेखों / निबन्धों को संग्रहित करूँ और प्रकाशित करूँ. इसका नाम है– 'एट द' क्रॉसरोड्स : डेवेलपमेंट डिस्कोर्सज़ इन इण्डिया' और यह इस संस्मरण के साथ वृहदस्तरीय काम के रूप में लोकार्पित है.

एवं प्रायोजकों के माध्यम से जमा करने की कोशिश करने के लिए कहा. अब हम सत्रों का प्रारूप, अतिथि वक्ता, उद्घाटन एवं समापन समारोह के लिए अतिथियों के नाम तय करने में सफल हुए. यू.के. को सहभागी देश के रूप में प्रस्तावित किया गया. संभवतः नई मशीनरी को प्रदर्शित करने के लिए कुछ स्टॉल भी लगेंगी. यदि एग्रीकॉन 2004 सफल रहा, तो यह प्रतिवर्ष पुनः घटित होने वाला समारोह हो सकता है.

यह समारोह ज्ञान में भागीदार के रूप में, पन्तनगर को उद्योग की दुनिया में कड़ी जोड़ने के लिए और अपने स्तरीय स्वरूप को सुधारने के लिए मदद करेगा. कृषि-उद्यमी मुख्य निगमों के साथ सीधा सम्पर्क कर सकेंगे और अपने व्यापारिक सम्बन्ध विकसित कर सकेंगे. मेरे ख्याल से कृषि उद्यमी उनके विशेषीकृत ज्ञान का लाभ ले सकते हैं. अपने आस-पास के किसानों से उनकी निकटता और खास कृषि-उत्पादों (चिकित्सकीय पौधे, जैव-उत्पाद, बासमती आदि) की सम्पूर्ति के पूरे पिछले संयोजन को, बड़े संरक्षणकारी/निर्यातकों, जिन्हें बाज़ार का ज्ञान है, जिनके पास उत्पादन सामग्री के लिए पर्याप्त अवसर नही है, उनको विश्वविद्यालय का सुस्थापित ढाँचा मदद कर सकता है. संगोष्ठी से एक और बिन्दु सामने आया कि बड़े निगमों पर तकनीकी ज्ञान-वितरण या विस्तार के लिए निर्भर करना सफल नहीं है, क्योंकि कार्य का दायरा विस्तृत है और विस्तारीकरण निकाय कृषि-स्नातकों को रोजगार देने में कंजूसी करते हैं. जीत-जीत की स्थिति तभी हो सकती है, जब कृषि-उद्यमी और मध्य श्रेणी के संरक्षणकर्ता/निर्यातक अपना काम आगे-पीछे साथ कर सकते हों. मुझे यह बताना है कि के.आर.बी.एल.लि. के संजीव गुप्ता की अनुबन्ध-कृषि पर प्रस्तुति श्रेष्ठ थी और मैंने उन्हें सी.डी. देने के लिए कहा है, ताकि उनके द्वारा उठाए कुछ बिन्दुओं को मैं तकनीकी सत्र में समायोजित कर सकूँ. मैंने अपने दिमाग में रख लिया है कि एग्रीकॉन 2004 में भी उन्हें प्रस्तुति देने के लिए कहेंगे. के.आर.बी.एल.लि. भारत में बासमती का प्रमुख निर्यातक है और संजीव गुप्ता स्वैच्छिक कार्य से भी जुड़े हुए हैं. उद्यमियों की यह पीढ़ी इस दृढ़ विश्वास को प्रकट करने में समर्थ है कि व्यापार एक खुले एवं पारदर्शी तरीके से होना चाहिए.

अगले कुछ दिनों तक विद्युत-ऊर्जा पुनः पुनः घटित मूल विचार रहा, क्योंकि पन्तनगर और सितारगंज के लिए ऊर्जा की विभिन्न अवस्थाओं के सम्बन्ध में निर्णय लिए गए. पराग ने यू.पी.सी.एल. के प्रमुख प्रबन्धक की प्रमुख सचिव, उद्योग के कमरे में बैठक की व्यवस्था की. हमने हरिद्वार उद्योग नगरी में 200 MW की सुविधा स्थापित करने के वास्तविक व्यय को वहन करने की पहले ही सहमति दी है. पन्तनगर के सम्बन्ध मे, वह हमें आश्वासन दे रहे हैं कि ग्रिड कॉर्पोरेशन सितारगंज में 200 MW सुविधा की स्थापना के लिए प्रदत्त कार्य को

ही पन्तनगर तक बिना अतिरिक्त व्यय के स्थानान्तरित कर सकता है. अब पॉवर ग्रिड कॉर्पोरेशन, सितारगंज से पन्तनगर ले जाने के अतिरिक्त भार (15 करोड़ लगभग) उठाने के लिए अनिच्छा दिखा रहा है, इसलिए हमें विद्युत गटकने वालों को सितारगंज में ही एकीकृत करना होगा.

विद्युत : पुनरावर्तित विचार

आगे आने वाले समय में, उत्तरांचल में प्रतिस्पर्द्धा की क्षमता, विद्युत की गुणवत्ता और मूल्य-निर्धारण पर निर्भर करेगी. इसके लिए उद्योग एवं विद्युत विभाग को साथ-साथ काम करना होगा मैं पराग के साथ सहमत हूँ कि सितारगंज की अनिवार्य रूप से स्टील नगरी के रूप में अभिकल्पना करनी होगी. हम पर्याप्त अनुभव वाले वास्तुकार और नगर-योजना बनाने वालों की सेवाएँ लेकर प्रारूप और आन्तरिक रूप से क्षेत्रीय रूपरेखा बना सकते हैं. हम घेरज़ी समूह से सन्तुष्ट नहीं हैं, क्योंकि उनके आश्वासनों के विपरीत, वे हरिद्वार और पन्तनगर के लिए पृथक टीम नहीं भेज सके और प्रस्तुतियों के दौरान उच्च्-स्तरीय अन्तर्राष्ट्रीय विशेषज्ञों को बढ़-चढ़कर बखान किया गया था, वह परिदृश्य में आए ही नहीं. भविष्य के लिए एक पाठ और सीखना होगा कि सभी सलाहकारों के लिए, हमें प्रोजेक्ट में संलग्न टीमों की सूचना लेनी चाहिए और इस बात पर जोर देना होगा कि किसी भी अप्रत्याशित परिस्थिति को छोड़कर कर्मचारियों में कोई परिवर्तन नहीं होगा. एक समूह को दो या तीन काम देने के सम्बन्ध में हमारी आरम्भिक शंकाएँ सच हो रही हैं. हमने निवेदन करने के समय इसका स्पष्ट उल्लेख नहीं किया था और बाद में शर्तें लगाना न्यायपूर्ण नहीं है.

04 दिसम्बर, 2003

तीन दिसम्बर को, हमने रुड़की समूह पर बैठक का पुनरीक्षण किया. इसमें भारी प्रयास लगा है और साजिद और उनके सहयोगियों ने धरातल पर वास्तविक प्रगति की. इंडियन इंस्टीट्यूट ऑफ टेक्नॉलॉजी के सहयोग से, उन्होंने कार्य-योजना बनाई, जिसे कुछ सुधारों के साथ लागू किया जा सकता है. कुछ विषय जिनकी उन्हें चिन्ता है, उनमें संगठन की प्रकृति और स्वरूप शामिल है; कोई ऐसी कम्पनी जो, धारा 25 या आत्मनिर्भर सहकारी सोसाइटीज़ एक्ट के अधीन सहकारी समिति के रूप में पंजीकृत होनी चाहिए. इस संगठन को समूह के लिए मूल ढाँचा देने वाला होना चाहिए, यह स्वीकृत है. किन्तु यह संगठन अन्तर्राष्ट्रीय कम्पनी के

सत्येन्द्र नाथ दुबे को श्रद्धांजलि

इस स्तर पर एक क्षेपक जोड़ देना वाँछनीय है. यह एक बिन्दु है जिसकी ओर सुयोग्य इंजीनियर और देशभक्त सत्येन्द्र नाथ दुबे ने भारतीय राष्ट्रीय राजमार्ग प्राधिकरण के साथ पत्र-व्यवहार करते हुए इंगित किया. वृहत् परामर्शगृह प्रायः कर्मचारियों एवं तकनीकी विशेषज्ञों की उपलब्धता के सम्बन्ध में बड़े दावे करते हैं और उन्हीं व्यक्तियों को एक से अधिक प्रोजेक्ट में नियुक्त करते हैं. अनुबन्ध करने वाले संगठन इस कन्दुकक्रीड़ा को समझते हैं और तुरन्त कार्यवाही करना चाहते हैं, जबकि परामर्शदाता परिणाम दिखाना चाहते हैं; वे जानते हैं कि यथार्थ में कार्य दिखाने से ही अनुदान की अगली किस्त का भुगतान होगा. जैसा सत्येन्द्र ने स्पष्ट किया कि बिहार में स्वर्णिम चतुर्भुज प्रोजेक्ट में, परामर्शदाता एवं अनुबन्धकर्त्ता का जाल बहुत मजबूत है और इससे प्रोजेक्ट ही निष्क्रिय हो रहा है.

सत्येन्द्र की क्रूर हत्या पर कोई क्या प्रतिक्रिया करे? देश में युवा लोगों में आशा और आदर्शवाद कोई कैसे जगाए? इस घटना के बाद, कई युवा इंजीनियर महसूस करते हैं कि यह देश यू.एस.एस.आर. की राह पर चलते हुए पूर्ण अराजकतावाद और विखण्डन की ओर चला जाएगा. यह सत्य है कि इन युवकों और युवतियों में अधिकांश इन मुद्दों पर ऐतिहासिक परिप्रेक्ष्य में नहीं देख रहे हैं. भारत कभी विखण्डित नहीं होगा. हमारे लिए देश के रूप में राष्ट्र का जुड़ाव भाव आवश्यक है. यह भी समझने की बात है कि इस मुद्दे पर युवा लोग पार्थक्य भाव और निराशा को झेल रहे हैं. क्या हम इस मुद्दे पर नागरिकों में जागरूकता लाने हेतु देहरादून में एक सार्वजनिक बैठक का आयोजन कर सकते हैं? मुझे उद्योग से परे भी सोचना है क्योंकि सार्वजनिक जीवन के लिए स्वस्थ एवं सशक्त नागरिक तन्त्र, जहाँ कानून का शासन एवं असहमति की स्वतन्त्रता हो, अत्यधिक महत्त्वपूर्ण है. शायद राजकमला झा द्वारा अपनी पवित्र आत्मा के लिए शान्तियज्ञ का संकल्प करने की भ्रांति (दि इण्डियन एक्सप्रैस, 28 नवम्बर, 2003) मैं स्वयं के अपराधबोध का परिष्कार करने की कोशिश कर रहा हूँ और मैं यह सुनिश्चित करना चाहता हूँ कि चाहे सत्येन्द्र के जीवन का क्रूर अन्त हो गया है, तो भी उनका लक्ष्य पूरा हो!

साथ वास्तविक अनुबन्ध करे या न करे, इस पर एक प्रश्नचिह्न है. इस बिन्दु पर अन्तिम निर्णय उन्हें स्वयं लेना है. यह निर्णय सुविचारित है, इसलिए यह सुखद आभास है. वित्त एक बड़ा मामला है, मुझे विभाग और तकनीकी विभाग/सिडकुल या संयुक्त राष्ट्र औद्योगिक विकास संगठन से धन पाने का पूरा विश्वास है. हम 10 दिसम्बर को इंडियन इंस्टीट्यूट ऑफ टेक्नॉलॉजी रुड़की में, जिला अधिकारी, एस.डी.एम., नगरपालिका अध्यक्ष, लघु उद्योग संगठन अधिकारियों के साथ बैठक करने के लिए सहमत हैं. एक बार भूमि की पहचान होने पर (संभवतः जिला प्रशासन और नगरपालिका की सहायता से) डी.एस.टी., राज्यों के लिए निर्यात हेतु अवस्थापना विकास, संयुक्त राष्ट्र औद्योगिक विकास संगठन से मूल ढाँचे के लिए धन प्राप्त कर सकते हैं. एक तरीके से, हम इस उद्यम में अनुभवहीन हैं. हम अपनी कदमताल में जोखिम लेने को सहमत हैं, क्योंकि 'हम रास्ता खोज लेंगे या राह बना लेंगे'

***

मुख्यमन्त्री बातचीत में दिए गए आश्वासनों को कैसे पुनर्स्मरण कर लेते हैं, इस बात पर कोई भी आश्चर्यचकित हो सकता है. जैसाकि प्रायः होता है, बैठकों में, टेलीफोन-वार्ता में, हमें यह कहने की आदत है कि यह काम हो रहा है या उस समय होने की संभावना है. वह इन सब विवरणों को याद रख सकते हैं और आपके लिए कभी भी वास्तविक चुनौती दे सकते हैं. अन्तर-विभागीय मामलों में, जब आप अपने सहकर्मियों को और अपनी स्थिति को भी बचाना चाहते हों तो यह बहुत कठिन हो सकता है. जसपुर-काशीपुर मिल में स्वैच्छिक अवकाश-प्राप्ति का मामला है. जब उद्योग विभाग से पत्र वित्त विभाग को भेजा गया तो उनका दृष्टिकोण है कि सभी पी.एस.यू. और विभागों से स्वैच्छिक अवकाश लेने के इच्छुक लोगों का विवरण समाहित करते हुए एक समेकित पत्र भेजा जाए. इससे निश्चित रूप से पूरी प्रक्रिया में देरी हो जाएगी, क्योंकि स्वैच्छिक अवकाश के लिए राजनैतिक सर्वसम्मति लेना दुरूह है. पिछले दो दिनों में, मुख्यमन्त्री व्यक्तिगत रूप से कम से कम तीन अवसरों पर मुझे इसकी याद दिला चुके हैं. इन्दु पाण्डे, प्रमुख सचिव, वित्त इस समय बाहर हैं, अतः समय लग रहा है. हाल ही में, अपर सचिव के रूप में नियुक्त राधा रतूड़ी, जो उनके लिए काम कर रही हैं, ने आश्वासन दिया है कि वह इस मामले को देखेंगी. देर शाम, मैंने मुख्यमन्त्री को यह बताने का जोखिम लिया कि वास्तव में, पत्र भेजा जा चुका है. उन्होंने उसकी प्रति फैक्स करने के लिए कहा.

मैं जिस बात को बताना चाहता हूँ, वह है कि शिखर पर इस प्रकार की रुचि होने पर डगमगाना मुश्किल है. 'टीम उत्तरांचल' को सोच-विचारकर या स्वतः ही अपना काम संग-संग करना है. तो भी, वह राजनैतिक रूप से

ज्वलनशील माहौल में कुछ मुद्दों को सुलझाने में कठिनाई महसूस कर रहे हैं. जैसाकि पूर्वोल्लिखित है, स्वदेशी जागरण मंच और भारतीय विपणन विकास केन्द्र देहरादून में 'स्वदेशी मेला' आयोजित कर रहे हैं और मुख्यमन्त्री उसके उद्‍घाटन के लिए निमन्त्रित हैं. उद्योग विभाग की भागीदारी के लिए भी निवेदन प्राप्त हुआ है. मेले में भागीदारी की अनुमति एक दिन पूर्व प्राप्त हुई; जिसका अर्थ है कि राज्य की उपस्थिति नाममात्र की है. मुख्यमन्त्री उद्‍घाटन करना चाहते थे, क्योंकि उनका उद्योग से हार्दिक लगाव है, किन्तु वह इस समारोह के साथ नज़दीक से चिन्हित नहीं होना चाहते हैं. वह पूर्व मुख्यमन्त्री भगतसिंह कोशियारी को 'न' कहने में भी कठिनाई महसूस कर रहे हैं, क्योंकि उनके साथ उनकी व्यक्तिगत घनिष्ठता है. मैं यह खासकर पाठकों के साथ इस बात की साझेदारी करने के लिए बता रहा हूँ कि किस प्रकार की सच्ची एवं विषम कठिनाइयों का हमारे राजनैतिक नेताओं को सामना करना पड़ता है. उनमें से अधिकांश एक साथ काम करना चाहते हैं, और यह स्वीकार भी करते हैं कि उद्योग के विकास के लिए आगे बढ़ने का यही सर्वोत्तम रास्ता है. प्रतियोगितात्मक राजनैतिक माहौल में, अधिकतम ईर्ष्या के साथ बाधाएँ खड़ी करनी होती हैं. सकारात्मक नज़र से, उत्तरांचल में अच्छा और स्वस्थ वातावरण है, जिसे भारतीय विपणन विकास केन्द्र ने भी महसूस किया और समझा कि मुख्यमन्त्री को आमन्त्रित करना चाहिए. पूर्व मुख्यमन्त्री, जो वर्तमान मुख्यमन्त्री के विरुद्ध सरकार के नकारात्मक रवैये के विरुद्ध रैली निकाल रहे हैं, निजी स्तर पर उनको उद्‍घाटन के लिए आमन्त्रित करने हेतु फोन भी कर रहे हैं.

राजनीतिक विवशताएँ, यथार्थ सत्य

भारतीय विपणन विकास केन्द्र के विषय में बाद में कभी बताऊँगा, क्योंकि आज सायं यह समारोह प्रस्तावित है और उन्होंने मुझसे 7 दिसम्बर को उत्तरांचल में लघु उद्योग पर सत्र की अध्यक्षता की सहमति ली है. 'हाँ' कहने के बाद मैंने यह जाना कि उस दिन इतवार होगा और इसलिए बन्नू से डाँट पड़ना अपरिहार्य होगा. शायद मेले में जाने का प्रस्ताव विरोध के प्रवाह को कोमल बना दे.

पहले, इस संस्मरण में, मैंने सिडकुल के संगठन और बोर्ड में लिए जाने वाले लोगों के दृष्टिकोण के अन्तर का उल्लेख किया है. मेरा नज़रिया है कि कठोर पदसोपान के स्थान पर विभिन्न दायित्त्व-केन्द्र होने चाहिए और निगम के बदलते स्वरूप के साथ दायित्व-केन्द्र नई जरूरतों के अनुरूप हो सकते हैं. जब भूसम्पत्ति का निर्माण होगा, हमें निर्माण के निरीक्षण के लिए इंजीनियरों की जरूरत होगी, निर्धारित स्थल की स्थापना के बाद, इसके स्वरूप में ज्यादा भूसम्पत्ति-प्रबन्धन और भूखण्डों की बिक्री करने की भूमिका होगी. आई.आई.डी.सी. को बिक्री की

और लघु उद्योग के क्षेत्र को विशेष एकाग्रता और ध्यान की ज़रूरत होगी. मुझे आशा है कि आक्रामक बिक्री रणनीति और वित्तीय रियायतों के कारण दिसम्बर 2004 तक भूसम्पत्तियाँ सुरक्षित हो जाएँगी और उसके बाद नियामकता पर ध्यान केन्द्रित होगा, ताकि इकाइयाँ पर्यावरण नियमों का पालन करें, सरकारी एजेंसी के साथ सहयोग एवं नेटवर्क करें तथा पर्याप्त सुरक्षा एवं विश्वस्तरीय सेवाएँ दें.

विचाराधीन विषयों में अगली अवस्था होगी : भूसम्पत्ति का विस्तार, हवाई पट्टी और आई.सी.डी. का विकास, कामगर-महिला-छात्रावास, शिशु-पालन-गृह, स्कूल, गोल्फ कोर्स आदि. विभिन्न कौशल की जरूरत होगी, समय-समय पर दायित्त्व-केन्द्रों के लिए स्थायी संगठन की अपेक्षा अन्य टीमें लेना बेहतर होगा, जो हर समय की जरूरतों के अनुकूल हो, इसका अर्थ है कि अल्पावधि अनुबन्ध पर लोगों को लेना.

05 दिसम्बर, 2003

बदलता वक्त, बदलते प्रतीक : स्वदेशी मेला

चार दिसम्बर की शाम को मुख्यमन्त्री समारोह में उपस्थित हुए और कितना सफल कार्यक्रम था यह ! विधायिका के उपचुनाव के नतीजे भाजपा के पक्ष में जाने के साथ-साथ आयोजनकर्त्ता उदारहृदय बने हुए थे. वह मुख्यमन्त्री की राष्ट्र-स्तरीय नेता, जिन्होंने गाँधी जी के साथ स्वाधीनता आन्दोलन में भाग लिया और जिन्होंने अपने पूरे जीवन में खादी को प्रोत्साहन दिया, के रूप में दिल खोलकर प्रशंसा कर रहे थे. इस समारोह के विषय में ध्यान देने योग्य रोचक बात है कि अब गांधी जी स्वदेशी जागरण मंच की छवि में गर्व का स्थान लिए हुए हैं, वस्तुतः मुख्य स्थान पर हैं और मंच पर केवल दो तस्वीरें थीं : गांधी और वीर सावरकर की. हैबीटाट सेंटर में भारतीय विपणन विकास केन्द्र के सम्मेलन में गांधी जी की तस्वीर नहीं थी और यदि प्रतीकों को उस सूक्ष्म संदेश के लिए पढ़ा जाए, जो कोई संगठन देना चाहता है, तो यह महत्त्वपूर्ण था. पुनः, इस पर दो तरह से दृष्टिनिक्षेप किया जा सकता है; प्रथम, स्वदेशी जागरण मंच आत्ममन्थन के वर्षों बाद गांधी जी के सम्मिलित करने के संदेश का अनुकरण करने की, आपसी समझौते की और धर्मनिरपेक्ष भारत की ज़रूरत महसूस कर रहा है; और दूसरा, गांधी जी स्वदेशी के लिए बिक्री-छवि हैं, क्योंकि वह भारत के भूमण्डलीय ब्रांड के रूप में सुप्रसिद्ध हैं.

पूर्व मुख्यमन्त्री और इस समय उत्तरांचल में नेता प्रतिपक्ष भगत सिंह कोशियारी भारतीय वस्तुओं को खरीदने की अपनी इच्छा के बारे में विस्तार से बोले. उन्होंने व्यापारिक दुनिया में हिन्दी को बढ़ावा देने की भी बात की. वह चाहते थे कि भारतीय विपणन विकास केन्द्र देश भर में स्थान-स्थान पर भारतीय उत्पाद को प्रोत्साहित करने के लिए ऐसे मेलों का आयोजन करे. चलते-चलते, उन्होंने कुछ उद्योगपतियों का उल्लेख किया, जो हाल ही में उनसे मिले थे और जिन्होंने उद्योग विभाग के लिए सकारात्मक फीडबैक दिया है. स्वभावतः विरोधी दल के नेता से इस प्रशंसा-वाक्य को पाना मेरे लिए सकारात्मक रूप से सुखद स्पर्श था और निश्चित रूप से, मेरे चेहरे पर, तनिक लाज से, लालिमा होगी. प्रभु को धन्यवाद, मैं मंच पर एकदम कोने पर बैठा था.

मुख्यमन्त्री का भाषण राजनैतिक अर्थतन्त्र के प्रोफेसर जैसा था. माइज़ी पुनर्जागरण से वर्साय सन्धि तक, योरोप में नाज़ीवाद और फासीवाद का उदय, चर्चिल एवं रूज़वेल्ट की रणनीतियाँ, अमरीका में नया समझौता, युद्ध के लिए भारत की प्रतिक्रिया, योरोप में प्रतिकार और संराधन, इज़रायल की स्थापना, योरोप में साझा बाजार का विकास और यूरो का विकास, दक्षिण एशिया में शान्ति की संभावना, जनतान्त्रिक भारत और सर्वाधिकारवादी भारत की तुलना; ये सब उस अवसर पर उनके प्रखर वक्तव्य का हिस्सा थे. हमने पहले ही उन्हें राज्य में निवेशकों की पूरी सूची दी थी, ताकि वह औद्योगिक नीति और उसके प्रभाव के विषय में बोल सकें, उन्होंने पूरी ताकत एवं प्रभाव के साथ ऐसा किया. उन्होंने राज्य में निवेश को आकर्षित करने के लिए उद्योग विभाग के प्रयासों में अपना विश्वास व्यक्त किया.

ऐसी घटनाएँ अच्छे काम को जारी रखने के लिए वास्तविक प्रेरणा होती हैं. पूर्ण सन्तोष का भाव है कि प्रयास को सराहा गया है. धन्यवाद, कोशियारी ज़ी ! धन्यवाद, नारायण दत्त तिवारी जी ! मंच पर आप दोनों की संयुक्त उपस्थिति, आप दोनों का उद्योग विभाग के सकारात्मक कार्य के बारे में एक-स्वर से इकट्ठे बोलना, उत्तरांचल को निवेश के लिए 'प्रथम लक्ष्य' बनाने की प्रक्रिया को दूर तक ले जाएगा.

08 दिसम्बर, 2003

पुनः चार दिन का अन्तराल, किन्तु इनमें से तीन दिन अपनी पीठ की समस्या के कारण बिस्तर पर बीते. वजन-नियन्त्रण और शारीरिक स्वस्थता का भी उन्माद है

और इस समय आखिरी चीज़, जो मैं करना चाहूँगा, वह है : इस कार्यालय में वजन बढ़ाना. मैं प्रातः भ्रमण और जिम में नियमित हो रहा हूँ और अपने शरीर के कसाव के लिए परिश्रम कर रहा हूँ. प्रगति के लिए विकल होकर मैंने 5 दिसम्बर की सुबह कुछ अधिक व्यायाम कर लिया. पुनरावलोकन करूँ तो मैं सोचता हूँ कि मेढक की तरह कूद भरकर व्यायाम के कारण यह हुआ है. मारुति 800 में बैठते ही, (जो एम्बेसेडर से काफी नीचे है) मैंने पीठ में दर्द महसूस किया और मैं जानता था कि अगले कुछ दिन तक यह रहेगा और तो भी, मुझे विशेष रूप से कारगिल शहीदों के परिवारों के लिए पैट्रोल पम्प और एल.पी.जी. एजेंसी के आबंटन के लिए और ताजा खरीफ मौसम में खाद्य निगम द्वारा चावल खरीदने हेतु पूर्व निर्धारित बैठकों के लिए कार्यालय में उपस्थित रहना था. दोनों ही विषयों में मुख्यमन्त्री विशेष रुचि ले रहे हैं. बाद में, जब मैं मुख्यमन्त्री को संक्षेप में बता रहा था, उन्होंने स्वीकार किया कि चावल खरीदना और उद्योग का विकास एकदम सहक्रियावादी नहीं हैं.

मैंने मुख्यमन्त्री और अवस्थापना विकास आयुक्त को उत्तर प्रदेश सरकार द्वारा गृह एवं नगरीय विकास में निवेश से सम्बन्धित जारी किए गए नये विज्ञापन दिखाए. आखिर, उ.प्र. सरकार ने भी अपनी राज्य की आक्रामक बाज़ार नीति की ज़रूरत को समझ लिया है. अमर सिंह और उ.प्र. विकास परिषद् अपनी ओर से उ.प्र. से जाने वाली पूँजी को वापिस लाने के लिए सर्वोत्तम प्रयास कर रहे हैं. उत्तर प्रदेश विकास परिषद् के लिए हमारी प्रतिक्रिया के बारे में पूछे गए प्रश्नों के लिए, मैंने यही कहा कि दीर्घ समय में एक राज्य नहीं, अपितु क्षेत्र प्रतिस्पर्धा करता है और उत्तर प्रदेश वह राज्य है, जहाँ से उत्तरांचल उद्भूत हुआ है. मेरा अपना विचार है कि अभी इतनी अधिक क्षमता को निशाना बनाना है कि संत्रस्त होने का कोई कारण या अवसर नहीं है. उत्तर प्रदेश का विकास होना अच्छी बात है, क्योंकि देश में पूँजी और श्रम प्रतिस्पर्धात्मक वातावरण की ओर जाएगा. जितने ज्यादा श्रेष्ठ समूह होंगे, उतना ही उत्तरांचल, उत्तर प्रदेश, बिहार, झारखण्ड और देश के प्रत्येक कोने के बेरोजगार युवकों के लिए बेहतर होगा. आई.सी.आई.सी. आई. के अधिकारी कह रहे थे कि उनकी पिछली यात्रा के दौरान अमर सिंह अपने अधिकारियों को उद्योग को बढ़ावा देने के लिए उत्तरांचल का अनुगमन करने के लिए कह रहे थे. यदि ऐसा है, तो हमारे पास हरेक कारण हैं कि हम ''दे' जा वू'' का भाव महसूस करें!

समय-परिवर्तन के संकेत : पूँजी निवेश के लिए प्रतिस्पर्द्धा

पीठ दर्द के बावजूद, मैं लघु उद्योग क्षेत्र के प्रोत्साहन के लिए भारतीय

विपणन विकास केन्द्र में संगोष्ठी में उपस्थित रहा. लघु उद्योग भारत सरकार के अपर सचिव एवं विकास आयुक्त, सतीश चन्द्र ने मुख्य वक्तव्य दिया. उन्होंने अपने विभाग द्वारा दी जाने वाली विभिन्न सुविधाओं के बारे में सविस्तार बताया. सब कुछ ऑन-लाइन है और वेबसाइट को सप्ताह में दो बार संशोधित किया जाता है. सिडकुल के पास अभी साइट का हाइपर लिंक नहीं है. मैंने मन-ही-मन तय किया कि अगले कुछ ही दिनों में इसे व्यवस्थित करना होगा. वस्तुतः मैं चाहता हूँ कि जल्दी उठ सकूँ. निःसंदेह मैं जल्दी-से-जल्दी ठीक होना चाहता हूँ, किन्तु पूर्ण रूपेण स्वस्थ होने में अभी दो-तीन दिन और लगेंगे. निश्चित रूप से, मैं इसका प्रति-प्रहार नहीं चाहता हूँ. (वास्तव में, मैं अभी कमर में बेल्ट लगाकर बैठकर टाइप कर रहा हूँ, दर्द नहीं, लेकिन कुछ असुविधा तो है और मैं इसे बढ़ाना नहीं चाहता हूँ).

श्रोता-वृन्द में अधिकांश इंस्टीट्यूट ऑफ मैनेजमेंट स्टडीज़ के विद्यार्थी, कुछ कॉलेज प्रवक्ता और स्टॉल लगाने वाले थे. जैसा कि विकास आयुक्त ने बताया कि जागरूकता एवं सूचना का अभाव लघु उद्योग क्षेत्र की स्थापना में मुख्य बाधक तत्त्व है. उद्यमियों की प्रथम पीढ़ी में, बैंक या सरकारी कार्यालय जाना एक बड़ी घटना/समारोह था, जिसके लिए विस्तार से योजना बनाई जाती. आएँ, इसका सामना करें ! हमारे कार्यालयों और बैंकों की बाजार में प्रतिष्ठा अधिक सकारात्मक नहीं है. कई लोग मानते हैं कि किसी को जाने बिना या सेवा-शुल्क दिए बिना कुछ नहीं होगा. इसलिए हमने तय किया कि उद्योग विभाग सभी प्रबन्धन संस्थानों और इंजिनियरिंग कॉलेजों में जाएगा और भिन्न उपलब्ध योजनाओं के विषय में छात्रों को संक्षेप में बताएगा. हम ऐसा श्रम एवं रोजगार विभाग के साथ मिलकर भी कर सकते हैं.

09 दिसम्बर, 2003

मैंने अपनी कॉर्सेट बेल्ट और तनी हुई भंगिमा के साथ दुबारा ऑफिस जाना शुरू किया. असुविधा कम हो रही है और एक-दो दिन में, मैं जॉगिंग नहीं, तो प्रातः भ्रमण तो कर सकूँगा. ई. मेल और फाइलों का ढेर लग गया है और चीज़ों को छाँटने में और कार्यालय को व्यवस्थित करने में आधा दिन लग गया. हमने रसायन युक्त/जैव बासमती/राजमा के निर्यात एवं विपणन पर सफल बैठक की. डी.ए.एस.पी. उत्तरांचल किसानों को, मध्यस्थ एजेंसी के साथ पुनर्खरीद की व्यवस्था के बिना, बासमती का अधिमूल्य दे रहा है. हिमालयन ऑर्गेनिक्स की

चेतना निगम ने बाजार ढूँढने का काम किया है और वास्तव में उन्होंने काफी तैयारी की है, राष्ट्रीय एवं अन्तर्राष्ट्रीय खरीददारों से सम्पर्क किया है. वह स्टॉक को रखने और संग्रहित करने की या दूरस्थ स्थानों से ढोकर ले जाने की स्थिति में नहीं है. यहीं पर कृषक-सहकारी संघ का प्रवेश होता हैं. मैंने पी.के. सिंह, यू.सी.एम.एफ. के अध्यक्ष को हस्तक्षेप के लिए निवेदन किया. वे उत्पाद को उठाएँ, गोदाम में एकत्र करें और हिमालयन ऑर्गेनिक्स के परामर्श अनुसार बेचें, जिसके लिए उन्हें 25% सेवा-मूल्य मिलेगा. चेतना कुछ परेशान है, क्योंकि वह अपने प्रयास के लिए अधिक मूल्य चाहती है. हमने उसे विश्वास दिलाया कि बाज़ार का जोखिम यू.सी.एम.एफ. ले रहा है. अतः उसकी लाभ-सीमा सही है. यू.सी.एम.एफ. को भी तुरन्त सिडकुल से निर्यात-पंजीकरण कराने के लिए सलाह दी गई, क्योंकि सभी सौदा यू.सी.एम.एफ. के द्वारा होना था. कोई अच्छा सहकारी संगठन किसान के लिए सर्वोत्तम बाज़ी है, विशेषतः जब बाजार व्यवस्थाएँ उत्पादकों को असफल कर रहीं हों. यद्यपि मैं प्रत्यक्षतः डी.ए.एस.पी. या बासमती निर्यात या यू.सी.एम.एफ. के लिए उत्तरदायी नहीं हूँ, मुझे यह सब व्यवस्था करने में सन्तोषभाव की अनुभूति हो रही है.

कृषि वाणिज्य और उद्योग

कल्याण शाह दुबारा आएँ हैं. मुझे जसपुर-काशीपुर मिल को उनके साथ संगठित करने के विषय में निर्णय लेने में वास्तविक समस्या है. मुख्यमन्त्री की हार्दिक इच्छा है कि मिलें चलें. स्वैच्छिक अवकाश-प्राप्ति में समय लगेगा, कल्याण शाह के पास तैयार धन नहीं है. उनके पास मिल चलाने के लिए अनुभव एवं निपुणता है. इस बार प्रस्ताव पहले की अपेक्षा बेहतर है. बैंक ऑफ बड़ौदा भी पुनः मिल पर विचार करना चाहता है, हालाँकि वस्त्र उद्योग मन्दी में है. सरकार के लिए अपना धन-निवेश करने का प्रस्ताव है और मैं मुख्यमन्त्री को उसके लिए सलाह नहीं दे सकता हूँ; जहाँ मुझे स्वयं विश्वास नहीं है. मैं यह भी जानता हूँ कि मुख्यमन्त्री को परेशानी होगी क्योंकि वह शिद्दत से मिलों को चलते हुए देखना चाहते हैं.

13 दिसम्बर, 2003

रुड़की समूह की बैठक सफल रही. साजिद इस समूह को आगे ले जाने में अवश्य सक्षम होंगे!

इण्डियन इंस्टीट्यूट ऑफ टेक्नॉलॉजी, रुड़की के प्रोफेसर गर्ग, यूनियन बैंक

ऑफ इण्डिया के मण्डलीय प्रबन्धक एम.आर. भल्ला की प्रस्तुति एवं रुड़की समूह के विकास के लिए ज़रूरी एस.पी.वी. के सन्दर्भ में लाभ न लेने के लिए कम्पनी एक्ट के अनुच्छेद 25 पर हेमन्त अरोड़ा[1] की प्रस्तुति का स्वागत हुआ. यूनियन बैंक ऑफ इण्डिया के अधिकारी रुड़की समूह में अपने लिए खास स्थान बनाने हेतु अधिक सक्रिय हैं और मुझे मानना होगा कि समूह-विकास की प्रारम्भिक बैठकों में मैंने महसूस किया था कि वह कुछ अधिक हस्तक्षेप कर रहे हैं, अब यह काफी स्पष्ट है कि उनका इरादा व्यापार है. जो मुझे विशेष रूप से पसन्द आया, वह था भल्ला का आक्रामक भाषण, जिसमें उन्होंने उत्पादन क्षेत्र में चीन की चुनौती को दरकिनार किया.

अधिक बेहतर नीति : रुड़की उपकरण समूह में प्रगति

साजिद ने सत्र का अच्छा संचालन किया. उन्होंने समूह सर्वेक्षण की विस्तृत तैयारी की और एस.पी.वी. क्या करे और कैसे स्थापित हो. फिर भी, शंकालु थॉमस जैसे लोग थे, जो प्रश्न पर प्रश्न पूछ रहे थे, ये प्रश्न गोपनीय अर्थयुक्त/दक्षिणावर्त्ती थे, जो साजिद और उसकी मुख्य टीम के उत्साह को कम करने के लिए थे. कुछ आपत्तियाँ एवं टिप्पणियाँ भी उसी प्रकार की योजना का सन्दर्भ दे रही थीं, जो चालीस वर्ष पूर्व शुरू की गई थी और अपना प्रभाव छोड़ने में असफल रही थी. कुछ अन्य एस.पी.वी. की सदस्यता के आधार का सरलीकरण चाहते थे, ताकि कोई भी व्यापारी बिना क्षमता या योग्यता के नेटवर्क में शामिल हो सके. यह एक ऐसा समूह है, जो किसी भी संगठन में निर्वाचन जीत सकता है और फिर इसके संसाधनों में हेराफेरी करके, इसकी पतनोन्मुखता के लिए नेतृत्व कर सकता है. यद्यपि मैं उनको मंच से खदेड़ना चाहता था, मैंने अपनी मुट्ठियाँ भींच लीं और अपने आप से कहा, 'विवेकशीलता, समझदारी और संयम,' मुझे जरूरत से ज्यादा प्रतिक्रिया नहीं दिखानी चाहिए. इस बिन्दु पर मुझे यह तथ्य विशेष रूप से बताना चाहिए, हम आई.आई.टी., रुड़की में थे. मैंने आई.आई.टी. में और पवित्र संस्थान के परिसर में उपस्थित होने के महत्त्व को आगे रखा और आई.आई.टी., रुड़की की अन्य इंजीनियरिंग कॉलेजों के साथ तुलना की. आई.आई.टी. अपनी मूल प्रकृति के कारण मुख्य कोर्स में हरेक महत्त्वाकांक्षी उम्मीदवार को नहीं ले सकते हैं, किन्तु इसका यह अर्थ नहीं है कि आई.आई.टी. का लाभ सिर्फ स्नातक स्तर के विद्यार्थियों को मिलता है. प्रबन्धन संस्थानों को प्रतिषिद्ध व्यवस्था करनी पड़ती है और जबकि एस.पी.वी. की सदस्यता के सम्बन्ध में कुछ चर्चा हो सकती है. एक बार निर्णय लेने के बाद हमें कड़ाई से इसका पालन करना होगा. यूपिको को 31

---

1. हेमन्त अरोड़ा रुड़की के विशिष्ट चार्टर्ड एकाउंटेंट और प्रमुख रोटेरियन हैं जो इस वर्ष भारतीय उद्योग परिसंघ उत्तरांचल के उपाध्यक्ष हैं. नरेश खट्टर नये अध्यक्ष हैं.

दिसम्बर तक प्रथम प्रतिवेदन तैयार करने के लिए कहा गया है और मैंने रुड़की एस.पी.वी. के पंजीकरण के लिए 26 जनवरी की अन्तिम तिथि निर्धारित की है. मैंने अपर सचिव, उमाकान्त पँवार को सुचारु संचालन के लिए राज्य सरकार की ओर से मुख्य अधिकारी के रूप में रखा है. साजिद चाहते हैं कि हम उनके द्वारा स्थापित प्रयोगशाला भी देखें और यह देखना सुखद है कि 1936 में उनके दादा जी द्वारा शुरू किया गया पारम्परिक काम अब दुनिया में कहीं भी निर्मित सर्वेक्षण उपकरणों के प्रमाणीकरण के लिए सर्वथा निपुण केन्द्र है.

मुझे यह भी आत्मस्वीकृति देनी है कि मैं रुड़की समूह द्वारा अपने नेतृत्व में व्यक्त विश्वास से अभिभूत हूँ. अपने विजिटिंग कार्ड पर, ऑफिस द्वारा पत्र पर 'हम या तो मार्ग खोज लेंगे, या राह बना लेंगे' उल्लिखित होने से सही प्रभाव हो रहा है. क्या यह किसी प्रकार के अदृश्य जादू का प्रभाव है? हर बार जब आप अपना कार्ड या पत्र-व्यवहार देखते हैं, आपको महसूस होता है कि आप यथास्थिति को स्वीकार करने के स्थान पर समस्या-समाधान के लिए सकारात्मक रूप से सक्रिय हैं.

वापसी का सफर क्वॉलिस में कुछ दिल्ली के उद्यमियों के साथ बातचीत करते हुए गुजरा, जो पन्तनगर क्षेत्र में खाद्य/भोजन पार्क स्थापित करना चाहते हैं. यह एक कठिन वार्ता थी. वे भूमि-मूल्य में रियायत चाहते थे, जबकि मैं सिडकुल भूसम्पत्ति को बेचने के लिए इच्छुक था. यह हमारे लिए अनिवार्य है कि हमारे साथ वास्तविक और बड़े खिलाड़ी आएँ, अन्यथा संगठित औद्योगिक विकास प्रभावित होगा. यदि भूमि-मूल्यों पर रियायत दी गई, तो इस सौदे में हुए घाटे को पूरा करने के लिए बाकी भूखण्डों का मूल्य बढ़ाना पड़ेगा. मैं इसे दुरूह वार्ता कह रहा हूँ, क्योंकि उन्होंने मुझे सुबुद्धि द्वारा लिखित पत्र दिखाया कि सरकार उनको खाद्य प्रसंस्करण प्रौद्योगिकी पार्क की स्थापना के लिए भूमि उपलब्ध कराने के लिए प्रतिबद्ध है. इसलिए मैंने उनसे बात की कि पन्तनगर में 60 एकड़ जमीन प्राप्त करने के बाद, उद्योग के लिए वांछित साधारण अवस्थापना और प्रत्येक इकाई को इस क्षेत्र में विभिन्न मन्त्रालयों एवं विभागों द्वारा प्रदत्त सुविधाएँ स्थापित करके, वह खाद्य-संरक्षण उद्योग का मूल्यवर्द्धन कैसे कर सकेंगे. भारत सरकार इस क्षेत्र में तेज गति से विकास की इच्छुक है क्योंकि प्रतिवर्ष रु. 2500-3000 करोड़ तक के उत्पाद व्यर्थ जाते हैं.

केन्द्रीय कृषि मन्त्री राजनाथ सिंह 16 दिसम्बर को उद्यानिकी में तकनीकी मिशन, जिस कार्यक्रम में, मैं पहले निकट से जुड़ा था, के उदघाटन के लिए आ रहे हैं. इसे पूरा होते हुए देखने में, निश्चित रूप से, गर्व का भाव है. इस समारोह के विषय में बाद में बताऊँगा; अभी मुझे पन्तनगर में एग्रीकॉन पर एक संक्षिप्त लेख मुख्यमन्त्री को देना है और उनकी ओर से केन्द्रीय कृषि मन्त्री को इस अवसर पर उपस्थित होने के लिए निमन्त्रण देना है.

12 दिसम्बर को लघु उद्योग क्षेत्र के लिए वित्त पर उद्योग विभाग और भारतीय उद्योग परिषद द्वारा अन्तर-सम्बन्धीय समारोह आयोजित हुआ. वस्तुतः, यह कहना ज्यादा सही होगा कि भारतीय उद्योग परिषद ने समारोह का आयोजन किया और राज्य सरकार के साथ सम्बन्ध का उच्चीकरण करने के लिए हमारा नाम जोड़ दिया. पंकज गुप्ता और अनिल गोयल इसमें अग्रणी रूप से अच्छा काम कर रहे हैं और कल उन्होंने भारतीय उद्योग परिषद के काशीपुर शाखा के शुभारम्भ का उद्घोष किया. उत्तरांचल का भारतीय उद्योग परिषद उत्तर प्रदेश के मूल संगठन से सम्बन्ध-विच्छेद के बाद अब स्वतन्त्र संगठन है. मुख्य वक्तव्य एम. रामचन्द्रन, प्रमुख सचिव, अवस्थापना विकास विभाग के द्वारा दिया गया. अपने भाषण में, उन्होंने राज्य में औद्योगिक निवेश को सुविधाएँ देने के उत्तरांचल सरकार के प्रण को दोहराया. उन्होंने अवस्थापना के क्षेत्र में सरकार द्वारा की गई पहल के सम्बन्ध में भी अपनी बात कही.

उद्योग-बैंक में संवाद : भारतीय उद्योग परिषद द्वारा प्रयास

इसके सह-प्रायोजकों में बजाज ऍलियांज़ शामिल हैं, जो साधारण बीमा में कुछ विशेष लाभों के साथ नए प्रवेशकर्त्ता हैं; जैसे, मज़दूर क्षतिपूर्ति, हड़ताल, चोरी या अन्य ऐसे तत्त्व जिनसे उत्पादन-हानि हो, एक और सह-प्रयोजक है : राष्ट्रीय लघु उद्योग निगम, जो वित्तीय सहायता, संस्थागत अवलम्बन, और लघु उद्योग के उत्पादों की आन्तरिक और निर्यात बाज़ारों में बिक्री जैसे कार्य करता है. साथ ही सिडकुल और सिडबी ने भी प्रायोजक की भूमिका निभाई. बैंक की ओर से प्रमुख वक्ता थे, ए.वी. सरदेसाई, रिज़र्व बैंक ऑफ इण्डिया के कार्यकारी निदेशक, क्रेडिट गारंटी ट्रस्ट के उत्पल वाजपेयी और पंजाब नेशनल बैंक के मण्डलीय प्रबन्धक, केशव अग्रवाल जो उत्तरांचल में वरिष्ठतम बैंकर हैं. उन्होंने आश्वासन दिया कि उद्योग विभाग के उद्यमी प्रयासों का बैंक रोड-शो एवं निवेश प्रोत्साहन बैठकों द्वारा पोषण करेंगे.

***

16 दिसम्बर, 2003

मैं आसानी से हार नहीं मानता हूँ, किन्तु पिछले कुछ दिनों से ऑफिस में एन.आई. सी. नेटवर्क में कम्प्यूटर वायरस के कारण मैं अवसाद में हूँ. इसने सभी फ्लॉपी

और लैपटॉप पर भी दुष्प्रभाव डाला है, वह सब सामग्री पुनः प्रदर्शित नहीं हो रही है, जिस पर मैंने पिछले कुछ दिनों से बैठकर पूर्ण मनोयोग से परिश्रम किया.

कम्प्यूटर की उलझन

वास्तव में, यह मेरे लिए बेहतर होगा कि मैं छपे हुए कागज़ भी रखूँ और सनन्दन के कम्प्यूटर पर उसे सुरक्षित करूँ.

पुनः काम की बात, सम्पादन एवं संग्रह के लिए 100 पृष्ठ का धरातल तैयार है, मैं सोचता हूँ कि अपने सहयोगियों की प्रतिक्रिया जाननी चाहिए और कुछ प्रकाशकों को भी दिखाना चाहिए. बन्नू लिखित सामग्री का अन्तिम प्रारूप तैयार कर रही हैं, मेरे पास डॉ. टोलिया और अमरेन्द्र को दिखाने के लिए कुछ प्रतियाँ हैं. संभवतः, विधान सभा का सत्रावसान होने पर, मैं एक प्रति मुख्यमन्त्री को दूँ, क्योंकि यह मुख्यतः उनकी परिकल्पना है, जिससे राज्य को औद्योगिक पैकेज मिला, जिसके बिना उत्तरांचल का व्यावहारिक अस्तित्व लम्बे समय तक हमेशा केन्द्रीय सरकार से विशेष दर्जा प्राप्त राज्य के रूप में केन्द्र सरकार द्वारा संकट-विमोचन अनुदान पर आश्रित रहता.

15 दिसम्बर, सोमवार को हमने उत्तरांचल में समर्पित परामर्शमण्डल स्थापित करने के लिए यूपिको के साथ समझौते के मसौदे पर हस्ताक्षर किये. यूपिको ने अपने वर्तमान प्रबन्धकीय निदेशक, भटनागर के साथ अपने लिए अच्छा काम किया है. एक ऐसे संगठन से जो अपने कर्मचारियों को वेतन नहीं दे सकता है, अब ऐसी स्थिति में है कि वह चीन और मध्य-पूर्व में प्रतिनिधिमण्डल भेज सकता है और प्रदर्शनी आयोजित कर सकता है, प्रशिक्षण कार्यक्रम के साथ-साथ विशिष्ट आर्थिक मण्डल की स्थापना के लिए प्रस्ताव प्रस्तुत कर सकता है, यह प्रगति उल्लेखनीय है. अब हमें चीन और मध्य-पूर्व पर दृष्टिनिक्षेप करना चाहिए, प्रथम, चीन की ओर विकास के लिए रणनीति हेतु और द्वितीय, मध्यपूर्व की ओर, निवेश आकर्षित करने के लिए...

समर्पित औद्योगिक सलाहकार संगठन की स्थापना

संभवतः हम भारतीय उद्योग परिषद और भारतीय उद्योग परिसंघ को विधायकों के लिए चार क्षेत्रों में : चीन, सिंगापुर, मलेशिया (औद्योगिक निर्माता); इज़रायल (कृषि, सहकारिता और बायोटेक्नॉलोजी), दक्षिण कोरिया और जापान (गुणवत्ता व्यवस्था एवं नियामक प्रशासन); थाईलैण्ड और जापान (बहुद्देशीय सहयोग) और यूरोपियन यूनियन (सूचना प्रौद्योगिकी एवं सरकार-उद्योग के अन्तर-सम्बन्ध) के लिए स्वाध्याय-यात्रा का आयोजन करना चाहिए. मुख्यमन्त्री चाहते हैं कि विधायकों के लिए स्वाध्याय एवं परिदर्शन यात्रा का आयोजन हो, ताकि उन्हें भूण्डलीय स्तर पर उद्योग संसार के विकास परिदृश्य का ज्ञान हो.

यद्यपि उन्होंने उद्योग विभाग से ऐसा करने के लिए नहीं कहा है, हम चुनौती को स्वीकार करेंगे, क्योंकि यह हमारे लिए बहुत अच्छा होगा कि विधायक उद्योग के लिए सदिच्छा दूत बनकर जाएँ. यह हमारे लिए भी अनौपचारिक एवं सुविधाजनक वातावरण में अपनी परिकल्पना की व्याख्या करने का अवसर होगा. इसके लिए व्यवस्था-तन्त्र एवं व्यय का अनुमान लगाना होगा.

हमने औद्योगिक भूसम्पत्तियों में निजी उद्योग के प्रत्येक पक्ष को समझने के लिए विजय कुमार धवन और प्रदीप दत्ता के साथ अलग-अलग बैठकें कीं. जबकि सारा सर्विसेज़ (धवन) लगभग तैयार है और अपने विज्ञापनों को अन्तिम रूप दे रहा है, दत्ता के भाग में गति धीमी है. किन्तु वह सुव्यवस्थित एवं एकाग्रचित्त हैं, इसके साथ ही उनके पास तनिक आगे होने का वह लाभ नहीं है, जो धवन के पास पहले ही से भूमि होने के कारण सुलभ है. मुझे खाद्य एवं संपूर्ति विभाग की पुनरीक्षण बैठक में चार घंटे उपस्थित रहना पड़ा. इसका अर्थ यह नहीं है कि खाद्य एवं संपूर्ति रोचक नहीं है, यहाँ भी चुनौतियाँ महान हैं और मैं इनको भी पूर्णरूपेण प्रगति देना चाहता हूँ, किन्तु इस क्षण, मैं अपने मुख्य कार्य-भार से दिशान्तरण करूँ तो दोनों के साथ ही न्याय नहीं होगा. मैंने मुख्य सचिव और अवस्थापना विकास आयुक्त तथा स्वयं मुख्यमन्त्री से भी निवेदन किया है कि वह भावी प्रोन्नति (जनवरी 1, 2004 को प्रत्याशित) के समय मुझे इससे मुक्ति दें.

17 दिसम्बर, 2003

दिसम्बर की 16 तारीख को मुख्यमन्त्री एवं केन्द्रीय कृषि मन्त्री ने उद्यानिकी तकनीकी मिशन का सूत्रपात किया. तकनीकी प्रस्तुतियों के अतिरिक्त दोनों राजनीतिज्ञों की अपेक्षा राजकीय नेता के रूप में बोले. 'ना हो देरी-नारायण दत्त तिवारी' के होने का लाभ है कि विचार-विमर्श का स्तर सांसारिक एवं नानाविध विषयों से परे उदात्त एवं दार्शनिक हो जाता है. इस अवसर पर विचार-विनिमय का विषय था : कैसे साधु-सन्तों ने मिट्टी से आहार प्राप्त किया, कैसे वे पारिस्थितिकीय सामंजस्य में जिए, कैसे हम देवभूमि में विचारित एवं लिखित पुस्तकों के आधार पर सतत विकास के लिए पाठ सीख सकते हैं. राजनाथ सिंह भी अपनी विश्वसनीयता के साथ विकास, अनाज के भावी व्यापार, किसान की आय-सुनिश्चितीकरण योजना एवं कृषि को विकास में अग्रभाग में रखने के विषय में बोले. इस लोकार्पण अनुष्ठान में जाने के दो कारण थे; प्रथमतः, मैं उस कार्यक्रम

को शुरू होते हुए देखना चाहता था, जिसमें मैंने अपने पूर्व-विभाग में काफी समय दिया था; द्वितीय, मैं एग्रीकॉन 2004 के लिए उनका अनुमोदन लेना चाहता था. अच्छा ही हुआ कि मैं गया, क्योंकि उनके कार्यालय में नवम्बर के चतुर्थ सप्ताह में पत्र भेजा गया था और उन्हें इसकी कोई जानकारी नहीं थी. हमारा भाग्य अच्छा है, यह तिथि (23 जनवरी, 2004) अभी भी उनके कैलेंडर में व्यस्त नहीं थी.

उच्चतर सोपान की ओर गमन : उत्तरांचल के लिए उद्यानिकी तकनीक

दिन के उत्तरार्द्ध में, मैंने कुमाऊँ-गढ़वाल चैम्बर ऑफ कॉमर्स एंड इंडस्ट्री के प्रतिनिधिमण्डल में जितेन्द्र कुमार, राजीव घई, ब्रह्मेश गुप्ता, सुरेश जिन्दल, दीपक पुरी और दरबारा सिंह एवं अन्यों का स्वागत किया. मुख्य विषय खसरा नम्बर की अधिसूचना थी और भ्रम यह था कि किसी भूखण्ड के अधिसूचित होते ही सब रियायतें प्राप्त होंगी. वे इस बात के भी इच्छुक थे कि काशीपुर के समीप एक और औद्योगिक भूसम्पत्ति की स्थापना हो, क्योंकि उनमें से अधिकांश वहाँ के निवासी हैं. वास्तव में, यह एक ऐसी बात है, जिस पर मैं भी जोर दे रहा था, किन्तु जब तक औद्योगिक भूसम्पत्ति स्थापित करने के सम्बन्ध में परिनियम उनके दिमाग में स्पष्ट नहीं हो जाते हैं, हम आगे नहीं बढ़ सकते हैं. उनमें से अधिकांश अब अच्छे मित्र बन गए हैं और अब उनके साथ किसी भी बात पर रेशा-रेशा तक चर्चा हो सकती है. इससे मुझे संवाद-कला, वार्ता एवं लक्ष्य की मूल स्पष्टता का ख्याल आता है. यदि एक बार आप जानते हैं, आप क्या चाहते हैं और कोई निहित स्वार्थ नहीं रखते हैं, आपकी वार्त्ता-रणनीति अच्छी हो सकती है. पूरी विश्वसनीयता के साथ इसका अनुगमन करें. एक और बात, आपको अपनी रणनीति प्रतिकूलता रहित स्वर में व्यक्त करनी चाहिए. ऐसा हमेशा नहीं होता है, क्योंकि जब आप किसी चीज के प्रति उत्कट भाव से प्रतिबद्ध होते हैं, आप कभी-कभी अपना धैर्य खो देते हैं और रूखे हो जाते हैं.

18 दिसम्बर, 2003

किशोर उपाध्याय ने मुझे फोन किया और यूपिको के साथ पारस्परिक समझौता हस्ताक्षरित करने का कारण और परिस्थितियों को जानना चाहा. मैंने अपना नज़रिया समझाने की कोशिश की और जब मैं ऐसा नहीं कर सका तो मैंने कहा

कि हम इसे पूर्णरूपेण रद्द कर सकते हैं. मैं स्वीकार करता हूँ कि मैंने तनिक रूखेपन से कहा और वास्तव में, मन्त्री ने आत्मसंयम रखा और मुझसे विधान सभा में मिलने के लिए कहा. संभवतः मैं बहुत अधिक परिश्रम कर रहा हूँ. संभवतः, मैं किसी भी अन्य दृष्टिकोण को सुनने के लिए तैयार नहीं हूँ.

दिन के पूर्वार्द्ध में, मैंने उत्पल कुमार सिंह, हरिद्वार विकास निगम के उपाध्यक्ष से भारत हैवी इलैक्ट्रीकल्स लि. से सरकार को भूमि हस्तान्तरित करने के विषय में बात की. मैं पराग एवं नन्दा से प्रतिदिन और जिलाधिकारी से सप्ताह में कम से कम दो बार इसके बारे में पूछ रहा हूँ. ऐसा प्रतीत होता है कि हरिद्वार विकास प्राधिकरण चाहता है कि हम पुनर्वास के मानकों को पुनर्निर्धारित करें. वह यह भी जानना चाहते हैं कि किन खसरा नं. पर पुनर्वास हो और किन खसरा नं. पर व्यापारिक अनुष्ठान स्थापित करके धन उपलब्ध हो सके. हमें अगले कुछ ही दिनों में अन्तिम सीमा-निर्धारण कर देना चाहिए और क्रिसमस से पहले आबंटन के पक्के खत भेज देने चाहिए. दिवाली से क्रिसमस तक दो माह की अवधि है, किन्तु मुझे ईमानदारी से कहना है, यदि हमने दिवाली को लक्ष्य न रखा होता तो अब तक प्रोजेक्ट ने गति खो दी होती. कम-से-कम आधे निवेशक हिमाचल चले गए होते या उन्होंने बिल्कुल ही निवेश न किया होता : इससे भी ज्यादा, हमसे संकेत लेकर अन्य सरकारों ने, विशेष रूप से उत्तर प्रदेश ने भी ऐसी ही सेवाएँ (भारत सरकार की रियायतें छोड़कर) देनी शुरू कर दी हैं. आज, दिसम्बर के तृतीय सप्ताह में, उत्तरांचल ही चिह्नित है. उत्तर प्रदेश को वही करने के लिए कहा जा रहा है, जो उत्तरांचल ने किया है. पंजाब के मुख्यमन्त्री भी ऐसी रियायतों के लिए कलह कर रहे हैं. यह सब सच है, वृहद् नीति के अतिरिक्त यही आकर्षक बिन्दु है, जो निवेश के लिए नाजुक है, हम सुनिश्चित कर रहे हैं कि हम इसे चूक न जाएँ.

दीवाली से क्रिसमस तक

20 दिसम्बर, 2003

मुझे राज्य-स्तरीय बैंकर्स समिति की बैठक के लिए पॉवर पॉइंट प्रस्तुति तैयार करनी है. यह सचिव, उद्योग के रूप में मेरी दूसरी बैठक होगी और मुझे बैंकर्स के लिए वादी पक्ष तैयार करना है, ताकि वह उत्तरांचल में आने वाली इकाइयों को वित्तीय सहयता दें. मेरे पास उद्योगों की सूची, भूमि की आवश्यकता, उनकी

निवेश-क्षमता, उत्पाद-श्रेणी और रोजगार अवसरों की सूची बैंकर्स को बाँटने के लिए तैयार है. उद्योग विभाग को टिहरी बाँध से विस्थापित लोगों के लिए पुनर्वास पैकेज की प्रस्तुति करने के लिए भी कहा गया है. राज्य मन्त्री के द्वारा 18 दिसम्बर को फाइल मुख्यमन्त्री के पास भेजी गई है, विधानसभा निर्वाचन एवं भू-अध्यादेश के लिए आन्दोलन के कारण नीतिगत निर्णय नहीं लिया गया. इस विषय पर सचिव समिति की बैठकों में, यही विचार सर्वोत्तम है और भूमि में अटकलबाजी रोकने का एकमात्र उपाय है कि संभव साझेदारी और निजी क्षेत्र में संयुक्त प्रयास के साथ सहकारी क्षेत्र में गृह-निर्माण प्रोजेक्ट को बढ़ावा दिया जाए. जहाँ और जब भी राज्य ने बाज़ार में हस्तक्षेप किया, प्रतिघात परिवर्तनकारी वायरस बन गया. यह अधिक अप्रत्याशित और नियन्त्रण के लिए दुरूह सिद्ध हुआ, क्योंकि पारम्परिक दवा-एंटीबॉयटिक, इसके लिए प्रभावहीन है. यह मेरा निजी दृष्टिकोण है, इस विषय पर मत मज़बूती से विभाजित है; ज़रा-सा उड़ता हुआ जिक्र करने के अतिरिक्त इस विषय पर कुछ कहने के लिए संयम रखूँगा, सिवाय इस बात के कि सभी उद्योग संगठन भूमि के लेन-देन में उदारवादी व्ययस्थाओं को चुनेंगे.

कल 19 दिसम्बर को, विधानसभा अध्यक्ष ने उत्तरांचल के अल्पतम आयु के विधायक काज़ी निज़ामुद्दीन के उद्योग के कृषि भूमि हासिल करने के लिए सरकारी नीति के सम्बन्ध में उठाए गए विषय पर विचार-विमर्श की अनुमति दी. यह विचार 20 दिसम्बर के लिए सूचीबद्ध था, जो 19 दिसम्बर को हुआ. इससे मुझे दोनों तिथियों तक निवेश-स्तर का ज्ञान हुआ. 20 जून को हमारे पास लगभग 500 करोड़ के सिर्फ 150 निवेश के इच्छा-पत्र थे जिनमें पर्यटन एवं ऊर्जा क्षेत्र शामिल नहीं है. जून में हम अभी उद्योग भूसम्पत्ति की स्थापना के बारे में विचार कर रहे थे. दिसम्बर में हम धरातल पर भूखण्डों का सीमा-निर्धारण कर रहे हैं और आबंटन के पक्के प्रपत्र देने की तैयारी कर रहे हैं. देहरादून एवं रुद्रपुर पन्तनगर में निवेशकों की दो बैठकें हो चुकी हैं और हम सुनिश्चित निवेश की बात कर रहे हैं : मुझसे पहले एस. कृष्णन ने विभाग में काफी श्रम एवं प्रयास किया है और ईमानदारी से मुझे वास्तविक श्रेय उनके साथ बाँटना चाहिए, क्योंकि तुलनात्मक रूप से, उनके द्वारा स्थापित मजबूत नींव के बिना निर्विघ्न कार्य करना संभव नहीं था.

***

मैं पाठकों को किशोर उपाध्याय के साथ हुई बात बताने का इच्छुक हूँ. मैंने जैसे ही सफाई दी कि उनके समर्थन की प्रत्याशा में मैंने यूपिको के साथ पारस्परिक समझौते पर हस्ताक्षर किए, उन्होंने इसका समर्थन किया. वास्तव में, उन्होंने मुझे इसी गति एवं संवेग के साथ काम जारी रखने के लिए प्रोत्साहित

किया. उन्होंने कहा कि उत्तर प्रदेश एवं उत्तरांचल में सम्पत्ति एवं कर्मचारियों के विषय में विवाद के कारण ही उन्होंने पूछताछ की. मुझे कहना है कि मुझे अत्यधिक सन्तोष हुआ, क्योंकि अपने इरादों में नेक होने के बावजूद, मैंने प्रक्रियात्मक भूल की थी और उन्होंने तथ्यतः बाद में अनुमोदन दिया था.

साधुवाद : राज्यमन्त्री का समर्थन

हमने काशीपुर क्षेत्र में तराई फूड लि. द्वारा खाद्य-पार्क की स्थापना के बारे में भी चर्चा की और उन्होंने वचन दिया कि वह उस क्षेत्र के मन्त्री के साथ बात करेंगे, जिन्होंने पहले इस प्रोजेक्ट पर हिचकिचाहट दिखाई थी.

संयुक्त क्षेत्र में औद्योगिक भूसम्पत्तियाँ अब मेरा काफी समय ले रही हैं और मैं उनको आलम्बन देना चाहता हूँ, क्योंकि आरम्भिक सतही काम के बाद विकास के पहलू पर उद्यमियों के द्वारा स्वयं ध्यान दिया जाना चाहिए. यही एक रास्ता है, जिससे विभिन्न स्थानों पर औद्योगिक भूसम्पत्ति की माँग पूरी हो सकती है, क्योंकि हरिद्वार, पन्तनगर, और सितारगंज के अतिरिक्त, हम वास्तविक क्षेत्र वाली सिडकुल भूसम्पत्ति के बारे में वास्तव में नहीं सोच सकते हैं, क्योंकि हमारे पास भूमि नहीं है. जब 27 दिसम्बर को वन अनुसन्धान संस्थान, देहरादून में काष्ठ-उद्योग पर सम्मेलन में भारतीय उद्योग परिषद के पदाधिकारी विचार-विनिमय के लिए आए, तो मैंने उनसे अपने सदस्यों के लिए 'बिना हानि-लाभ' के औद्योगिक इकाई स्थापित करने के लिए कहा, जिसको सिडकुल सुसाध्य बना सकता है. पंकज गुप्ता और अनिल गोयल दोनों इस विचार के समर्थक थे और उन्होंने भारतीय उद्योग परिषद के काम को गति दी.

संयुक्त क्षेत्र में औद्योगिक भूसम्पत्ति हेतु योजना

मुझे पूर्ण विश्वास है कि कुछ ही हफ्तों में प्रस्ताव आने वाला है. मैंने रुड़की में प्रस्तावित औद्योगिक भूसम्पत्ति के सम्बन्ध में 23 दिसम्बर की बैठक के लिए प्रदीप दत्ता, शाह नवाज़ राणा, सोमानी इंडस्ट्रीज़ और हेमन्त अरोड़ा को निमन्त्रण भेजा, ताकि हम प्रश्न कर सकें और समाधान ढूँढ सकें. दिन के आखिर तक, मेरे पास विचार करने के लिए तीन भूसम्पत्तियाँ हैं. इसके अतिरिक्त, निश्चित रूप से, भूमि हस्तान्तरण की स्थिति पर हरिद्वार के जिलाधिकारी को फोन करना है. मुझे विश्वास है कि भूमि के उद्योग विभाग को वास्तविक हस्तान्तरण के बाद वह आराम की साँस लेंगे और ऐसे ही हम भी और वे उद्योगपति भी जिन्होंने प्रथम किस्त का पैसा हमें दे दिया है.

21 दिसम्बर, 2003

20 दिसम्बर को राज्यस्तरीय बैंकर्स समिति की बैठक से पहले, मैं 12 दिसम्बर के उद्योग-बैंक अन्तर्सम्बन्ध के बारे में पुनः कुछ कहना चाहूँगा. जिसमें सहवर्ती-आधारित ऋण से गुणवत्ता-आधारित ऋण की ओर जाने की बात कही गई थी. द' इकॉनॉमिस्ट के नये अंक में साहसी पूँजीवाद के अग्रणी यूजीन क्लीनर को श्रद्धांजलि दी गई, जिन्होंने 350 नई तकनीकी कम्पनियों (कॉम्पैक, जैन टैक और अमेज़ॉन सहित) को वित्तीय सहायता दी, जब उन्हें विश्वास था कि विचार एवं उसके समर्थक व्यक्ति प्रोजेक्ट को आगे बढ़ाने के इच्छुक हैं. हमारे पास विचारों को खोजने वाले बैंकर्स/साहसी पूँजीपतियों की कमी है. (www. economist. com, Volume 369, Number 8353)

इस बार राज्य स्तरीय बैंकर्स समिति के विचार-विमर्श के प्रारूप में बदलाव है. सचिवों को बैंकर्स के लिए प्रस्तुतियाँ देने के लिए कहा गया, ताकि उन्हें अन्दाज हो सके कि विभिन्न क्षेत्रों में क्या हो रहा है और बैंकों तथा वित्तीय संस्थाओं में संभावित सहयोग की जानकारी हो सके. उद्यानिकी तथा पर्यटन विभाग के सचिव एवं मैंने प्रस्तुतियाँ दीं. इसके बाद ए.एफ.सी. की प्रस्तुति थी. हमेशा की तरह मुख्यमन्त्री ने बैंकों और विभागों में ऋण एवं जमा के अनुपात के बारे में प्रश्न पूछने में समय दिया, आरम्भिक टिप्पणियों में ओ.पी. भट्ट, लखनऊ मण्डल के मुख्य प्रबन्धक ने उत्तरांचल में C & I : D (ऋण और निवेश : जमाराशि) की सुधार में उल्लेखनीय प्रगति के बारे में कहा, जो मार्च 2001 में 25% से सितम्बर 2003 में 40% है, यह पूरे देश में सर्वाधिक वृद्धि का रिकॉर्ड है. तुलनात्मक दृष्टिकोण से, उत्तर प्रदेश में इसमें इसी समय में 47% से 51% की नाममात्र की वृद्धि है. उन्होंने रियायती औद्योगिक पैकेज के कारण उत्तर प्रदेश के उद्योग का उत्तरांचल में स्थानान्तरण के सन्दर्भ में उद्योग विभाग की सकारात्मक सक्रियता पर भी बात की. स्वाभाविक रूप से, प्रशंसोक्ति से प्रसन्नता होती है.

राज्यस्तरीय बैंकर्स समिति सम्मेलन 2003 : सकारात्मक आर्थिक संकेतक

उद्योग विभाग की प्रस्तुति का स्वागत किया गया. दो दिन पूर्व, पराग ने फ्लॉपी पर उन निवेशकों की सूची तैयार की, जिन्होंने पन्तनगर एवं भारत हैवी इलैक्ट्रिकल्स लि. में रुचि व्यक्त की है. दोनों स्थानों पर आयोजित निवेशक बैठकों

में भागीदारों की सूची और उन निवेशकों के नाम इकट्ठे किए हैं जिन्होंने पहली किस्त का बैंक ड्राफ्ट जमा कर दिया है और वास्तव में भूमि सुरक्षित कर ली है.

पिछली राज्य स्तरीय बैंकर्स समिति की बैठक से अब तक, हम अपने कार्य निष्पादन को नाप सकते हैं. 25 सितम्बर को हम राज्य के लिए निवेशक लाने की बात कर रहे थे. अब हम उन्हें वित्त देने की बात कर रहे हैं. मार्च में, अगली राज्य स्तरीय बैंकर्स समिति की बैठक में हम उन इकाइयों की बात कर रहे होंगे, जहाँ निर्माण शुरू हो चुका है.

उमाकान्त पँवार ने टिहरी बाँध के विस्थापितों के लिए पुनर्वास योजना के बारे में प्रस्तुति दी. यह पिछली राज्य स्तरीय बैंकर्स समिति की बैठक में उद्योग विभाग को दी गई जिम्मेदारी थी, जिस पर उसने एवं कृषि एवं ग्राम्य विकास के राष्ट्रीय बैंक के अकबर ने मिलकर परिश्रम किया था और विस्तारित योजना प्रस्तुत की थी. इसमें उद्योग विभाग के सुधीर नौटियाल एवं ग्राम्य विकास विभाग के एच.बी. थपलियाल के द्वारा भी काफी सामग्री दी गई. प्रस्तुति के बाद मुख्यमन्त्री द्वारा उठाया गया विचारणीय बिन्दु एकदम सही है. उन्होंने कहा कि टिहरी बाँध का लाभ पूरे देश को मिलेगा, जबकि नकारात्मक कष्ट स्थानीय लोगों को सहना पड़ा, जिनको कई तरीके से अपने ही क्षेत्र में पर्यावरणीय शरणार्थी होना पड़ा. प्रस्तावित योजना में तीन मुख्य तत्व हैं : (अ) बैंक पट्टा/पुनर्वास आयुक्त के प्रमाण पत्र को समवर्त्ती मानें (ब) ऋण पर 1% ब्याज की छूट (स) टिहरी जलविद्युत द्वारा प्रत्येक लाभार्थी को रु. 50,000 से अधिक आलम्बन धनराशि देना/इस योजना में अन्तिम तिथि हो/एक ही बार दिया जाने वाला अवसर जिसमें गरीबी रेखा के नीचे/ग्रामीण/शहरी का भेदभाव न हो, ताकि आने वाले समय के लिए एक ही बार में समाधान हो सके. वित्त विभाग ने वित्तीय सहायता देने में अनिच्छा जताई.

टिहरी बाँध विस्थापितों के लिए पुनर्वास पैकेज

ऊर्जा विभाग महसूस करता है कि टिहरी हाइड्रोइलैक्ट्रिक विकास निगम इस योजना को सम्पूर्ण वित्तीय सहायता नहीं देना चाहता है, परन्तु हमें इतनी आसानी से हार नहीं माननी है. मैंने मन में तय किया कि इस विषय पर महामहिम राज्यपाल से बात करूँगा, जिनके पास सब जगह नेटवर्क है. शायद हम द' हंगर प्रोजेक्ट की रीता सरीन से भी बात कर सकते हैं.

कई अन्य विषय भी उठाए गए, विचार-विनिमय हुआ, बैंकिग परिदृश्य में स्त्रियों को कम ध्यान दिए जाने पर भी बात की गई. अब राधा रतूड़ी संस्थागत वित्त विभाग की अध्यक्षा हैं, उन्होंने बार-बार अपील की कि राजस्व रिकॉर्ड में भूस्वामित्त्व में पति-पत्नी दोनों का नाम अंकित हो, क्योंकि सही रिकॉर्ड के अभाव में, बैंक ऋण देने में और यहाँ तक कि स्त्रियों के लिए किसान क्रेडिट कार्ड बनाने

में भी कठिनाई महसूस करते हैं. यदि ऐसा ही मुख्य धारा के क्रेडिट कार्ड में किया जा सकता है, तो किसान क्रेडिट कार्ड में क्यों नहीं?

उद्योग विभाग के लिए अनुगमनीय कार्य योजना के दो बिन्दु हैं : राज्य स्तरीय बैंकर्स समिति को समूह के सम्बन्ध में भारत सरकार के साथ हुए पत्र व्यवहार की सूचना देना और खादी तथा ग्रामीण उद्योग बोर्ड के मामले को लेने के लिए नैनीताल बैंक को अधिकृत करना.

राणा स्टील एवं शाह टाइम्स के शाह नवाज़ राणा कुछ बैठकों के सम्बन्ध में शहर में हैं. हमने औद्योगिक भूसम्पत्ति के विषय में सरकारी नीति की चर्चा की और हमें औद्योगिक भूसम्पत्ति के लिए एक और प्रस्ताव प्राप्त हुआ. वह शाह औद्योगिक भूसम्पत्ति विकसित करने के अत्यधिक इच्छुक हैं. यहाँ बताना अनिवार्य है कि यह जोश एवं उत्साह से भरा हुआ व्यक्ति केवल 28 वर्ष का है. कभी-कभी मुझे आश्चर्य होता है कि वह उन क्षेत्रों में जोखिम लेना चाहते हैं, जिनमें उनको व्यावसायिक अनुभव नहीं है; किन्तु कर्मठता की सलाह देने के अतिरिक्त मुझे उद्यमी जीवट को दमित नहीं करना है. मेरे जैसे लोगों के लिए, जो नौकरी वाली पृष्ठभूमि में पले हैं और जिनकी शादी भी ऐसे ही परिवारों में हुई हो, वे उद्यम की बात कर सकते हैं, उसके लिए जोखिम नहीं उठा सकते हैं.

23 दिसम्बर, 2003

22 दिसम्बर 2003 उद्योग विभाग के लिए महत्त्वपूर्ण दिवस रहेगा. देर साँझ तक, भारत हैवी इलैक्ट्रिकल्स लि. की भूसम्पति के अन्तिम सीमा निर्धारण का काम सम्पन्न हो गया. मैंने 9.15 पर पुनरीक्षण किया और नन्दा, प्रमुख प्रबन्धक ने सूचना दी कि लगभग सभी औपचारिकताएँ पूरी कर दी गई हैं. अब दुर्ग्राह्य/मायावी हस्तान्तरण घटित होगा! दिन में पहले, मैंने जिलाधिकारी एवं हरिद्वार विकास प्राधिकरण के उपायुक्त से बात की थी. कर्नल सेठी ने भी अब तक हुई प्रगति का ब्यौरा दिया. अब हमें उस क्षेत्र में काँटेदार तार लगानी होगी, क्योंकि विशेष रूप से दी जाने वाली सुविधाओं के सन्दर्भ में, प्रतिदिन नए कब्जा करने वाले प्रकट होते हैं. अपने स्तर पर हर रोज़ जानकारी रखने का मुझे लाभ हुआ, जब मुख्य सचिव ने भूमि-हस्तान्तरण के बारे में पूछताछ की, मैं तुरन्त उत्तर भेजने में समर्थ था. मैंने की गई प्रगति के बारे में उन्हें फोन पर भी संक्षेप में बताया.

हमें प्रवासी भारतीय दिवस के लिए विवरण-पुस्तिका बनानी है. घेरज़ी का

वित्त सेवा सहभागी, फोर्ट्रेस फाइनेंशियल हमें औद्योगिक भूसम्पत्ति का स्वरूप तैयार करने में मदद दे रहा है. हमें संभवतः भारतीय उद्योग परिषद, भारतीय उद्योग परिसंघ, पंजाब, हरियाणा, दिल्ली के वाणिज्य एवं उद्योग चैम्बर्स और भारतीय उद्योग एवं वाणिज्य संघ के साथ होने वाले रोड शो में भी इनकी ज़रूरत होगी. इन 'रोड शो' में उत्तरांचल को निवेश के लिए 'प्रथम लक्ष्य' होने की क्षमता को विशेष रूप से दर्शाया जाएगा. हम उसी स्थान पर भूमि देने की स्थिति में होंगे और सिडबी और वित्तीय संस्थाएँ भी तुरन्त निर्णय लेने के लिए निवेशक के लिए उपलब्ध होंगी.

स्वर्णिम दिवस : भारत हैवी इलैक्ट्रिकल्स लि. में भूसम्पत्ति हेतु भूमि का यथार्थ अधिग्रहण

दिन में, के.एस. जांजुआ, निदेशक, औद्योगिक प्रोत्साहन एवं विकास, भारत सरकार से फोन पर सूचना मिली कि कोटद्वार औद्योगिक विकास भूसम्पत्ति के लिए 5 करोड़ की प्रथम किस्त जारी कर दी गई है. इसका अर्थ है कि कोटद्वार भूसम्पत्ति अब शिखर पर है!!!

जरा रुकें! अच्छी खबर इतनी ही नहीं है. पी.एस. हूडा ने मुझे सूचित करने के लिए फोन किया कि उत्तरांचल सहकारी बैंक की शाखा स्थापित करने के लिए रिज़र्व बैंक ऑफ इण्डिया ने अनुमति दे दी है.

* * *

24 दिसम्बर, 2003

हमने रुड़की के आस-पास के क्षेत्र के लिए सरकार एवं निजी क्षेत्र की संयुक्त भागीदारी के स्वरूप में औद्योगिक सम्पत्ति के विकास हेतु बैठक की. राष्ट्रीय राजपथ एवं सहारनपुर रेलवे स्टेशन के सामीप्य के कारण रुड़की, सहारनपुर एवं मुजफ्फर नगर के उद्योगपति यहाँ रुचि ले रहे हैं. यह भी मानना होगा कि अधिसूचित या अधिसूचना के लिए प्रस्तावित क्षेत्रों में कुछ भूखण्डों की खरीद लाभार्जन के लिए की जा रही है. वे लोग यह नहीं समझ रहे हैं कि भूमि-प्रयोग को बदलने के लिए शुल्क देकर ही अनुमति ली जाएगी, विद्युत-कनेक्शन पक्का होना चाहिए और रियायती औद्योगिक पैकेज से प्राप्त लाभ सिडकुल द्वारा घोषित क्षेत्र में ही उपलब्ध होंगे. हमारे पास सोमानी ग्रुप, राठी स्टील, शाह ग्रुप तथा प्रदीप दत्ता एवं हेमन्त

अरोड़ा असोसिएट्स हैं.

अपनी भूमि की माँगों को एकत्र करने और औद्योगिक भूसम्पत्ति को विकसित करने के लिए विभिन्न समूहों को इकट्ठा करने का प्रयास अधिक आगे नहीं बढ़ सका, क्योंकि कई उद्योग एक-दूसरे को एक ही आवृत्ति से हिस्सा लेने वाले परस्पर प्रतिस्पर्धी समझते हैं. उद्योग को और औद्योगिक भूसम्पत्ति को विकसित करने के अन्तर को समझाने की मेरी कोशिश को समझा गया है, किन्तु प्रत्येक को अपने पर और उद्योग विभाग को प्रत्येक व्यक्ति पर विश्वास एवं आस्था नहीं है. इसका अर्थ है और अधिक काम; कुछ और देरी, किन्तु मैं एक बिन्दु के बाद और अधिक धक्का नहीं मार सकता हूँ. निवेश की राह में सुधार-एजेंडा नहीं आना चाहिए !

> **बहुउद्देश्यीय ट्रस्ट : औद्योगिक भूसम्पत्तियों में सरकार एवं निजी क्षेत्र की संयुक्त भागीदारी**

मुख्यमन्त्री ने सुल्तान काज़ी, प्रवासी भारतीय दिवस (9-11 जनवरी, 2002) के विशेष प्रकाशन संवाददाता को ख़ास साक्षात्कार दिया. नारायण दत्त तिवारी को सुनना हमेशा ही रोचक लगता है. उन्होंने निवेश, भूमण्डलीय अर्थतन्त्र, विश्व व्यापार संघ, यूरो से प्रतियोगिता के लिए डॉलर मण्डल बनाने के लिए अमरीकी प्रयास तथा देश में उत्पादन-आधार को सुदृढ़ करने के बारे में बात की. वह अमरेन्द्र द्वारा प्रौद्योगिकी के क्षेत्र में की गई पहल के लिए उत्साहित थे. उन्होंने हरिद्वार एवं पन्तनगर के विकास का पुनर्निरीक्षण किया. मुझे आत्मस्वीकृति करनी चाहिए कि मौका मिलते ही मैंने अपने काम के आधिक्य की बात की और अतिरिक्त कार्यभार से मुक्ति चाही.

एग्रीकॉन की प्रगति सन्तोषजनक थी. इस स्तर पर मैं केवल सन्तोषजनक ही कहूँगा, क्योंकि जवाब उतना उत्साहवर्द्धक नहीं है; जैसाकि मैंने सोचा था. भारतीय उद्योग परिसंघ का विश्वास है कि आखिरी पखवाड़े में ही संवेग बनता है. मुझे महामहिम को आज इस समारोह के बारे में संक्षिप्त जानकारी देनी है.

25 दिसम्बर, 2003

मेरी कंट्रोल एण्ड स्विचगियर समूह के अशोक खन्ना और उसके सहयोगियों के साथ रोचक मुलाकात हुई. वे किराए के परिसर में अपना उत्पादन शुरू करने के

लिए हरिद्वार जा रहे थे. मैं उन्हें विश्वास दिला सका कि कुछ ही दिनों में हम आबंटन-पत्र देने की स्थिति में होंगे. दिल्ली में कोहरे के कारण मुम्बई से रेलगाड़ी एवं उड़ान में देरी हो रही है और अन्तिम प्रारूप के साथ घेरज़ी टीम रुकी हुई है. कंट्रोल एण्ड स्विचगियर समूह 1 जनवरी तक कब्जा लेना चाहता है और फरवरी के प्रथम सप्ताह में उदघाटन करना चाहता है. उस समय उनके इटली के सहयोगी भारत-यात्रा के लिए आएँगे. पाठकों को याद होगा कि कुछ दिन पहले ही कंट्रोल ग्रुप देरी एवं भूमि-मूल्य के कारण नाखुश था, हमने उन्हें तुरन्त उत्तर दिया. अशोक खन्ना प्रगति मैदान में फरवरी में आयोजित इलेक्ट्रोनिक ट्रेड फेयर के भी अध्यक्ष हैं, मैंने उन्हें कहा है कि अगले वर्ष यह फेयर उत्तरांचल में होना चाहिए.

महामहिम द्वारा प्रगति-अवलोकन

महामहिम के साथ बैठक हमेशा जैसी ही थी. वह किसी व्यक्ति का सर्वोत्तम रूप सामने ला सकते हैं और उससे सर्वोत्तम काम करा सकते हैं. पहले उन्होंने उद्यान विभाग में सरकार एवं निजी क्षेत्र की संयुक्त साझेदारी के प्रस्तावों के बारे में पूछा, उनमें से कुछ के बारे में अखबारों में सभी प्रकार के विवाद खड़े हुए हैं. मैंने कार्यवाही करने से पहले किए गए पृष्ठभूमि-कार्य की सूचना दी; अप्रैल 2001 (मेरे उत्तरांचल में काम शुरू करने से पूर्व) प्रथम सरकार द्वारा लिया गया मन्त्रिमण्डलीय निर्णय, उसके बाद हुई प्रक्रिया एवं यह भी कि चयन के बारे में कुछ ही शिकायतें हैं. पुनश्च; यह शिकायतें सरकार एवं निजी क्षेत्र की संयुक्त साझेदारी के स्वरूप के सिद्धान्त से सम्बन्धित नहीं हैं. बल्कि ये शिकायतें कुछ विस्तार के विषय में हैं, विशेष रूप से राज्य के निवासी व्यक्ति या संगठनों को दिए गए प्राथमिकता/बोनस अंकों के बारे में हैं.

हमने 'हार्ट वर्क' के बारे में भी बात की. यही पुस्तक है, जिसने मुझे इस दायित्व को गम्भीरता से लेने की प्रेरणा दी. महामहिम उद्योग के लिए विश्वस्तरीय अवस्थापना देने की ज़रूरत के विषय में भी भावप्रवणता के साथ बोले. उन्होंने हमारा साहित्य देखा, बहुत अच्छा सुझाव दिया कि उद्योगपति मूल रूप से भूमि का निश्चित स्थान, वहाँ तक पहुँच, मूल्य और किस्त-योजना तथा आखिर में, किन्तु कम महत्त्वपूर्ण नहीं, वह है, विद्युत की उपलब्धता एवं मूल्य के बारे में जानना चाहता है. जब हम निवेश-विवरण पुस्तिका को साथ-साथ उलट-पलट रहे थे, हमने महसूस किया कि यह सूचनाएँ अग्रभाग में नहीं हैं. प्रवासी भारतीय दिवस के लिए प्रकाशित अंक में हम सुधार कर सकते हैं. मुझे सुल्तान काज़ी से सम्पर्क करना होगा और 'उत्तरांचल के आह्वान' में ये सूचनाएँ समाहित करनी होंगी.

महामहिम की यह इच्छा भी है कि मैं उद्योग पक्ष में होने वाले विकास और

उत्तरांचल में आ रहे महत्त्वपूर्ण निवेशकों की अद्यतन जानकारी दूँ. इससे मुझे उनको अपने वर्णक्रम के बारे में बताने का मौका मिला : ए से हैं अम्बानी एवं एंकर, बी से ब्रिटानिया एवं बनारस बीड्स, सी से सैलो, डी से डाबर, ई से ऍलीगेंट...... ज़ी से ज़ी डिस्टेंस एजूकेशन युनिवर्सिटी; हमारे पास सब हैं !

दोपहर बाद फीड बैक वेंचर्स ने अपनी प्रगति के बारे में मुझसे साझेदारी की. प्रौद्योगिकी पार्क का कार्य भी धीमी गति से प्रगति पर है. अमरेन्द्र उन पर दबाव बना रहे हैं कि उन्होंने बाजार-सर्वेक्षण किया है, वास्तविक सतह पर उनका कार्य परिणाम एवं क्रियान्वयन समय-सारिणी से पीछे है. त्रिपाठी को दूसरे स्तर के लिए अधिग्रहण हेतु भी सक्रिय करना होगा. प्रौद्योगिकी पार्क के विषय में, मैंने अमरेन्द्र से सिडकुल द्वारा भूमि आबंटन एवं भुगतान को भी ऑन लाइन करने के विषय में बात की है. अब मैं वेबसाइट पर उद्योग विभाग एवं सिडकुल के दृष्टिकोण से विपुल धस्माना के साथ काम कर रहा हूँ.

एक और विकास भी घटित हुआ है. उमाकान्त पँवार को स्वास्थ्य विभाग का अतिरिक्त कार्य दिया गया है. यह उनके बायोटेक्नॉलॉजी, विज्ञान एवं टेक्नॉलॉजी के कार्यभार के साथ है. अब हम उनसे चार विभागों के साथ उद्योग में समूह विकास, खनन नीति, टिहरी पुनर्वास एवं खादी बोर्ड जैसे प्रोजेक्ट-विशेष के लिए ध्यानपूर्वक काम करने की उम्मीद करेंगे !

27 दिसम्बर, 2003

अब हरेक दिन तो 22 दिसम्बर जैसा नहीं हो सकता है. यदि सब कुछ सहज जलयात्रा हो, तो हमारी जगह कहाँ होगी ! मुझे यू.पी.सी.एल. के प्रमुख प्रबन्धक से ज्ञात हुआ है कि भूमि बाजीगरों ने प्रस्तावित/अधिसूचित खसरा नम्बर में बिना किसी प्रकारान्तर के, भूखण्ड खरीदने और जिला स्तर पर विद्युत विभाग से विद्युत-भार की अन्तरिम अनुमति लेनी शुरू कर दी है. अब यह बानगी स्पष्टतर हो रही है. पहले आप कोई अनियमितता करते हैं. तब आपको विद्युत कनेक्शन मिलता है. फिर आप नियमितीकरण चाहते हैं और नाम मात्र के लिए रूपान्तरण शुल्क का भुगतान करते हैं. संक्षेप में, आप व्यवस्था में गड़बड़ी करते हैं. इस सन्दर्भ में त्वरित कार्यवाही की ज़रूरत है. मैंने यू.पी.सी.एल. के मुख्य प्रबन्धक के निजी सचिव को

भूमाफिया की सक्रियता : भूमि कब्जाने के नये हथकण्डे

मेरी ओर से पत्र टाइप करने के लिए कहा, जिसमें मैंने निवेदन किया कि औद्योगिक भूसम्पत्ति को विद्युत-संपूर्ति करना यू.पी.सी.एल. की प्राथमिकता सूची में प्रथम हो. उन्हीं के निजी सचिव द्वारा मुख्य प्रबन्धक की ओर से सकारात्मक पत्र तुरन्त टंकित किया गया. काम को त्वरित गति से ऐसे ही किया जा सकता है.

प्रत्येक काले बादल के चारों ओर चमकदार रेखा होती है! इसी दिन सेलाकुई औद्योगिक भूसम्पत्ति में, एल.जी. ने एअर-कन्डीशनर की उत्पादन इकाई स्थापित करने की घोषणा की. एल.जी. समूह रेफ्रीजिरेटर, टी.वी., माइक्रोवेव ओवन और अन्य उच्च श्रेणी की वस्तुएँ भी इस कैलेंडर वर्ष के अंत तक बनाना शुरू कर देगा.

* * *

मुझे यह स्वीकार करना है कि मैं कुछ मन्द गति महसूस कर रहा हूँ. सभी प्रयासों के बावजूद हरिद्वार भूमि का मामला सुलझा नहीं. पन्तनगर में शुरू के भूखण्ड अभी भी बिके नहीं हैं. सिडकुल में लगभग हर कोई वार्षिक छुट्टी ले रहा है. बन्नू भी तनाव महसूस कर रही हैं क्योंकि लगभग दो सप्ताह से घरेलू मदद करने वाले बाहर गए हैं. छुट्टियों का मौसम विधानसभा-सत्र के साथ-साथ शुरू हो गया है. सत्र 30 दिसम्बर तक विस्तारित हो गया है. बच्चों के साथ तनिक लम्बी छुट्टी की संभावना नहीं है. हृदयेश मोहन ने कलकत्ता से यह बताने के लिए फोन किया कि पश्चिमी बंगाल के मुख्यमन्त्री अपने सभी आई.ए.एस. अधिकारियों को प्रतिनियुक्ति से वापिस बुलाने वाले हैं. क्या इसका यह अर्थ है कि मैं यहाँ अपना लक्ष्य पूरा नहीं कर पाऊँगा?

30 दिसम्बर, 2003

देहरादून-हरिद्वार-कोटद्वार-लैन्सडाउन यात्रा

मैं अपनी देहरादून-हरिद्वार-लैंसडाउन-कोटद्वार यात्रा को संक्षिप्त कार्यकारी छुट्टी के रूप में वर्णित करूँगा. मुझे कार में सोना, बच्चों के साथ विभिन्न खेल और एटलस (एक स्मृति-संवर्द्धक खेल जिसमें खिलाड़ियों को देशों, राजधानियों, झीलों और महासमुद्रों के नाम क्रम से कहने होते हैं) खेलना आनन्ददायी लगता है. एफ.एम. रेडियो के कारण कई पुरानी फिल्मों के गीत पुराने सम्बन्धों के साथ याद किए जा सकते हैं. मोबाइल नेटवर्क से बाहर है और किसी को पूरा समय प्रश्नों का उत्तर नहीं

देना है. यह अड़तालीस घंटे से तनिक अधिक समय की यात्रा हड़बड़ी वाली है, फिर भी देहरादून के दैनन्दिन चक्र से अच्छा अन्तराल है और बहुत सार्थक है.

हमने 27 दिसम्बर को वन-अनुसंधान-संस्थान के परिसर में वनीय संसाधन पर आधारित उद्योगों के सम्बन्ध में भारतीय उद्योग परिषद के साथ बैठक की थी. हमारे साथ वन एवं पर्यावरण मन्त्री नवप्रभात, उद्योग के राज्यमन्त्री, अवस्थापना विकास आयुक्त, भारतीय वन अनुसन्धान एवं शिक्षा परिषद के निदेशक, वरिष्ठ बैंकर्स तथा समारोह के संवाददाता रहे. कोई पूछ सकता है : क्या उद्योग के साथ पुनः पुनः वार्त्ता से कुछ अन्तर आता है? जी हाँ, जरूर होता है, क्योंकि प्रत्येक ऐसी बैठक उद्यमी के विश्वास-स्तर को पुनर्स्थापित करती है व बैंकर को उद्योगपति के साथ परस्पर विश्वास विकसित करने का अवसर देती है. इस समय यह फायदा था कि तकनीकी का भी प्रदर्शन हुआ. मेरे अनुसार, दोनों मन्त्रियों एवं अवस्थापना विकास आयुक्त के भाषण संक्षिप्त एवं विषय से सम्बद्ध थे. हम सब अपनी सोच में व्यावसायिक बन रहे हैं. हमारे कार्यक्रम की एक और विशेषता है कि हम एकदम समय से कार्यक्रम शुरू करते हैं और समय-सारिणी का अनुपालन करते हैं. यह अपने-आप में एक अविस्मरणीय प्रभाव है कि सरकार अपने इरादे में पक्की है. नवप्रभात ने शोध-केन्द्रों एवं उद्यमियों के मध्य दूरी कम करने की बात कही. उनका विशेष ध्यान संवादवाहकों को विकसित करने पर केन्द्रित था, ताकि सूचना दी जा सके और दूर तक पहुँचाई जा सके.

29 दिसम्बर की सुबह, मैंने सिगड्डी (कोटद्वार) में प्रस्तावित ग्रोथ सेंटर के चिह्नित स्थान का निरीक्षण किया. मुझे हरिद्वार में भूमि हस्तान्तरण की गुत्थी को सुलझाने के लिए जिलाधिकारी से बात करनी है. हमें पिछले कुछ दिनों से आश्वासन मिल रहा है कि किसी भी क्षण भूमि-हस्तान्तरण हो जाएगा, वह महान क्षण आ नहीं रहा है. हमेशा ही राजस्व एवं भारत हैवी इलैक्ट्रिकल्स लि. अधिकारियों में परस्पर दोषारोपण होता है. परामर्शदाता एवं सिडकुल भी परस्पर आरोप-प्रत्यारोप करते हैं. प्रतिदिन की देरी का अर्थ है : कुछ नये कब्जे और नई समस्याओं के नए पुलिन्दे. कल शाम जब मैं जिलाधिकारी और भारत हैवी इलैक्ट्रिकल्स लि. अधिकारियों के साथ चिह्नित स्थान देखने गया, तो श्मशान घाट का नया बोर्ड अचानक कहीं से आ गया. यह स्पष्टतः भूमि हड़पने की नई पहल थी. अन्तिम संस्कार के कोई निशान नहीं थे. बोर्ड का खूबसूरत बिन्दु था : 'प्रस्तावित'. हमें तुरन्त कार्यवाही करनी है और बोर्ड को दफन करना है. ईश्वर का शुक्र है, अभी कोई अन्तिम संस्कार नहीं हुआ था और यह कब्रगाह भी नहीं है, जिसमें किसी शव को दफन किया गया हो. अगले कुछ सप्ताह तक, हमें पुलिस नियुक्त करनी

संभावित भूमाफिया के इरादों का प्रतिरोध

होगी और कम से कम सप्ताह में एक बार चिह्नित स्थान पर जाना होगा, ताकि कब्जा न हो सके.

जिलाधिकारी के पास प्रोटोकॉल का भारी काम होने और भारत हैवी इलैक्ट्रिकल्स लि. के कार्यकारी निदेशक की बैठकों के कारण हमारी त्रिपक्षीय बैठक नहीं हो सकी. मैं उन दोनों से अलग-अलग मिला. मुझे आश्वासन प्राप्त हुआ कि 30 दिसम्बर, 2003 को दोपहर बारह बजे तक भूमि का औपचारिक अधिग्रहण हरिद्वार जिले के राजस्व विभाग द्वारा कर लिया जाएगा. दूसरे शब्दों में, उत्तरांचल की सरकार भारत हैवी इलैक्ट्रिकल्स लि. से भूमि पर पुनः स्वामित्व प्राप्त करेगी. उसी दिन, सायं तीन बजे सिडकुल बोर्ड की और महासमिति की बैठक है. बोर्ड के लिए यह महत्त्वपूर्ण सूचना होगी कि हमारे पास भूमि का वास्तविक कब्जा है.

31 दिसम्बर, 2003

इस कैलेंडर वर्ष की यह आखिरी प्रविष्टि है. मैंने सभी फाइलें और डाक निपटा ली है और मेरे प्रातः भ्रमण के लिए जाने में कुछ ही मिनट बाकी हैं. पिछले चार माह पर कोई कैसे विचार करे. 'अभिव्यक्ति' जो दिमाग में है : 'सतह पर ठोस एवं वास्तविक प्रगति'.

कल सिडकुल बोर्ड एवं महासमिति की बैठक हुई. इस तथ्य को जानते हुए कि बोर्ड एवं महासमिति के सदस्य वही हैं, सिडकुल में महासमिति की बैठक अन्य सहकारी संस्था या कम्पनी से भिन्न कुछ फीकी कार्यवाही है. बोर्ड की बैठक जटिल थी. मुख्य सचिव, भू-अध्यादेश पर विचार-विमर्श के कारण विधान सभा में हैं, सिडकुल के लिए तीव्र गति-पथ की पूर्ण व्याख्या का दायित्व मुझ पर आ गया. अन्य निदेशकों ने सावधान होने और सरकारी आदेश का संदर्भ लेने की सलाह दी. मेरा तर्क था कि सिडकुल को एक स्वतन्त्र निकाय बनाने का कारण ही यह था कि काम को गति दी जाए. सिडकुल के हर फैसले का अनुमोदन मन्त्रिपरिषद के पास जाएगा, तो सिडकुल के स्वतन्त्र निकाय होने का अर्थ ही खत्म हो जाता है. सदस्य जानना चाहते थे कि सिडकुल संयुक्त क्षेत्र में औद्योगिक भूसम्पत्तियों के विषय में आगे कैसे बढ़ा है. हमारा कहना था कि यह अध्यक्ष की सहमति से, राज्य मन्त्री एवं मुख्यमन्त्री के पूर्ण संज्ञान में हुआ है और निजी औद्योगिक भूसम्पत्तियों

सिडकुल की नई दिशा, नई रफ्तार

की सूचना सभी उद्योग समितियों को दी गई है. इस अवसर पर मैंने डॉ. टोलिया एवं अमरेन्द्र की कमी महसूस की. यदि वे उपस्थित होते तो यह विषय बिल्कुल उठाए ही नहीं जाते और यदि उठते भी तो हमारे पास पर्याप्त अवलम्बन होता. केवल चार ही सदस्य उपस्थित थे और हम इस विषय को अवशिष्ट नहीं रखना चाहते थे. इस बात पर सहमति हो गई कि उद्योग विभाग द्वारा इस विषय पर सरकारी आदेश निर्गत किया जाएगा और मुख्यमन्त्री से उद्योग-मन्त्री एवं मुख्यमन्त्री, दोनों ही रूप से अनुमोदन प्राप्त किया जाएगा.

इस प्रकार, हम उद्योग विभाग में चार मास और कैलेंडर वर्ष के अन्त तक पहुँच गए हैं. अब मैं औद्योगिक नीति के बेहतर बिन्दु, रियायती पैकेज का विवरण, नकारात्मक सूची में उद्योगों के वर्गीकरण, उद्योग की स्थानीयता पर सर्वोच्च न्यायालय के निर्णय, पर्यावरण नियमों आदि को तोते की तरह दोहरा सकता हूँ. अब मैं उत्पादन अधिसूचना पढ़ सकता हूँ, ट्रेड बुलेटिन की विषयवस्तु की गुत्थी सुलझा सकता हूँ. मुख्य सचिव द्वारा आयोजित नव-वर्ष रात्रि-भोज, जो मुख्य निवास आयुक्त के लिए विदाई समारोह भी है, में डॉ. टोलिया ने मेरे विषय में पंक्ति कही : कैसे मैंने उद्यानिकी और ग्रामीण क्षेत्रों में अच्छा काम करने के बाद उद्योग विभाग में प्रगति की है. अच्छा! यह आपको आगे बढ़ने के लिए खींच लेता है. कल का निराशा-भाव गायब हो गया!

***

मजबूत नींव : इमारत बुलन्द

02 जनवरी, 2004

नव वर्ष, नई शुरुआत और भारत हैवी इलैक्ट्रिकल्स लि. से जिलाधिकारी को भूमि हस्तान्तरण के प्रपत्र मेरे हाथ में हैं! शुभ शकुन है!

यह बहुत बड़ी राहत है; अब तक हम उस भूमि पर काम कर रहे थे, जो सिर्फ हमारी होनी चाहिए थी! इससे यह भी स्पष्ट होता है कि हमारे देश में भूमि-हस्तान्तरण कितना कठिन है. कुछ वर्ष पूर्व, लाल बहादुर शास्त्री अकादमी में तत्कालीन निदेशक डॉ. एन.सी. सक्सेना द्वारा सरकार की गरीब-विरोधी नीतियों पर उल्लेखनीय शोध प्रपत्र में भारत में कृषि-रूपान्तरण को रोकने वाले तत्त्वों में यही प्रमुख था. मैंने भी कई विभिन्न मंचों से बार-बार यह तर्क दिया है कि जब तक हमारे देश में राजस्व-व्यवस्था को पारदर्शी नहीं बनाया जाता या प्रतियोगी स्वरूप में निजी क्षेत्र को नहीं दिया जाता, सुधार-प्रक्रिया में सही शुरुआत नहीं हो सकती है. आखिर, यदि वह मूल प्रपत्र जिससे सम्पत्ति अधिकार प्राप्त होता है, वह स्थानीय राजस्व अधिकारी की पूर्ण सनक एवं कल्पना पर निर्भर है, तो परनिर्भरता एवं कृपा के लक्षण जारी रहेंगे.

कृषि वाणिज्य को प्रोत्साहन : बासमती निर्यात ज़ोन

दिन के उत्तरार्द्ध में हमारी के.आर.बी.एल. के साथ बैठक हुई. संजीव गुप्ता राज्य में अग्रणी कृषि-व्यापारी निवेशक के रूप में उभर रहे हैं. उनके साथ वार्तालाप सुखद है. वह भारतीय उद्यमियों की नई पीढ़ी का प्रतिनिधित्व करते हैं, जो मूल्य-संवर्द्धन के द्वारा धन कमाना चाहते हैं, सुशिक्षित हैं एवं अपनी कथनी में विश्वास करते हैं. हम उन्हें सिडकुल के साथ कृषि निर्यातक के रूप में पंजीकृत करना चाहते हैं और उनके समूह को रुद्रपुर में इनलैण्ड कंटेनर डिपो की स्थापना के लिए अवस्थापना-सहायता देंगे. अगले तीन सालों में के.आर.बी.एल. टिहरी विकास निगम एवं शेष कृषि-उद्यमियों के सहयोग से लगभग अस्सी हज़ार एकड़ तक की भूमि अनुबन्धित कृषि को देना चाहते हैं. पाठकों को याद होगा कि इस बिन्दु पर 29 नवम्बर, 2003 को पन्तनगर में कृषि-व्यापार के अवसरों पर आयोजित संगोष्ठी में विचार किया गया था. पहले साल में ही, इन कृषि-उद्यमियों की सहायता से बासमती निर्यात मण्डल लगभग दस हजार एकड़ में विकसित हो रहा है. यह बैठक नई वन एवं ग्राम्य विकास आयुक्त, विभापुरी दास के कमरे में आयोजित

हुई और उन्होंने बहुत बीमार होने पर भी इसमें उपस्थित रहने का निर्णय किया. सैद्धान्तिक रूप से यह स्वीकार किया गया कि उत्तरांचल मूल की बासमती को, चाहे उसे मिलिंग के लिए राज्य से बाहर भेजा जाए, मंडी कर से उन्मुक्ति इस व्यक्त शर्त के आधार पर प्राप्त होगी कि अगले तीन साल में के.आर.बी.एल. पूर्ण सुविधा सम्पन्न फैक्टरी उत्तरांचल में स्थापित करेगा, अन्यथा मंडी से प्राप्त उन्मुक्तियों का भुगतान होगा. यह समझदारी प्रमाण है कि यदि हम राह ढूँढ़ना चाहें तो ढूँढ़ सकते हैं ! अड़ियलपन/जिद्दीपन को छोड़ना होगा, न्यायसंगत आश्वासन देने-लेने होंगे और जो भी रियायत दी जाए, वह उस व्यापार/उद्योग में अन्यों पर भी लागू हों. उदाहरण के लिए, हमने आश्वासन दिया कि बासमती निर्यात मण्डल में प्रत्येक निर्यातक के लिए यह स्थगन व्यवस्था लागू होगी जिसकी शर्त है : अगले तीन वर्ष में चावल-मिल की स्थापना.

पाठक याद करेंगे कि मैंने डी.टी.ए. के मानस चक्रवर्ती के बारे में उल्लेख किया था. पृष्ठभूमि के कार्य के बाद, हमें काफी समय से उसकी कोई खबर नहीं थी, स्पष्ट रूप से कहूँ तो मैं कुछ निराश भी था कि सब प्रयास व परिश्रम के बाद भी प्रस्ताव पर ठोस स्वरूप नहीं बना. ऐसा ही दृष्टिकोण टोरेंट और कैडबरी के बारे में भी है, क्योंकि हम अभी तक निवेश नहीं जुटा सके. अच्छा ! अच्छी खबर यह है कि कैलेंडर-वर्ष के आखिरी दिन, मानस ने इस बात की पुष्टि करने के लिए फोन किया कि जापानी समूह कमोबेश उत्तरांचल में रुचि ले रहा है.

* * *

06 जनवरी, 2004

एक लापरवाहीपूर्ण गलती से दो दिन के काम का नुकसान हो गया. वास्तव में, मेरा काम चार दिन पीछे चला गया. 3 जनवरी को काशीपुर में और 4 जनवरी को नैनीताल में की गई प्रविष्टियाँ, जिनको मैं फाइल में सुरक्षित समझ रहा था, खो गई हैं. कोहरे के कारण और ए.टी.आई. के बहुत आरामदेह कमरों, जहाँ से हम बाहर नहीं जाना चाहते हैं, के कारण हम समय-सारिणी से पीछे चल रहे हैं. मैं फोन पर व्यस्त था और सितारगंज भूसम्पत्ति के नक्शे/विशेषताओं पर निर्देश दे रहा था. मैंने कुमाऊँ में काशीपुर, नैनीताल एवं सितारगंज में दो दिन बिताए थे. नैनीताल में, विभाग ने 'जिला उद्योग इकाइयों के पुनर्गठन' के लिए हैदराबाद स्थित नेशनल इंस्टीट्यूट ऑफ स्मॉल इंडस्ट्रीज़ एण्ड एंटरप्रीनियरशिप ट्रेनिंग के

सहयोग से प्रशिक्षण कार्यक्रम आयोजित किया है. मैंने सितारगंज की खुली जेल के लिए चिन्हित स्थान का भी दौरा क्षेत्रीय विधायक नारायण पाल के साथ किया. वहाँ हमें एक और औद्योगिक भूसम्पत्ति के विकास के लिए एक हजार एकड़ से अधिक भूमि मिलने की संभावना है.

आपसी समझौते द्वारा व्यवस्था की गई थी कि हम जनवरी के प्रथम सप्ताह में चतुर्थ औद्योगिक भूसम्पत्ति विकसित करने की जानकारी देने के लिए प्रेस सम्मेलन करेंगे. हमने अपनी ओर से तैयारियाँ की थीं, प्रेस सम्मेलन मेरी आशाओं के अनुरूप नहीं हुआ. कम्प्यूटर की व्यवस्था गड़बड़ा गई. नववर्ष एवं क्रिसमस के बाद होटल में देखरेख करने वाले लोग छुट्टी पर थे और विद्युत संपूर्ति आँख-मिचौनी खेल रही थी. योजना यह थी कि मन्त्री के उद्घाटन भाषण के बाद मैं उत्तरांचल में निवेश अवसरों के सम्बन्ध में प्रस्तुति दूँगा; जैसे कि प्रवासी भारतीय दिवस से पूर्व रिहर्सल हो. उसके बाद औद्योगिक भूसम्पत्ति पर पराग की प्रस्तुति हो. इस अवसर पर मैं चाहता था कि उमाकान्त पँवार और विभाग के अन्य अधिकारी, चन्दोला तथा नौटियाल भी बोलें और इससे उनमें मीडिया के साथ संवाद का आत्मविश्वास आएगा और इस काम में जुड़ाव भी महसूस होगा. सब काम वैसा नहीं हुआ, जैसा हम चाहते थे. प्रेस के लोग आयोजनकर्त्ताओं के अनुसार नहीं, अपितु अपनी सुविधा से अन्दर-बाहर जाते रहे. और भी, राजनीतिक खबर किसी सकारात्मक कहानी की अपेक्षा अधिक रोचक एवं समाचार बनने लायक होती है. और जैसा कि किस्मत को मंजूर था, प्रस्तुति की ही नहीं गई. ऐसा नहीं है कि कम्प्यूटर मेरे लिए नया है या मैं इस जटिल उपकरण को नियन्त्रित नहीं कर सकता हूँ. कल सारी व्यावसायिक सहायता से भी काम नहीं चल सका. असंभावना के सिद्धान्त का कम अनुमान नहीं आँका जा सकता है. प्रेस ने भी सर्वाधिक कठिन एवं अप्रत्याशित प्रश्न पूछे. उन्होंने मन्त्री से श्रम नीति, रुग्ण इकाइयाँ, पुनर्वास योजना और पर्यावरण के सम्बन्ध में प्रश्न पूछना शुरू कर दिया. संक्षेप में, जिसकी हमने योजना नहीं बनाई थी, उससे भिन्न सब कुछ हुआ. हम काफी क्षेत्रीय-रक्षण कर सके, गर्मागर्म खाना और मन्त्री के प्रेस के साथ साधारण दोस्ताना व्यवहार ने किसी प्रकार से अच्छे सौजन्य की आश्वस्ति दी.

नववर्ष सन्ध्या पर संवाददाता सम्मेलन

प्रेस कांफ्रेंस के तुरन्त बाद, मुझे ज्ञात हुआ कि सिडकुल ने भूमि हस्तान्तरण के सात दिन बाद भी निवेशकों को खत नहीं भेजे हैं. जिलाधिकारी को भूमि मिलने से पहले, मुझे कहा गया था कि सब कुछ तैयार है, सिर्फ भूमि हस्तांतरण होना है. पत्र लेखन में देरी की सूचना मिलते ही मेरा क्रोध सीमा से बाहर हो गया और सब कुछ भुलाकर मैंने सिडकुल के अफसरों को बुरी तरह डाँटना-फटकारना शुरू

कर दिया और दृढ़तापूर्वक आदेश दिया कि शाम तक खतों को रवाना करें.

शाम तक, मुझे अरोड़ा और नन्दा ने कहा कि खत फ़ैक्स द्वारा या कूरियर द्वारा भेज दिए गए हैं. मुझे यह अब तक समझ में नहीं आया है कि हममें से कुछ यह क्यों मानते हैं कि हमारी आधिकारिक शक्ति कार्यों के अवरोध के लिए, उनको सीमित करने के लिए या लोगों को सताने के लिए सक्षम है. शक्ति अपने आप में 'मूल्य-निराश्रित' है; इसे सुविधा देने के लिए, उद्यम को सरल करने और सहायता देने के लिए भी प्रयोग किया जा सकता है.

07 जनवरी, 2004

मेरे हिसाब से भी कल का दिन अत्यधिक व्यस्त रहा : कार्याधिक्य के दबाव के चरम बिन्दु पर मुझे कुछ और नहीं सूझा. क्षण भर के लिए मैंने आँखें बन्द कीं, मोबाइल फोन बन्द किया और परिवेश बदलने के लिए निरूला'ज़ चला गया. कल की बात है, मीडिया में विवरण बुरा नहीं था. वास्तव में, यह काफी अच्छा था, हमारे मीडिया दोस्तों ने उतने सटीक रूप से यथातथ्य नहीं कहा, जैसा कि मैंने सोचा था और इसके लिए मैं उनका आभारी हूँ.

कुमाऊँ यात्रा और प्रेस सम्मेलन के कारण, फाइल और ई-मेल का ढेर जमा हो गया है. बजट, वार्षिक योजना और बी.पी.डी. के सम्बन्ध में बैठकें हुईं और आज कई मेहमान भी आए. अहमदाबाद से पटेल आए, जो भारत हैवी इलैक्ट्रिकल्स लि. में हिन्दुस्तान लीवर्स के ठीक संलग्न भूसम्पत्ति में भूमि खोज रहे हैं, ताकि उनको पैकेज़िंग सामान की संपूर्ति कर सकें. हिन्दुस्तान लीवर्स ने पहले ही 75 एकड़ भूमि आरक्षित की है. इसका अर्थ है कि और 75-80 करोड़ का अतिरिक्त निवेश. वह हरिद्वार एवं पन्तनगर भूसम्पत्ति के सन्दर्भ में भी उचित अध्यवसाय करेंगे. पटेल पहले हिमाचल जा चुके हैं, यदि वह हमारे साथ काम करना चाहेंगे, तो यह हमारे लिए उपलब्धि होगी.

आज मुख्यमन्त्री ने फोन किया और उन्होंने सिडकुल से कभी भी सकारात्मक उत्तर न मिलने के बारे में उद्योगपतियों की शिकायत पर चिन्ता व्यक्त की. उन्होंने हिमाचल प्रदेश में निवेश की और खबर देखी है और उनके उद्योग मन्त्री का बयान भी पढ़ा है. मैं नहीं जानता हूँ कि हिमाचल में हमारे सहयोगी क्या महसूस करते हैं, जब हमें अखबारों में जगह मिलती है. अच्छी और स्वस्थ प्रतिस्पर्द्धा से हरेक को पंजों के बल तैयार रहना पड़ता है. इस नीति का साधारण तात्पर्य है कि यदि

रियायती पैकेज देना है, तो परस्पर संलग्नक राज्यों के समूह को दिया जाए ताकि वे एक-दूसरे के साथ प्रतियोगिता कर सकें.

09 जनवरी, 2004

सहारनपुर में भारतीय उद्योग परिषद के साथ निवेश संगोष्ठी

सहारनपुर में भारतीय उद्योग परिषद के परिसर में हमारी बहुत अच्छी बैठक हुई. भारतीय उद्योग परिषद ने उत्तरांचल में औद्योगिक नीति और निवेश पर प्रस्तुति के लिए हमें आमन्त्रित किया है. कई व्यक्तिगत सदस्यों ने भी कई प्रश्न पूछे, यह हमारे लिए महत्त्वपूर्ण अवसर था, किसी दूसरे राज्य में (नई दिल्ली में पी.एच.डी. सी.सी.आई. के अतिरिक्त) हमारा प्रथम प्रयास था. एक ऐसा सम्मेलन जो उत्तर प्रदेश से उद्योग का उत्तरांचल के लिए स्थानान्तरण कराने हेतु मुख्य भूमिका बना सकता है; जिसका प्रतीकात्मक रूप से अधिक प्रभाव होगा, क्योंकि उत्तरांचल कुछ समय पहले तक तो उत्तर प्रदेश का ही भाग था.

नव-वर्ष की प्रेस-प्रस्तुति के अनुभव के बाद हम पॉवर पॉइंट प्रस्तुति का खतरा लेने को तैयार नहीं हैं. मेरी चारों प्रस्तुतियाँ लैपटॉप पर अंकित हैं, जो सी.डी. में भी संग्रहित हैं. हम अपना खुद का ओवरहैड प्रोजेक्टर और प्रदर्शन के लिए सिमटने वाली स्क्रीन लेकर जाते हैं तथा इंटरनेट कनेक्शन के लिए हमारे पास अपना रिलायंस फोन है. मैं राज्यमन्त्री किशोर उपाध्याय के साथ जाने की योजना बना रहा था. बाद में, मैंने पहले जाने का, सब कुछ सन्तोषजनक रूप से व्यवस्थित करने का और पूर्वाभ्यास भी कर लेने का निर्णय लिया. विपुल धस्माना जो सिडकुल द्वारा नियुक्त कॉर्पोरेट कम्यूनिकेशन परामर्शदाता हैं, गढ़वाल पोस्ट के संपादक सतीश वर्मा, जो उत्तरांचल के उद्योग पर विशेष फीचर कर रहे हैं और उद्योग विभाग के सुधीर नौटियाल एवं बहुगुणा भी उत्तरांचल टीम में हैं.

प्रस्तुतियाँ बहुत अच्छी रहीं. औद्योगिक नीति, रियायती उद्योग पैकेज जिसमें आवेदन-पत्र सम्मिलित हैं, बैंकर्स के पते सम्मेलन-मेज पर सजाए गए. यह काफी साफ था कि उत्तर प्रदेश में हमारे मित्र उत्तरांचल की कार्यशैली से परिचित नहीं हैं. जहाँ उद्योग विभाग के अधिकारी निर्धारित समय से पहले पहुँचते हैं, मन्त्री इतने वक्त के पाबन्द हैं कि सदस्यों को इकट्ठा करने से पहले हमें उनको पंजाब होटल में कॉफी के कप पर व्यस्त रखना पड़ा. भारतीय उद्योग परिषद,

सहारनपुर के अशोक गांधी, संजीव अरोड़ा, प्रवीण सडाना, रणजीत सुनेजा को आयोजन का श्रेय है, यह कहना होगा कि भारतीय उद्योग परिषद् द्वारा प्रदत्त सुविधाएँ उतनी ही अच्छी हैं, जितनी कि उत्तरांचल सचिवालय में हैं. वे लोग अपने प्रश्नों में उतने ही स्पष्ट एवं बिन्दुनिष्ठ थे, जितनी कि हमारी प्रस्तुतियाँ. ('उत्तरांचल : द' न्यूमरो ऊनो डेस्टिनेशन', 'हरिद्वार इंटेग्रेटेड इस्टेट', पन्तनगर इस्टेट एवं आई.टी. पार्क) इन प्रस्तुतियों को तैयार करने के लिए उद्योग विभाग के विवेक निगम और राजीव पाँगती को श्रेय है. वे दोनों निवेश-अवसरों एवं ग्राफ़िक्स का भी प्रस्तुतियों में समावेश करने में समर्थ रहे. औद्योगिक भूसम्पत्तियों पर प्रस्तुतियाँ घेरजी और फीडबैक द्वारा व्यावसायिक तरीके से विकसित की गईं.

किशोर उपाध्याय ने बहुत अच्छा भाषण दिया. वस्तुतः उन्होंने कहा कि उत्तरांचल तो मैत्रीपूर्वक उत्तर प्रदेश से निवेश का स्वागत कर रहा है और यह भी कि दोनों राज्यों के मध्य सम्बन्ध सौहार्द्रपूर्ण तथा मैत्रीपूर्ण होने चाहिए. उन्होंने उनके सदस्यों के लिए एक विशेष औद्योगिक भूसम्पत्ति स्थापित करने के लिए भूमि अधिग्रहण से सम्बन्धित निवेदन सुने और उन्हें शीघ्रातिशीघ्र उत्तरांचल आने का न्यौता दिया. उन्होंने यह भी दोहराया कि सरकार पूर्ण पारदर्शिता, लाल फीताशाही के उन्मूलन के लिए वचनबद्ध है और साथ ही 'शून्य-भ्रष्टाचार' का आश्वासन दिया. यह बहुत अच्छा है कि उद्योग विभाग इस बिन्दु पर बार-बार जोर देता है. हमें निवेशकों और उद्योगपतियों को यह संदेश देने की ज़रूरत है. जब हम कहते हैं कि हम अपने सौदे में ईमानदार एवं पारदर्शी हैं, तो हमारा अर्थ है कि हम इस सम्बन्ध में गम्भीर हैं.

देहरादून वापस लौटते समय, मैं एक सौ हजार करोड़ रोजगार के बारे में अपने विचार किशोर उपाध्याय के सामने स्वतन्त्रतापूर्वक अभिव्यक्त कर सका. मैंने सुझाव दिया कि उद्योग के लिए भूसम्पत्ति अधिग्रहीत करने की अपेक्षा हमें औद्योगिक सहकारी समूहों के निर्माण को और उन्हें दीर्घावधि के लिए उद्योग के साथ पट्टा/किराया समझौता करने के लिए प्रोत्साहन देना चाहिए; यह वैसे ही होगा, जैसा सिडकुल ने किया है. अन्तर सिर्फ इतना होगा कि इस भूसम्पत्ति का विकास उद्योग स्वयं करेगा. पट्टे में किराये और समझौतों को हस्तान्तरण के समय पारदर्शी तरीके से समाहित किया जाए. भूमि के विषय में हमारा सोच एकदम पारम्परिक है और उसमें सीधी बिक्री के अतिरिक्त अन्य किसी विकल्प की संभावना को शामिल नहीं किया जाता है. किसान द्वारा औद्योगिक भूसम्पत्ति के स्वामित्व अधिकार को रखने से वास्तविक भूमि में मूल्य-वृद्धि के लाभ सीधे-सीधे भूस्वामी को सुलभ होंगे और

कृषि-स्वामित्व वाली औद्योगिक भूसम्पत्ति

नब्बे वर्ष के पट्टे की अवधि के बाद सम्पत्ति का बेहतर एवं ज्यादा न्यायसंगत वितरण होगा. पट्टे में किराए को प्राथमिक ऋण-दर से जोड़ देने से भूस्वामियों के लिए मुद्रास्फीति से भी पृथकरोधी व्यवस्था रहेगी.

प्रश्न पूछा जा सकता है, क्या यह किराया जुटाना नहीं होगा? एक तरीके से उत्तर 'हाँ' है. किन्तु यह उद्योग द्वारा भूमि की एकदम खरीदारी से बेहतर विकल्प है, जो मूल स्वामी को कुछ वर्षों के बाद बिल्कुल खाली छोड़ देता है. उन वर्षों में अधिकांश धन महँगी शादियों, शराब और सुस्पष्ट भोगवादिता में डूब जाता है. इससे ज़बरदस्त कुण्ठा और सामाजिक ढाँचे में टूटन आती है. गुड़गाँव और दिल्ली में भूस्वामियों का यह अनुभव था, जिन्हें कम-से-कम दो दशक पूर्व मुआवजा मिला था और जो नए माहौल में समकालिकता से पूर्णरूपेण परे थे. इससे हम एक महत्त्वपूर्ण सीख ले सकते हैं. वस्तुतः, यदि भूस्वामी इच्छुक हों, स्थानीय निवासियों के लाभ के लिए औद्योगिक भूसम्पत्ति में औद्योगिक प्रशिक्षण केन्द्र स्थापित किया जा सकता है. प्रत्येक औद्योगिक भूसम्पत्ति में सेवा-क्षेत्र में भी जैसे कूरियर सेवा, होटल, रेस्तराँ, यातायात, व्यवस्था आदि में भी रोजगार के कई अवसर होंगे और ये रोजगार और स्वरोजगार के धुरी केन्द्र भी बन जाएँगे.

12 जनवरी, 2004

कॉल ऑफ उत्तरांचल : नीति एवं अवसर के विषय में व्यावसायिक प्रस्तुति

प्रवासी भारतीय दिवस में दो दिन काफी व्यस्त और सफल थे. अन्त में, मेरा अपना अनुमान है कि हम प्रभाव छोड़ने में सक्षम थे. केवल हमारा राज्य था, जिसके पास एल.बी. एसोसिएट्स द्वारा व्यावसायिक रूप से विकसित द' कॉल ऑफ उत्तरांचल का विशेष अंक है. इसमें राज्य की औद्योगिक नीति की प्रति, मुख्यमन्त्री नारायण दत्त तिवारी के साथ साक्षात्कार (वी हैव टू रिमूव इम्बैलेंसेज़), मुख्य सचिव द्वारा प्रस्तावना, अवस्थापना विकास आयुक्त एवं सचिव, पर्यटन का साक्षात्कार तथा पन्तनगर विश्वविद्यालय में प्रदत्त मेरे मुख्य वक्तव्य के प्रमुख अंश हैं. हमारे पास मंथली रिव्यु ऑफ द' उत्तरांचल इकॉनॉमी के दिसम्बर अंक की पुनर्मुद्रित प्रति, सेंटर फॉर मॉनीटरिंग इंडियन इकॉनॉमी के प्रकाशन, पन्तनगर में एग्रीकॉन 2004 सम्मेलन के इश्तहार, मुख्यमन्त्री के भाषण : उत्तरांचल : द' न्यूमरो ऊनो

इन्वेस्टमेंट डेस्टिनेशन के तथा किशोर उपाध्याय के 'बिज़नैस @ स्पीड ऑफ थॉट' के अंश थे. चाहे यह सत्र अपने-आप में हमें तुरन्त निवेश दे या न दे, मुँह से कहे गए शब्दों के माध्यम से प्रचार द्वारा निश्चित रूप से हमें आश्चर्यजनक समर्थन देंगे.

हँसमुख शाह द्वारा सम्पादित एवं प्रकाशित द' बिजनेस टाइम्स में उत्तरांचल मुखपृष्ठ पर है. चयनित मंच पर इण्डिया फर्स्ट फाउंडेशन के राज लूम्बा और उनके अच्छे मित्र लॉर्ड ढोलकिया के साथ जर्मनी के प्रमुख व्यवसायी अशोक बत्रा हमारे साथ थे. कुछ शब्द प्रस्तुतियों के विषय में भी, क्योंकि अब हम अपने बिन्दुओं को दूसरे के सामने रखने में पूर्णरूपेण निपुण हो गए हैं. हमेशा की तरह, हमने पर्यटन प्रस्तुति से शुरुआत की, जो हिमालय के नैसर्गिक सौन्दर्य, ग्लेशियर्स, नदियाँ, धाम, वन्य जीवन और कॉर्बेट पार्क की स्तब्धकारी तस्वीरों से आकर्षक थी. उसके बाद उत्तरांचल में निवेश-अवसरों के सम्बन्ध में मेरी प्रस्तुति थी, जिसमें हम हरिद्वार एवं पन्तनगर औद्योगिक भूसम्पत्ति में यथार्थ सतह पर यथास्थिति दिखा सके. कर्नल जोशी और उनकी टीम ने इस प्रस्तुति को, विशेषतः भूसम्पत्ति में त्रि-स्तरीय सैर को रात-दिन मेहनत करके तैयार किया. मैं तनिक निराश था, क्योंकि योजना आयोग पुनरीक्षण टीम की उत्तरांचल यात्रा के कारण आखिरी समय पर अमरेन्द्र को अपनी नई दिल्ली यात्रा स्थगित करनी पड़ी. नॉयेडा में उनके निवास-स्थान से उनका लैपटॉप लेकर मैंने प्रौद्योगिकी के क्षेत्र में उनकी प्रस्तुति का अध्ययन किया. समयाभाव के कारण, मैं उसे पूरी तरह से नहीं देख सका; तो भी, इससे मुझे प्रौद्योगिकी एवं ऊर्जा क्षेत्र में पूछे गए प्रश्नों का उत्तर देने में बहुत सहायता मिली. हमारे प्रमुख सचिव वित्त, इन्दु पाण्डे की उपस्थिति से भी अपरिमित सहायता मिली. सीधे संवाद के सत्र में वह स्वास्थ्य से ऊर्जा और अवस्थापना तक सभी क्षेत्रों में क्षेत्ररक्षण कर सके. वित्त विभाग के पास राज्य के सभी विभाग के विषय में विहंगम दृष्टि होती है; सत्र, सच में, बहुत बढ़िया रहा.

विवेक निगम ने भी उत्तरांचल विकास निगम की भूमिका पर अच्छा प्रस्तुतीकरण दिया और स्पष्ट किया कि उत्तरांचल में निजी क्षेत्र के जुड़ाव को बढ़ावा दिया जा रहा है. उन्होंने राज्य सरकार और निजी क्षेत्र के मध्य बिचौलिए के रूप में अपनी सकारात्मक भूमिका का जिक्र किया. विनीता शाह की ऑर्गेनिक उत्तरांचल पर प्रस्तुति का भी स्वागत हुआ. टीम उत्तरांचल ने अपना प्रभाव कायम रखा.

हमने इस अवसर पर मुख्यमन्त्री की कमी महसूस की. वह इससे आनन्दित होते, वह अपनी व्यक्तिगत सौम्यता एवं करिश्माकारी शक्ति से अपना योगदान देते और उन्होंने हाउस ऑफ लॉर्ड्स के बारे में नवनीत ढोलकिया से बात की होती और अशोक बत्रा को जर्मन चांसलर के साथ अपनी मुलकात की कहानी कही होती. वह कुशल व्यवस्था के बारे में प्रत्येक प्रतिनिधि एवं मेहमान के हाथ में

'कॉल ऑफ उत्तरांचल' के विशेषांक और औद्योगिक नीति तथा रियायती पैकेज की प्रति देखकर आनन्द से अभिभूत होते. दिन की शुरुआत में, हमने इस विशेषांक की प्रतियाँ स्वागत कक्ष में रणनीति के तहत सजाईं. सच में, कई लोग केवल उनसे बातचीत करने के लिए आए थे. हमने अपने कार्यक्रम में उनका नाम खूबसूरती से सजाया था.

उसी साँझ, राज लूम्बा ने मुझे ब्रिटिश हाई कमीश्नर के निवास स्थान पर जलपान के लिए आमन्त्रित किया. मुझे देहरादून के लिए प्रस्थान करना था, अतः मुझे निमन्त्रण के उत्तर में खेद व्यक्त करना पड़ा. हालाँकि यू.के. के निवेशकों से मिलने का यह सुनहरा अवसर होता.

13 जनवरी, 2004

सहारनपुर से समाचार रिपोर्ट बहुत सकारात्मक मिली. नई दिल्ली में हमारी लोक सम्पर्क इकाई सफल बैठक को खास ऊँचाई देने में असफल रही. बिज़नेस स्टैंडर्ड ने उत्तरांचल की उपस्थिति की खबर दी, द' हिन्दू ने हरियाणा एवं मध्यप्रदेश के सत्रों की तस्वीर छापी. हमारे दृष्टिकोण से, मैं अभी भी महसूस करता हूँ, हम सर्वश्रेष्ठ थे.

अग्रणी इकाइयों द्वारा कार्य-संचालन : एल.जी., फीनिक्स एवं एवरेडी का मामला

एल.जी. ने उदघाटन के लिए मुख्यमन्त्री कार्यालय में निवेदन भेजा है. पाठकों को याद होगा कि दिसम्बर के अन्त में, एल.जी. ने उत्तरांचल में एयर कंडीशनर के लिए उत्पादन कोषल के सम्बन्ध में बात की थी. विधान सभा सत्र के जारी होने के कारण हम औपचारिक उदघाटन नहीं कर सके थे. शताब्दी के आगमन में पूर्वानुमानित देरी होने के कारण उत्तरांचल जल-विद्युत निगम की बैठक स्थगित हो गई. मैंने स्वयं सेलाकुई औद्योगिक क्षेत्र में जाने का, उत्पादन दक्षता को देखने का और मुख्यमन्त्री कार्यालय को उदघाटन की रिपोर्ट देने का फैसला किया. एवरेडी बैटरीज़ एवं फ़ीनिक्स उदघाटन के लिए लगभग तैयार हैं. वास्तव में, एल.जी. और फ़ीनिक्स, दोनों में प्रयोगात्मक उत्पादन शुरू हो चुका है. एल.जी. के मामले में, तीन इकाइयाँ अनुबन्धित उत्पादन कर रही हैं. स्वयं उत्पादन निपुणता को देखने का एक कारण था कि मैं स्थान पर इस शिकायत की पुष्टि करना चाहता था कि किसी इकाई

में लगभग सभी कार्यरत कर्मचारी पंजाब से हैं. मुझे सुखद आश्चर्य हुआ कि यह सच नहीं था. प्रारम्भिक प्रशिक्षण के लिए तकनीशियनों को पंजाब से लाया गया था. अब मुख्य परिसर में अधिकांश कर्मचारी स्थानीय हैं. स्थानीय निरीक्षण-कर्त्ताओं के प्रशिक्षित/विकसित होने में कुछ समय लगेगा. फीनिक्स में, यह देखकर मैं आनन्दाभिभूत हो गया कि गुणवत्ता के अधिकांश कार्य, निरीक्षण कार्य भी, महिलाओं के द्वारा किए जा रहे हैं.

एल.जी. का पसंदीदा रंग लाल है. उनकी फैक्ट्रियों में से दो में उत्पादन एवं गुणवत्ता की मुख्योक्तियाँ सब ओर लाल रंग में अंकित हैं. यही ट्रेड यूनियन का चुनिंदा रंग है; एक क्षण के लिए, मैं हतप्रभ रह गया. प्रसंगवश, मुझे अब महसूस होता है कि उद्योग एवं श्रम को अब एक ही विभाग में ले आना चाहिए; क्योंकि अब सम्बन्ध उतने विपरीत नहीं हैं, जितने कभी हुआ करते थे. वस्तुतः, दोनों विभाग प्रशिक्षण व मानव संसाधन विकास, सतत रोजगार वृद्धि कार्यक्रम एवं तकनीक पर मिलकर काम कर सकते हैं. औद्योगिक प्रशिक्षण संस्थान में भी सुदृढ़ता की जरूरत है.

उद्योग एवं श्रम :
परिवर्तन की हवा

इसके बाद मैंने 'उजवल' जल विद्युत की बैठक में दूसरी बार भागीदारी की. मैं अभी भी ऊर्जा उत्पादन तकनीक के सूक्ष्म भेदों को आत्मसात कर रहा हूँ, एम. एस. वर्मा एवं प्रो. एस.एल. राव द्वारा दी गई व्याख्या सुनना सुखद है. मेरी बातचीत मुख्यतः सरकार के साथ सम्बन्ध और सिडकुल के सहयोग से औद्योगिक भूसम्पत्ति को विकसित करने के विषय में थी. उजवल के पास भूमि एवं ऊर्जा है और हमारी थोड़ी-सी मदद से, वे आसानी से औद्योगिक भूसम्पत्ति स्थापित कर सकते हैं और अपनी धन की स्थिति को सुधार सकते हैं, ऊर्जा को सीधे बेच सकते हैं और बिक्री से भी पैसा कमा सकते हैं. यह ऐसा विचार है, जिस पर खोज और तुरन्त विस्तार होना चाहिए. आज के युग में, जब विद्युत उद्योग का सर्वाधिक महत्त्वपूर्ण तत्त्व है, इस सम्बन्ध को पूर्णतया ऊपर उठाना चाहिए.

16 जनवरी, 2004

13 जनवरी की दोपहर को मैंने अपनी दिनचर्या से सर्वथा न्यायसंगत अन्तराल लिया और कपूरथला में लोहड़ी मनाने के लिए प्रस्थान किया. यह एकदम

अकस्मात् हुआ, क्योंकि मेरे सब रिश्ते के भाई-बहिन 12 जनवरी की साँझ कपूरथला पहुँच गए. मुझे ज्ञात हुआ कि 14 जनवरी को भी आरक्षित अवकाश है. जब मैंने 12 जनवरी की शाम को मुख्य सचिव से यह पूछने के लिए फोन किया कि क्या मैं एक दिन के लिए घर जा सकता हूँ, उन्होंने परम उदारता से मुझे जाने के लिए कहा. अप्रत्याशित छुट्टी सबसे ज्यादा अच्छी छुट्टी होती है और विशेषतः ऐसे समय पर जब यह रोक दी गई हो. हमने पहले बच्चों से कहा था कि हम नई दिल्ली घूमने के लिए जाएँगे और फिर उनकी छुट्टियों के आखिरी भाग में कपूरथला जाएँगे. विधान सभा के विस्तारित सत्र के कारण यह कार्यक्रम संभव नहीं हुआ. बच्चों के साथ, मेरे प्रिय दोस्त कर्नल अश्विनी कुमार ने वादा किया था कि उन्हें पटियाला फ्लाइंग क्लब में प्रशिक्षण-वायुयान में उड़ान मिलेगी. इस समय अश्विनी कुमार आर्मी ऍवीएशन कॉर्पस के अध्यक्ष हैं और कपूरथला से लौटते समय पटियाला की ओर छोटा-सा दिशान्तरण हुआ.

पंजाब में लोहड़ी

13 जनवरी को बैठकें निश्चित थीं, मैं दोपहर को ही जा सका. मैं चाहता था कि 17 जनवरी को आयोजित लघु उद्योग की बैठक के लिए लघु उद्योग के भाषण का अन्तिम प्रारूप बन जाए और यह हो गया. आदर्श रूप से, इस महत्त्वपूर्ण बैठक के लिए मुझे उनके साथ जाना चाहिए. हर बार दिल्ली जाने का अर्थ है : काम का ढेर जमा होना. भारतीय उद्योग परिसंघ का एग्रीकॉन से सम्बद्ध प्रेस सम्मेलन और बिट्रानिया की आखिरी यात्रा भी उसी दिन के लिए सुनिश्चित थी.

लोहड़ी में बहुत मज़ा आया. निश्चित रूप से यह बहुत अच्छी छुट्टी थी. हम सबको यह समझना भी चाहिए, काम हमारे बिना भी होता है और त्यौहारों का आनन्द लिया जाना चाहिए. एक तरह से, मैं अष्टमी और दशहरे की भूल सुधार रहा था, जो बारहवें वित्त आयोग के साथ बैठक में ही व्यतीत हो गए थे. मेरे भाई-बहन, उनके भाई-बहन और व्यापक कुटुम्ब के सदस्य कपूरथला की हवेली में एकत्र हुए, हमने बड़ी लोहड़ी जलाई और बच्चों ने लोहड़ी के लोकगीतों को अपने पाठान्तरण और अभिनय से गाकर बड़ों से पैसे इकट्ठे किए. 14 जनवरी को, हमने पटियाला में यात्रा को विराम दिया. बच्चों ने फ्लाइंग क्लब में पुष्पक और बीचक्राफ्ट में आनन्द-उड़ानें भरीं. प्रशिक्षण वायुयान में बैठकर आप उड़ान भरने और उतरने की वास्तविक अनुभूति कर सकते हैं. आप विमान चालक के साथ कन्धे जोड़कर बैठ सकते हैं और यह विशेष अनुभूति है. आज की तारीख में, सनन्दन विमान चालक बनना चाहता है.

मैंने औद्योगिक भूसम्पत्ति के विषय में विजय कुमार धवन एवं प्रदीप दत्ता के

साथ बैठक बुलाई. वस्तुतः, उन्होंने स्टैम्प ड्यूटी पर छूट, नये कानूनों में भूमि की अधिकत्तम सीमा से छूट की प्रक्रिया को स्पष्ट करने के लिए बैठक की माँग की थी. औद्योगिक नीति का ध्यान से और सूक्ष्म रूप से अध्ययन करने पर यह मालूम होता है कि रियायती स्टैम्प ड्यूटी सिर्फ थीम पार्क एवं प्रौद्योगिकी पार्क पर उपलब्ध है. औद्योगिक भूसम्पत्ति के लिए भूमि-हस्तान्तरण दो स्तर पर होता है. पहले, जब भूसम्पत्ति का विकासकर्त्ता उस भूमि को विकास के लिए खरीदता है. दूसरा, जब उसे वास्तविक उपयोगकर्त्ता को बेचा जाता है या किराए पर दिया जाता है. उत्तर प्रदेश की सरकार ने अवस्थापना और गृह निर्माण फर्म को आकर्षित करने के लिए विशेष छूट दी है और अब हम अपने उद्योग के लिए अपना वाद-पक्ष तैयार कर रहे हैं. मुख्य सचिव, वित्त, हरिद्वार में हैं, अतः विचार-विनिमय स्थगित करना पड़ा. हमने पॉलि पैक्स कॉर्पोरेशन के खटीमा में वास्तविक विस्तार एवं नए उभर रहे विषयों की साधारण स्पष्टता के बारे में भी बातचीत की. राज्यपाल ने फोन किया और कृषि-उपकरण के निर्माण में उत्पादन-शुल्क पर छूट के बारे में जानना चाहा, जिसमें आंशिक निर्माण राज्य से बाहर किया गया हो, यह स्पष्ट किया गया कि उत्पादन शुल्क की छूट सिर्फ उस भाग पर दी जाएगी, जो राज्य में निर्मित हुआ हो.

अवस्थापना विकास आयुक्त के साथ, इस वर्ष के बजट की प्रयुक्ति एवं अवस्थापना विकास के विषय में दो बैठकें हुईं. अवस्थापना विकास आयुक्त अपनी तैयारी भलीभाँति करते हैं और बहुत सख्ती से काम लेने वाले व्यक्ति हैं, जो मेरे लिए सही है; किन्तु वे जो आत्मनिर्भर नहीं हैं, अर्थात् जो अपने विभागीय अधिकारियों पर निर्भर करते हैं, उनका जीना दुश्वार है. मेरी किस्मत अच्छी है कि उद्योग विभाग उन विभागों में से एक है, जिन्होंने जनवरी एवं फरवरी में होने वाले समारोहों/घटनाओं की सूची दी है. मैंने एल.जी. और फीनिक्स का 12 जनवरी को दौरा किया था और आज 9 बजे, मेरा एवरेडी उत्पादन में जाना तय है.

17 जनवरी, 2004

दिन की शुरुआत सेलाकुई औद्योगिक भूसम्पत्ति में जाने और विभिन्न भूखण्डों पर निर्माण/उत्पादन की अवस्था के निरीक्षण से हुई. सब जगह निर्माण कार्य की चहल-पहल है, कुछ प्लॉट ऐसे भी हैं, जहाँ कुछ भी कार्यवाही दिखाई नहीं दे रही है. मैंने इसकी ओर गौर किया और चन्दोला से इन लोगों के लिए नोटिस जारी

करने को कहा, जिन्होंने औद्योगिक उत्पादन शुरू करने के लिए कुछ कदम नहीं उठाए हैं. इस सम्पत्ति में पुरातत्त्वावशेष की तरह 100 एकड़ में स्थापित सेलाकुई स्कूल है, जिसको उत्तर प्रदेश राज्य उद्योग विकास निगम ने कुछ साल पहले उद्योग भूमि आबंटित कर दी थी, क्योंकि यहाँ वे उद्योग शुरू करने में असफल थे. अब सेलाकुई स्कूल भारत के स्कूलों में सर्वाधिक महँगे स्कूलों में से एक है. औद्योगिक भूसम्पत्ति के निकट होने से, निश्चित रूप से, इसके पर्यावरण में फर्क पड़ेगा.

रोज की तरह दिन व्यस्त रहा. हम औद्योगिक नीति पर शासनादेश तैयार करने की कोशिश कर रहे थे. शासनादेश की गति तीव्र करने के लिए हमने तीन अलग-अलग फाइल तैयार कीं : राजस्व, कानून एवं राज्य मन्त्री के लिए; ताकि टिप्पणियाँ, सुझाव एवं अनुमोदन क्रमानुसार नहीं, अपितु एक ही समय में प्राप्त हों. हमने मुख्य सचिव, वित्त के साथ औद्योगिक भूसम्पत्ति में और उद्योग भूसम्पत्ति के लिए भूमि खरीदने पर स्टैम्प ड्यूटी के विषय में विचार-विमर्श किया. प्रौद्योगिकी एवं थीम पार्क के लिए स्टैम्प ड्यूटी में रियायत देने के सम्बन्ध में औद्योगिक नीति स्पष्ट है, औद्योगिक भूसम्पत्ति में भूमि क्रय के लिए लागू होने वाली रियायतें स्पष्ट नहीं हैं. यह मामला और भी उलझ गया है : जब औद्योगिक भूसम्पत्ति के लिए भूमि की खरीद की जाएगी, क्या स्टैम्प ड्यूटी एक बार या दो बार वसूल की जाएगी ? क्या यह स्टैम्प ड्यूटी उस समय वसूल की जाएगी जब भूसम्पत्ति स्थापित करने के उद्देश्य से भूसम्पत्ति के विकासकर्त्ता औद्योगिक भूसम्पत्ति को खरीदेंगे/इकट्ठा करेंगे, या उस समय ली जाए, जब वास्तव में, भूखण्डों का आबंटन किया जाए? सिडकुल भूमि के मामले में या औद्योगिक भूखण्डों के मामले में विकसित भूमि में अवस्थापना जैसे विद्युत, सड़कें, टेलीकॉम आदि को भूमि के मूल्य में जोड़ दिया जाता है, जिससे भूमि-मूल्य छः गुणा बढ़ जाता है.

नीति के विभिन्न आयामों का अन्योन्याश्रित होना : औद्योगिक भूखण्डों पर स्टैम्प ड्यूटी का मामला

हमने रियायती स्टैम्प ड्यूटी का प्रस्ताव रखा है. प्रमुख सचिव, वित्त, इन्दु पाण्डे का मानना है कि इस सम्बन्ध में रियायतें इसी प्रकार की और माँग को जन्म देंगी, जो दीर्घावधि में उत्पादन-निरोधी होगा. उन्होंने विश्वसनीयता के साथ तर्क दिया कि न्यायसंगतता के सिद्धान्त के आधार पर गरीबी रेखा से नीचे के लोगों या कृषि क्षेत्र में भी इस प्रकार की छूट नहीं दी जाती है, तो ऐसे लोगों को रियायत कैसे दी जाए, जो भुगतान कर सकते हैं और जहाँ स्टैम्प ड्यूटी पूरी प्रोजेक्ट की कीमत का छोटा अंश है. इस बात पर सर्वसम्मति थी कि जब कुछ रियायतें न

दी जाएँ, स्टैम्प ड्यूटी को सर्कल रेट पर लिया जाए, ताकि औद्योगिक अवस्थापना के विकास के कारण इसका भार उद्योग को भूमूल्य की वृद्धि के रूप में न चुकाना पड़े. मैं समझता हूँ कि यह न्यायपूर्ण निर्णय है. इस विषय में फाइल तैयार होगी और वित्त विभाग में भेजी जाएगी.

किशोर उपाध्याय ने दोपहर को ऋषिकेश की एक इकाई विशेष में विद्युत की संपूर्ति बाधा के कारण उत्पन्न समस्याओं पर चर्चा करने के लिए बैठक बुलाई. इकाई का उत्तर प्रदेश राज्य विद्युत बोर्ड के साथ समझौता था कि उनके उत्पादन को निरन्तर जारी रखने के लिए पूरा समय कम से कम 300KW और खास विद्युत संपूर्ति वास्तविक उत्पादन के लिए उपलब्ध होगी. यह चौबीस घंटे लगातार चलने वाली उत्पादन-इकाई है और सर्वोच्च न्यायालय के पर्यावरण नियमों पर आधारित आदेशानुसार दून घाटी में जॅनेरेटर की अनुमति नहीं है. अधिमान्य व्यवहार एवं सुविधा के लिए यह इकाई उत्तर प्रदेश राज्य विद्युत निगम को और बाद में इसके उत्तराधिकारी उत्तरांचल विद्युत निगम को अधिक विद्युत-मूल्य दे रही थी. 2003 में ऊर्जा अधिनियमन लागू होने से उत्तरांचल विद्युत निगम अधिमान्य मूल्य वसूल नहीं कर सकता था, जबकि दिवस के समयानुसार मीटरिंग लागू थी. इकाई को अनियमित रूप से विद्युत की कमी होने के कारण, बन्द करना पड़ता था, जिससे न केवल उत्पादन प्रभावित हुआ, बल्कि परिणामस्वरूप पूरी उत्पादन प्रक्रिया को ही बन्द करना पड़ा. अपर सचिव, ऊर्जा विभाग, एम.सी. जोशी उसी समय पर मुख्यमन्त्री द्वारा टाटा ऊर्जा के साथ आहूत बैठक के कारण इस बैठक में उपस्थित नहीं हो सके. उत्तरांचल विद्युत निगम के उच्च प्रबन्धन अधिकारी भी उसी बैठक में उपस्थित थे, इसलिए यह निश्चित हुआ कि कल मेरे कार्यालय में बैठक होगी.

राजनैतिक हस्तक्षेप या अनुत्तरदायी व्यवस्था की जवाबदेही

उत्तर प्रदेश राज्य विद्युत निगम के उत्तराधिकारी संगठन के रूप में उत्तरांचल विद्युत निगम पर दायित्व एवं वैध बाध्यता के साथ-साथ इकाई की व्यावहारिक कठिनाई भी सच थी. सामान्य कड़ियों द्वारा उचित उत्तर न मिलने के कारण उन्हें मन्त्री से हस्तक्षेप कराना पड़ा, जिससे मैं एक और बिन्दु पर सोच रहा हूँ : जिसे हम मन्त्री का या राजनीतिक हस्तक्षेप कहते हैं, वह मूलतः उसी समय होता है. जब कहीं-न-कहीं रेखाबद्ध रूप से व्यवस्था उस तरह काम नहीं करती है, जैसे उसे करना चाहिए. जनता की राजनीतिज्ञ तक पहुँच उससे आसान है, जितना प्रशासक/निगम कभी समझ सकते हैं और जनतन्त्र में ऐसा ही होना चाहिए. उसी समय, हमारा काम है, व्यवस्था को निरन्तर सुधारना, ताकि सरकार एवं उद्योग में सम्बन्ध प्रक्रिया की अपेक्षा नीतिगत सिद्धान्तों पर अधिक हो.

यह समस्या आफत जैसी लग रही है, दूसरी समस्या और अधिक जटिल है कि उद्योग कहाँ लगाया जाए, जिसका उत्तर ढूँढना आसान नहीं है. यह समस्या लालफीताशाही की है एवं सामान्य अनुभूति है कि आज राजनीतिक दबाव में, नियमों को प्रवंचना दी जा सकती है. विभाग अपने-आपको अपने उत्तरदायित्व से छुटकारा नहीं दिला सकता है. मेरी आन्तरिक अनुभूति है कि इस विशेष मामले में, उद्योगपतियों को यह ख्याल है कि एक बार सम्पन्न कार्य सरकार के सामने प्रस्तुत होगा, वह दबाव में आएगी, और विभिन्न स्तरों पर समुचित विचार होगा. शायद मैं उद्योगपतियों की शारीरिक भाषा या स्वरशैली से झुँझला गया, जब उन्होंने सुझाव दिया कि हम रात्रि भोज के समय वार्ता करें. मेरा तार्किक मस्तिष्क मुझे निर्देश दे रहा है कि यदि उन्हें अपने राज्यों में व्यवस्था से इस प्रकार बात करने की आदत है, तो मैं उनकी आशंका को दूर कर दूँ और उनसे सीधे बात करूँ.

समस्या कुछ इस प्रकार थी. उद्योग विभाग ने 50,000 एकड़ से अधिक भूमि को प्रस्तावित उद्योग क्षेत्रों के लिए अधिसूचित किया है जिसमें समय-समय पर औद्योगिक भूसम्पत्ति स्थापित की जा सकेगी. इन खसरा नम्बरों का व्यापक प्रचार किया गया, किन्तु उतने ही खुले रूप में, जानबूझकर या चूकने से, यह नहीं बताया गया कि रियायती पैकेज का लाभ चिह्नित औद्योगिक भूसम्पत्ति को ही प्राप्त होगा. इस तथ्य से समस्या और भी जटिल हो गई कि हिमाचल में, किसी औद्योगिक भूसम्पत्ति की योजना नहीं बनाई गई और इसलिए उद्योग कहीं भी जमीन खरीद सकते हैं और फैक्टरी बना सकते हैं. दीर्घावधि में, इसके कई गम्भीर परिणाम होंगे, क्योंकि ऊर्जा, प्रदूषण-नियन्त्रण, सम्पर्क-अनुमति की व्यवस्था एवं यातायात अवस्थापना जैसी चीज़ें उपलब्ध नहीं होंगी और यह भी कि यदि इस जमीन को अधिमूल्य नहीं दिया जाएगा, तो पूँजीनिवेश से लाभ पर दाँव लगाने वाले लोग यह भूमि खरीद लेंगे. सच्चे उद्योगपतियों को भूमि लेना कठिन हो जाएगा. काशीपुर एवं पन्तनगर क्षेत्र के कुछ मामलों में कुछ अटकलबाज पूँजीनिवेशकों ने जिला औद्योगिक समिति से अन्तरिम पंजीकरण हासिल कर लिया और उन क्षेत्रों में भूमि खरीद ली, जहाँ प्रस्तावित औद्योगिक भूसम्पत्ति की अधिसूचना थी. उनका अनुमान था कि देर-सबेर वहाँ अधिसूचना लागू होगी. उन्होंने विद्युत के लिए आवेदन किया और चारदीवारी बनानी शुरू कर दी. कुछ मामलों में, जिला प्रशासन एवं जिला उद्योग केन्द्रों ने सर्वोत्तम सहायता एवं समर्थन दिया. राज्यमन्त्री के सामने अभिवेदन आया तो उनका मत था कि पहले तो जिला उद्योग केन्द्र को अन्तरिम/अस्थायी पंजीकरण देना ही नहीं चाहिए. जिला उद्योग केन्द्र के पत्र को ध्यान से देखने पर ज्ञात हुआ कि उसमें स्पष्ट रूप

पुराने तरीके धीरे-धीरे ही बदलते हैं : पुरातन सोच में परिवर्तन

से लिखा है कि लागू किए गए नियमों का अनुपालन किया जाएगा. यह वाद तय करना था कि यह खरीद निष्कपट थी या दुराशयतापूर्ण थी. यदि नेकनीयती थी, तो विभाग समस्या में है और यदि यह बदनीयती से, इस इरादे से की गई है कि औद्योगिक भूमि एक-चौथाई मूल्य में मिल जाए, तो यह उन स्टील/भट्टी की इकाइयों की अपेक्षा अधिक अन्यायपूर्ण लाभ लेना है, जिन्होंने आवेदन किया है और औद्योगिक भूसम्पत्ति में भूखण्ड प्राप्त करने के लिए अग्रिम धनराशि जमा की है. माननीय मन्त्री को श्रेय है कि एक बार उन्हें समस्या समझा दी गई, तो उन्होंने मुझे स्वविवेक से निर्णय लेने की स्वतन्त्रता दे दी.

24 जनवरी, 2004

शिविर : पन्तनगर
(17 जनवरी से 23 जनवरी तक का ब्यौरा)

यह सप्ताह एग्रीकॉन सप्ताह कहा जा सकता है, हम एग्रीकॉन सम्मेलन की तैयारी में प्रयास करते रहे. प्रेस-सम्मेलन, मूल्य व्यवस्था, प्रायोजकों एवं वक्ताओं से सहमति, समायोजन का काम; साथ ही मुख्यमन्त्री एवं राज्यपाल के भाषण के लिए पृष्ठभूमि सामग्री इकट्ठा करना. कोई अतीत में भारतीय उद्योग परिसंघ के कितने ही सम्मेलनों में उपस्थित रह चुका हो, यह पहला सम्मेलन था, जिसमें मैं दोनों ही तरह से, इसके विषय तथा पन्तनगर में इसके आयोजन के कारण व्यक्तिगत रूप से जुड़ा था. पन्तनगर को डॉ. टोलिया के सदाग्रह से चुना गया है. इसके अतिरिक्त, कृषि व्यापार मेरे लिए उच्चतम प्राथमिकता है और मुझे इसमें आनन्द मिलता है.

सम्मेलनों का दिन

17 जनवरी को मधुबन होटल में एग्रीकॉन पर प्रेस-सम्मेलन हुआ. यह सम्मेलन-दिवस कहा जा सकता है. सुबह 11 से 12.30 तक एग्रीकॉन के लिए प्रेस सम्मेलन, फिर 1 बजे से 3 बजे तक खाद्य संरक्षण पर वीडियो कांफ्रेंस, वन एवं ग्राम्य विकास आयुक्त, विभापुरी दास, भारतीय उद्योग परिसंघ के अध्यक्ष विजय कुमार धवन, डी.ए.एस.पी. के आर.के. पन्त, वैंकटेश्वर हैचरी'स के कर्नल गिरजाशंकर मोंगली बैठक में उपस्थित थे. मुझे बजट, वित्तीय संसाधन, राजस्व मॉडल, प्रायोजकों के विवरण और प्रत्येक प्रमुख वक्ता की पृष्ठभूमि मालूम थी. सम्मेलन

बहुत अच्छा हुआ. एक संवाददाता के बार-बार यह पूछने पर कि इससे गरीब किसान को कैसे मदद मिलगी, मैं कहना चाहता था कि अंग्रेजी अखबार गरीब किसान की कैसे मदद करेगा, जो उसे कभी भी पढ़ने के लिए नहीं मिलेगा. हमें यह समझना अभी भी नहीं आया है कि लम्बे समय में वृद्धिशील कृषि व्यापारी की कार्यविधियों से कृषि-उत्पाद को बाजार तक बेहतर पहुँच मिलेगी. प्रत्येक समारोह छोटे एवं सीमावर्ती कृषक के लिए नहीं है, हालाँकि वृद्धिशील उत्पादकता एवं बेहतर प्रबन्धन उनके लिए भी सहायक होगा. पुनः, हमें सावधान होना है और उत्तेजित नहीं होना है. हमें मीडिया के दृष्टिकोण से भी देखना है. उन्हें कुछ अटपटी खबर चाहिए, जो छूट गया हो और जिसे पाठक पढ़ना-सुनना पसन्द करे.

वीडियो कांफ्रेंस उद्योग पर नहीं, बल्कि खाद्य सुरक्षा एवं संतुलित आहार-सहायता योजना : अन्नपूर्णा, अन्त्योदय एवं मध्याह्न भोजन से सम्बद्ध है. मैंने इसमें एक व्यस्त दिनचर्या का उल्लेख किया, जिसमें दोपहर के भोजन के लिए कार्यालय में समय नहीं है. अब मैं सप्ताह में कम-से-कम एक बार मुख्य सचिव एवं मुख्यमन्त्री से खाद्य, नागरिक संपूर्ति एवं उपभोक्ता विभाग के अतिरिक्त दायित्त्व से अपने आप को मुक्त करने के लिए निवेदन करता हूँ. यद्यपि मैंने इस विभाग को पूरी तरह से नहीं लिया है या इसका पुनर्गठन उस प्रकार नहीं किया, जैसे किसी पूर्ण सचिव को करना चाहिए या जो कर सकता है, कई अधिनियमात्मक दायित्त्व हैं, जिनके लिए किसी के भी समय पर दबाव पड़ता है, केरोसीन आबंटन, चावल की खरीद, चोरी और दिशान्तरण की शिकायतें और फिर, राज्य उपभोक्ता मंच, जहाँ लोग नियुक्त किए जाने हैं और उन न्यायालयों की कार्य प्रणाली से सम्बन्धित मामले भी हैं. सभी स्तरों पर मुकदमेबाजी है. उसी प्रकार, राजनैतिक व्यवस्था के निवेदन और प्रश्न काफी हैं. द' पीपल्स यूनियन ऑफ सिविल लिबर्टीज़ ने सर्वोच्च न्यायालय में लोकहित याचिका दायर की है और इसके जाँच आयुक्त डॉ. एन.सी. सक्सेना, लाल बहादुर शास्त्री अकादमी के पूर्व निदेशक हैं. सरकार की ओर से मुख्य सचिव प्रमुख प्रतिवादी हैं. मुझे इसमें ध्यान देना है. यह सब जिक्र कर रहा हूँ, क्योंकि दफ्तर और घर, दोनों ही जगह पर मैं चिड़चिड़ा हो रहा हूँ और दस से बारह घंटे काम करने के बाद भी काम का अधूरा और बाकी होना कुण्ठा की भयंकर अनुभूति का कारण है. मैं यह भी महसूस करता हूँ कि यह न्यायपूर्ण नहीं है, क्योंकि काम का विभाजन न न्यायसंगत है और न ही तार्किक. उदाहरण के लिए, उद्योग, श्रम एवं रोजगार से या तकनीकी शिक्षा से या ऊर्जा या पर्यटन या अवस्थापना या संस्थागत वित्त से जुड़ा हो, तो समझ में आता है. अब मुझे कहा गया है कि जल्दी ही परिवर्तन किया जाएगा.

रविवार काफी आरामदायक रहा. सनन्दन अधिक स्वस्थ नहीं है. हमने हनुमान चौक का पारम्परिक भारतीय नाश्ता किया और मैं दोपहर से पहले सो गया. मैंने

आराम से द' इकॉनॉमिस्ट पढ़ा और ए.एस. ब्याट का वर्जिन इन द' गार्डन पढ़ना शुरू किया और गन्ने को छीलकर, काटकर और दाँतों से चबाकर चूसा, जिसका आधा भाग मैंने यौवनिका को भी चूसने के लिए दिया. उद्यान के सभी पेड़ों को थोड़ा छाँटा गया है, फूलों की क्यारियाँ सुन्दर हैं. मैं कितनी बार स्वयं का बागीचा देखता हूँ, जिसकी सभी आगन्तुक सराहना करते हैं. पहले हम पोर्टिको में अक्सर बैठते थे और कभी-कभी वहाँ दोपहर का भोजन लेते थे. बहुत लम्बे समय से हम इकट्ठे नहीं बैठे हैं. जब बन्नू मुझे आराम के लिए कहती हैं, तो मैं कहता हूँ कि हफ्ते भर की कड़ी मेहनत के बाद ही आप एक दिन का आराम कर सकते हैं. वास्तव में, मैंने देखा है कि हममें से अधिकांश कार्यालय एवं घर के दिक्काल को पृथक नहीं रख सकते हैं. हम अपना काम घर लाते हैं और घर को काम पर ले जाते हैं. मेरे हिस्से में केवल पहला भाग है. मैं फाइलों के ब्राउन बॉक्स को सुबह 4.30 बजे से छाँटता हूँ, यही फोन या मेहमान या विघ्न डालने वाले अन्य हस्तक्षेप के बिना फाइल निपटाने का सर्वोत्तम समय है.

इसके बारे में अधिक फिर कभी कहूँगा. उसी शाम हमें ए.पी.जे. सत्य ग्रुप के प्रबन्धकों के साथ मुख्यमन्त्री से मिलना है. यह स्वराज पॉल के कुटुम्ब से सम्बद्ध हैं और संयुक्त क्षेत्र में लगभग साठ एकड़ से अधिक भूमि में औद्योगिक भूसम्पत्ति और स्टैंफर्ड विश्वविद्यालय के सहयोग से विश्वविद्यालय स्थापित करना चाहते हैं, जिसमें मुख्यतः शोध एवं विकास केन्द्र हो. यदि ऐसा होता है, तो यह उत्तरांचल में उद्योग के लिए काफी बढ़ावा होगा. यह लगभग पचास करोड़ रुपये के निवेश वाला एक महत्त्वपूर्ण प्रोजेक्ट होगा, जिसमें रोग हरने वाली औषधियाँ बनेंगी. मुख्यमन्त्री उनका स्वागत करते हुए बेहद खुश हुए. उन्होंने उस समूह के साथ अपने पुराने सम्बन्ध याद किए और राज्य सरकार की ओर से सर्वोत्तम संभव सहायता देने का आश्वासन दिया. मुख्यमन्त्री ने हमें परामर्श दिया कि हम सोमवार को प्रतिनिधि-मण्डल को मुख्य सचिव, अपर मुख्य सचिव और अवस्थापना विकास आयुक्त और उद्योग राज्यमन्त्री से भी मिलवाएँ. नैनीताल बैंक के मुख्य प्रबन्धक के साथ मुख्यमन्त्री की बैठक के लिए मैं रुक गया. देहरादून में जम्मू एण्ड कश्मीर बैंक के उद्घाटन के बाद मुख्यमन्त्री उत्तरांचल बैंक खोलने के विचार में दिलचस्पी ले रहे हैं. वास्तव में, राज्य सहकारी बैंक अब बड़े रूप में यहाँ नेतृत्व की भूमिका निभा सकते हैं और जहाँ तक संभव हो, सरकारी व्यापार पकड़ सकते है. किन्तु उनकी अपनी बहुत सी समस्याएँ हैं. उनका पंजीकृत कार्यालय हल्द्वानी में है और मुख्यालय देहरादून में है. पी.एस. हूडा को भी निर्वाचित बोर्ड और सरकार के मध्य संतुलन बनाने का नाजुक काम करना है.

मुख्यमन्त्री से एपीजे ग्रुप की मुलाकात

मुख्यमन्त्री ने मुझे दून प्लस (द' टाइम्स ऑफ इण्डिया, 17 जनवरी) में प्रमुख साक्षात्कार की फोटो प्रतिलिपि दी, जिसमें उत्तरांचल के अग्रणी प्रवासी भारतीय कैलाश जोशी ने कहा कि 'उत्तरांचलवासी कुम्भकर्ण जैसी नींद की अवस्था में हैं और सरकार भी राज्य की क्षमता का पूर्ण उपयोग करने में असफल है'. अगले पृष्ठ पर उद्योग पर प्रेस-सम्मेलन की रिपोर्ट छपी है, किन्तु द्वितीय पृष्ठ मुखपृष्ठ की तरह महत्त्वपूर्ण नहीं होता है और फिर उत्तरांचल नींद में है; सरकार सो रही है/खर्राटे भर रही है, यह रुचिकर खबर है. मुख्यमन्त्री चाहते थे कि उनके मुख्य अधिकारी अगले दिन उनसे मिलें और यदि संभव हो तो मंगलवार को कुछ अच्छा काम दिखाएँ, ताकि वह राज्य के विषय में सकारात्मक भाव से प्रेस में जाएँ. कैलाश जोशी आई.बी.एम. के अध्यक्ष रहे हैं, बिल क्लिंटन के नज़दीक हैं और सिलिकॉन वैली में ख्यातिप्राप्त हैं.

समाचारों में उल्लेख : कुछ अच्छा, कुछ बुरा

ए.पी.जे. सत्य ग्रुप से बैठक के बाद तथा उद्योग के लिए रियायती स्टैम्प ड्यूटी के सम्बन्ध में केबिनेट नोट बनाने के बाद हमने यहाँ की गई सभी पहल का जोशीला प्रतिरक्षित तर्क तैयार किया और कैलाश जोशी के पास ले गए. अमरेन्द्र और मैंने मुख्य प्रस्तुतियाँ कीं और यह सहमति हुई कि अगले दिन अर्थात् मंगलवार, 20 जनवरी को वह प्रौद्योगिकी और उद्योग क्षेत्रों का परिदृश्य देखें ओर संभवतः उन जगहों को देखने भी जाएँ.

उनको वहाँ ले जाने की व्यवस्था करने के लिए समय कम था. मैं नहीं चाहता था कि यह सरकारी तरीके से हो, जिसमें जिला उद्योग केन्द्र या राजस्व विभाग का कोई व्यक्ति फैक्टरी प्रबन्धकों को संभावित मुलाकात की अधिसूचना देता. मैंने सुनील ललवानी से बात की और उनसे निवेदन किया कि वह हमारे साथ चलकर उद्योग नगरी दिखाएँ. यह उद्योग के लिए एक सत्यापित प्रमाण होगा, जो किसी भी प्रचार-सामग्री या अखबारी क्लिपिंग से बेहतर होगा. कैलाश ज़ोशी अपनी समय-सारिणी से पीछे चल रहे थे और आरम्भ में, यह निश्चित हुआ कि मैं सिर्फ पॉवर पॉइंट प्रस्तुति दूँगा, जैसा कि प्रवासी भारतीय दिवस में किया था. आखिर में, वह सेलाकुई उद्योग भूसम्पत्ति को देखने के इच्छुक थे, जहाँ वाकई काम शुरू हो चुका है. हम वहाँ गए, फीनिक्स फैक्टरी देखी और उद्योग नगरी का एक चक्कर लगाया.

यह ज्ञात हुआ कि कैलाश जोशी कॉर्नेल स्नातक हैं. इससे हम दोनों के मध्य एक नवीन अनुबन्ध 'हाई ऍबव कैयुगा वॉटर्स' कायम हो गया : वह साठ के दशक के शुरू में इंजीनियरिंग के विद्यार्थी थे और उन्होंने बहुत चाव से पुराने विश्वविद्यालय का स्मरण किया. अब हमने विषयों की दीर्घ श्रृंखला पर बात की :

राजनीतिक अर्थतन्त्र से सार्क तक, शहरी भीड़भाड़ और शिक्षा-नीति. दिन के उत्तरार्द्ध में, मुख्यमन्त्री के साथ भेंटवार्ता में उन्होंने हमारे संवाद और उद्योग भूमि की दर्शन-यात्रा के विषय में सकारात्मक बातें कहीं. मुख्यमन्त्री ने परिणाम से काफी सन्तुष्ट एवं खुश होकर फोन किया. अगले शनिवार को, अर्थात् 24 जनवरी को दून प्लस ने 'दून प्लेस इम्पैक्ट' शीर्षक से और कहानी प्रकाशित की, जिसमें कैलाश जोशी की यात्रा और प्रौद्योगिकी तथा उद्योग विभाग के सम्बन्ध में प्रशंसोक्तियों को सकारात्मक स्थान दिया गया.

कॉर्नेल-सम्बन्ध

सभी अखबार, विशेष रूप से गुलाबी अखबार एकमात्र विशिष्ट खबर चाहते हैं. मैंने इक्नॉमिक टाइम्स के लिए ए.पी.जे. सत्य ग्रुप की कहानी को एकल प्रेस नोट की तरह भेजने के लिए विपुल को कहा. हमेशा की तरह राहुल ने अपनी सही अध्यवसायिक कर्मठता से छापा. हमें अच्छा विवरण मिला. स्वाभाविक रूप से बिज़नैस स्टैण्डर्ड को बुरा लगा. किन्तु उनके पास जल विद्युत की एकाधिकारिक रिपोर्ट थी, इससे दोनों में संतुलन हो गया.

सनन्दन को चिकन पॉक्स हो गई है. कल भी वह स्वस्थ महसूस नहीं कर रहा था, हमने उसे साधारण ठंड समझा. सारे बदन पर दाने हो गए, तो स्पष्ट हो गया कि वह अगले दो सप्ताह तक बिस्तर पर रहेगा. यह उसके लिए और हमारे लिए भी, खास तौर पर बन्नू के लिए कठिन है. इस बीमारी के पहले तीन दिन बहुत दुःखद हैं. आश्चर्य की बात है कि जिनसे भी हमने बात की, उन्होंने इस बीमारी का अपना अनुभव सुनाया और हमें तसल्ली देने वाली बात कही. जैसा कि मेरे पिताजी ने मुझे कहा कि स्मॉल पॉक्स (बड़ी माता) के सामने यह शुद्धतः मुर्गी-दाना है. किसी भी तरह से इससे दिनचर्या में व्यवधान होता है और काम की गति प्रभावित होती है. मैं सनन्दन के साथ समय बिताना चाहूँगा और समय पर घर आऊँगा. मैंने उसके लिए विक्रम सेठ द्वारा रचित 'अ सूटेबल बॉय' पढ़ना शुरू किया. उसे पढ़ने का बहुत शौक है. शुरू के दिनों में सिरदर्द और तेज़ बुखार होने के कारण वह इसमें रुचि नहीं ले सका. शुरू करने पर मैं इस सारगर्भित कहानी में तल्लीन हो गया, जो भारत-विभाजन के तुरन्त बाद के समय के भारत की कहानी है. यह हमारे परिवार सहित, किसी भी पंजाबी परिवार की कहानी हो सकती है. मैं खुश हूँ कि इस सप्ताह पन्तनगर की यात्रा पर जाना है. लम्बी कार-यात्रा पढ़ने के लिए सर्वथा उपयुक्त है. इसके अतिरिक्त, एग्रीकॉन की सारी तैयारी हो गई है. मेरे पास विश्वविद्यालय में भी समय होगा.

मैंने सनन्दन के साथ रहने के लिए दोपहर बाद छुट्टी ली और बन्नू को कुछ आराम दिया. वह सनन्दन के तीव्र ज्वर के कारण ठीक से सो नहीं रही

थी. दोपहर में सोनू हूडा आए, उन्होंने उसके लिए डी.वी.डी. लगाया, हमने 'हंगामा' देखी, सचमुच में, मनोरंजक फिल्म है. हमने अगले दिन 'होम एलोन' देखने का फैसला किया. बहुत समय से हम इकट्ठे नहीं बैठे हैं और साथ-साथ वीडिओ/डी.वी.डी. पर फिल्म नहीं देखी है.

27 जनवरी, 2004

शिविर : पन्तनगर.

सभी व्यवस्थाएँ स्वयं देखने के लिए मैं एक दिन पूर्व पहुँच गया हूँ, तैयारियों से मैं काफी सन्तुष्ट हूँ. सी.आई.आई. सम्मेलन करने में काफी कुशल हो गया है और कई बार इसके प्रतियोगी चैम्बर्स भी इसका देश में सर्वोत्तम इवेंट मैनेजमेंट कम्पनी के रूप में बखान करते हैं. सम्मेलन-किट तैयार है, इसमें सी.ए.बी. द्वारा तैयार किया गया पृष्ठभूमि लेख और 29 नवम्बर को दिए गए मेरे भाषण की प्रति है. मैं अपने सोचे गए पृष्ठों से कहीं अधिक 'अ सूटेबल बॉय' पढ़ सका हूँ.

23 जनवरी की सुबह इन्द्र भगवान अपने रौद्र रूप में थे. मेघ-गर्जन और बिजली चमकने के साथ-साथ मूसलाधार वर्षा हो रही है. यह स्पष्ट हो गया था कि किसी भी तरह से मुख्यमन्त्री का हैलीकॉप्टर देहरादून से उड़ान नहीं ले सकेगा. मेरा मोबाइल सम्पर्क नेटवर्क से बाहर था. कुलपति के पास 7.45 बजे प्रातः फोन आया. मुख्यमन्त्री ने हमें सलाह दी कि हम उनकी प्रतीक्षा किए बिना कार्यक्रम शुरू करें. यह निराशाजनक था. उनकी उपस्थिति प्रोत्साहनदायी और प्रेरक होती है. साथ ही, निवेशकों को इस बात से बहुत अधिक भरोसा मिलता है. जब राज्य का मुखिया सार्वजनिक मंच से वचनबद्ध होता है. डॉ. टोलिया नई दिल्ली में किसी बैठक में व्यस्त थे. उन्होंने मुझसे कहा कि वह सम्मेलन के दूसरे दिन ही आ सकेंगे. सौभाग्य से, नई दिल्ली से, गौतम थापर, सलिल सिंघल और रतिका जैन समय पर पहुँच गए. यदि उनकी उड़ान मौसम के कारण देरी से आती या स्थगित हो जाती तो हमारे लिए सच में समस्या हो जाती. एक छोटी सी परेशानी अभी थी. कृषि मन्त्री महेन्द्र सिंह माहरा अभी भी समय से एक घंटा पीछे चल रहे थे. वह अपने वाहन से आ रहे हैं और खराब मौसम के कारण उनके प्रस्थान में देरी हो

एग्रीकॉन का शुभारम्भ

गई. हमने घोषित किया कि सम्मेलन 11 बजे शुरू होगा. कुछ लोगों का सुझाव था कि हमें मन्त्री की प्रतीक्षा करनी चाहिए. आखिर यह तय हुआ कि कार्यक्रम 15 मिनट देरी से शुरू किया जाए. वैसे भी मन्त्री का भाषण कार्यक्रम के दूसरे हिस्से में है. एक बार मैं उनके साथ केन्द्रीय कृषि मन्त्री अजीत सिंह के पास उत्तरांचल के लिए सूखा राहत सहायता कोष के लिए प्रस्तुति हेतु गया था. मुझे विश्वास था कि वह बुरा नहीं मानेंगे. वस्तुतः उन्होंने इसे सकारात्मक दृष्टिकोण से लिया. मैं यहाँ यह स्पष्ट करना चाहता हूँ कि जब कोई सम्मेलन/बैठक किसी समय विशेष पर होने के लिए सुनिश्चित हो, तो आयोजनकर्त्ताओं को समय के पाबन्द होने का हर सभव प्रयास करना चाहिए.

इस प्रकार हमने कार्यक्रम शुरू कर दिया और जैसे कि अच्छी शुरुआत का अर्थ है : आधा कार्य सम्पन्न हो गया. विचार-विनिमय सार्थक एवं रोचक रहा. वास्तव में, समय-सीमा की कठिनाई थी, अधिकांश अध्यक्ष अपने सत्र में समय-सारिणी की मर्यादा का पालन नहीं कर सके. यहाँ मैं यह स्पष्ट करना चाहता हूँ कि जब मैं अमरीका में कॉर्नेल में एक वर्ष के लिए था, वहाँ मैंने जिन सम्मेलनों में भाग लिया, वहाँ दस मिनट की प्रस्तुति का अर्थ था : दस मिनट. वक्ता समय का सम्मान करते है. यहाँ मैंने ध्यान दिया है कि कई चयनित वक्ता, जिनमें सरकार में मेरे सहयोगी भी शामिल हैं, अपनी प्रस्तुतियों के लिए अत्यधिक परिश्रम करते हैं और इस तथ्य को भूल जाते हैं कि सदन को सम्बोधित करने के लिए उनके पास केवल दस मिनट हैं. व्यावसायिक सम्मेलन एवं अकादमिक सम्मेलन की प्रस्तुतियों के अन्तर को भी बखूबी नहीं समझा जाता. जब तक हमारे अधिकारी और अकादमिशियन ज्यादा व्यावसायिक सम्मेलनों में भाग नहीं लेंगे, यह समझ नहीं आएगी.

उद्‌घाटन सत्र में गौतम थापर और सलिल सिंघल ने उत्तरांचल में उद्योग को बढावा देने के लिए भारतीय उद्योग परिसंघ और उत्तरांचल सरकार द्वारा संयुक्त रूप से किए जा रहे प्रयासों के विषय में चर्चा करते हुए प्रारम्भिक टिप्पणी दी. सभी उद्‌घाटन सत्रों की तरह, परस्पर प्रशंसा एवं 'सुखद आत्मानुभूति' का तत्त्व अधिक था. निश्चित रूप से, मुख्यमन्त्री की कमी महसूस की गई और खटकती रही, विशेष रूप से इसलिए और अधिक, क्योंकि पन्तनगर में लगभग हर कोई उनसे परिचित है. स्थानीय संसद-सदस्य महेन्द्र पाल, विश्वविद्यालय के गवर्निंग बोर्ड के सदस्य, कुमाऊँ मण्डल विकास निगम के अध्यक्ष, पूर्व मन्त्री और कृषक मंच के अध्यक्ष समरपाल सिंह भी उपस्थित थे. मुख्यमन्त्री का भाषण, उनकी अनुपस्थिति में वन एवं ग्राम्य विकास आयुक्त, विभापुरी दास द्वारा पढ़ा गया. हमारा भाग्य अच्छा था, कृषि-विपणन की चुनौती एवं नये मंडी परिषद अधिनियम की बात की गई. कुलपति द्वारा आभार व्यक्त किया गया. वह अच्छे वक्ता हैं. अपने परिसर में, उन्होंने सम्मेलन

की स्वर एवं गति सुनिश्चित की. विश्वविद्यालय इस सम्मेलन के लिए काफी उत्साहित था, क्योंकि यह उनके लिए ऐसा प्रथम अवसर था.

बायोटेक्नॉलॉजी फॉर ग्रोथ से सम्बन्धित सत्र में, मैंने अमरेन्द्र सिन्हा की कमी महसूस की. वास्तव में, कई प्रतिनिधि उनके साथ बात करना चाहते थे और इस क्षेत्र में राज्य की पहल पर स्पष्ट परिदृश्य जानना चाहते थे. सत्र के अध्यक्ष, डॉ. के.सी. बंसल ने रोचक तरीके से महत्त्वपूर्ण बात कही. आई.टी. का अर्थ है : 'इण्डिया टुडे' और बी.टी. का अर्थ है : 'भारत टुमॉरो'. यह प्रौद्योगिकी से भी अधिक प्रभावकारी है. मुझे अर्थगर्भित अलंकार अच्छा लगता है और मैं सामान्यतः टिप्पणी को समर्थन देना चाहता हूँ.

आई.टी. : 'इण्डिया टुडे' और बी.टी. : 'भारत टुमारो'

सुबुद्धि उद्यानिकी और खाद्य संरक्षण के सत्र के लिए आ गए. उनको सुनना अच्छा लगा, क्योंकि उन्होंने अपनी पुरानी प्रस्तुति में कई नए बिन्दु जोड़ लिए हैं. उद्यानिकी तकनीकी मिशन में, उद्यमियों के लिए अब पौधशाला बनाने के लिए भी सहायता उपलब्ध है. उद्यमियों ने राष्ट्रीय उद्यानिकी बोर्ड द्वारा किराए की भूमि के वित्त-पोषण से सम्बन्धित विवरण पत्रों के विषय में प्रश्न उठाए. हमने प्रतिनिधियों को आश्वासन दिया कि मुख्य सचिव राष्ट्रीय उद्यानिकी बोर्ड से सम्पर्क करेंगे.

सौभाग्य से, हम सबके लिए 24 जनवरी को आसमाँ खुल गया और अन्तिम सत्र के लिए राज्यपाल हैलीकॉप्टर से आ रहे हैं. दिन की शुरुआत में, डॉ. आर. एस. टोलिया दिल्ली से रानीखेत एक्सप्रेस से पहुँच चुके थे. अन्तिम सत्र के अपने भाषण में, उन्होंने कृषि-व्यापार क्षेत्र के औषधीय जड़ी-बूटियों से जैव उत्पादन तक, अनुबन्ध कृषि से शीत गृह-तकनीकी तथा खाद्य-संरक्षण तक, मण्डी परिषद् से मुर्गी-पालन तक; सातों स्वरों का स्पर्श किया. इन दिनों, वह बार-बार इस बिन्दु पर कहते हैं कि जब तक हम भारतीय जड़ी-बूटियों को स्वास्थ्य-योजना की मुख्यधारा में नहीं लाएँगे, प्रारम्भिक स्वास्थ्य केन्द्रों में डॉक्टर आम बीमारियों के लिए आयुर्वेदिक औषधियों की सलाह नहीं देंगे. औषधीय जड़ी-बूटियों का क्षेत्र विकसित नहीं हो सकेगा. पारम्परिक चीन की औषधियाँ चीन की उस नीति के कारण ही सफल हैं, जिससे गाँवों में नुस्खे में बड़ा हिस्सा पारम्परिक औषधियों का होता है. हमारे देश में आयुर्वेदिक, यूनानी, सिद्ध और होम्योपैथी की इतनी मजबूत परम्परा है कि एलोपैथी की अपेक्षा कम व्यय में इन कॉलेजों की स्थापना हो सकती है. यह नीति-परिवर्तन इन दोनों ही दृष्टिकोणों से न्यायसंगत होने के कारण और भूमण्डलीय बाजार में भारतीय जड़ी-बूटियों के प्रसार के लिए आवश्यक है. इनमें

औषधि की भारतीय व्यवस्था का मुख्यधारा में समावेश

से अधिकांश युगों से जाँची गई है, इनका परीक्षण किया गया है कि इनका कोई आनुषंगिक प्रभाव नहीं है. ये औषधियाँ स्थानीय स्तर पर उगाई/बनाई जा सकती हैं और एलोपैथी दवाओं की अपेक्षा रोज़गार तथा व्यापार के अवसर पैदा करने में अधिक सक्षम हैं.

पुष्प उत्पादन, जड़ी-बूटियों व औषधीय पौधों से सम्बद्ध सत्र समय से अधिक लम्बा खिंच गया. मैं काफी अधीर और व्यग्र हो रहा था, क्योंकि इसके ठीक बाद के सत्र की अध्यक्षता मुझे करनी है और उस सत्र को एकदम समय पर खत्म होना है. महामहिम का ठीक एक बजे हॉल में प्रवेश होगा और उससे दस मिनट पहले सब कुछ व्यवस्थित होना है. उसमें हॉल में प्रत्येक को राज्यपाल के आने के बारे में स्पष्ट एवं सटीक निर्देश भी शामिल है. मैंने सभी से मोबाइल फोन बन्द करने के लिए निवेदन किया और स्वयं ऐसा करके दिखाया. आजकल प्रायः आयोजनकर्त्ता लज्जास्पद स्थिति में आ जाते हैं, जब राष्ट्रीय गान के समय या मुख्य अतिथि के भाषण के बीच मोबाइल बजता है. हमेशा की तरह राज्यपाल ने अपने भाषण में कुछ रोचक उपाख्यान जोड़े, श्रोता मन्त्रमुग्ध हो गये. मैं उनके साथ उनके हैलीकॉप्टर में देहरादून वापिस आया और हमने राजभवन लॉन के ऊपर तीन चक्कर काटे, जो आसमान से बहुत सुन्दर दिखाई दे रहा था.

30 जनवरी, 2004

यौवनिका के साथ रेल-यात्रा

यौवनिका ने कैंमलीन कला प्रतियोगिता में उत्तरी क्षेत्र में द्वितीय पुरस्कार जीता है. उसके लिए कोटला रोड, नई दिल्ली स्थित बाल भवन से निमन्त्रण मिला है. सनन्दन अभी स्वास्थ्य-लाभ कर रहा है. मैंने और यौवनिका ने इसे प्राप्त करने के लिए 28 जनवरी की साँझ को दिल्ली जाने की योजना बनाई. हम दोनों काफी उत्साहित हैं : विशेष रूप से यौवनिका; वह रेलगाड़ी शताब्दी एक्सप्रेस में यात्रा करने को उत्सुक है. सनन्दन ने कई बार रेल से, खास तौर से उत्तरी बंगाल से पंजाब की यात्रा की है. यौवनिका ने ज्यादा रेलयात्रा नहीं की है. जब भी हम मसूरी या देहरादून से पंजाब गए, हमेशा सड़क से गए. मुझे उसके साथ समय बिताना हमेशा अच्छा लगता है. उसके लिए कहानी पढ़ना, आइसक्रीम खरीदना या ऐसे खेल खेलना, जिन्हें वह हर दूसरे दिन अपनी सखियों के साथ ईजाद करती है, आनन्ददायी है.

जब मैंने उससे पूछा कि उसे रेल के बारे में सबसे ज्यादा क्या अच्छा लगता है, उसने कहा कि सभी कारें रेलवे क्रॉसिंग पर रुकती हैं और रेल सीधे निकल जाती है, इससे उसको बेहद खुशी होती है.

गणतन्त्र दिवस पर, अमरेन्द्र ने यह कहने के लिए फोन किया कि मुख्यमन्त्री 29 जनवरी को सहस्रधारा में सूचना प्रौद्योगिकी पार्क का उद्घाटन करना चाहते हैं और अभी व्यवस्था होनी है. 28 जनवरी को, पराग की नई दिल्ली में पर्यावरण मन्त्रालय में बैठक है, प्रधानमन्त्री भी 28 जनवरी को देहरादून आ रहे हैं और सभी सचिवों को मुख्यालय पर अपनी प्रस्तुतियों के साथ उपस्थित रहना है. उसी दिन सूचना प्रौद्योगिकी के उद्घाटन के लिए भी प्रस्तुतियों की तैयारी होगी. नई दिल्ली जाना मुश्किल है; मैंने यौवनिका के साथ बात की. उसने सरल उत्तर दिया, हम रेलगाड़ी से जाकर सहारनपुर से कार द्वारा वापिस आ सकते हैं. मैं उद्घाटन के लिए वापिस आ सकूँगा और वह रेल यात्रा कर लेगी और बाद में, कैमलिन से पुरस्कार ले लेंगे, जो स्कूल की प्रार्थना-सभा में दिया जा सकता है. दूसरा भाग उसके स्कूल (ब्राइटलैंड्स) द्वारा आयोजित होना है, जो रवि नारंग द्वारा देश के उत्तम स्कूलों में से एक के रूप में चलाया जा रहा है. किसी दिन, मुझे उम्मीद है कि मैं इस स्कूल के प्रबन्धन की 'केस-स्टडी' करूँगा, जो 'सिक्स सिगमा' (छः तारांकित) संगठन के सभी गुणों से युक्त है.

28 जनवरी को, कार्यालय जाते समय, मुझे सिडकुल के महाप्रबन्धक त्रिपाठी का फोन मिला कि पार्क के उद्घाटन हेतु तैयारी करने के लिए नियुक्त ठेकेदार को उस क्षेत्र के कुछ युवकों द्वारा काम करने से रोक दिया गया है, जिन्हें संभवतः उनके राजनैतिक संरक्षकों के द्वारा समर्थन दिया गया है. विरोध का मुख्य कारण है : प्रोजेक्ट के द्वितीय चरण के लिए भूमि हेतु प्रशासन द्वारा की जा रही अधिग्रहण प्रक्रिया. जैसे ही सूचना प्रौद्योगिकी पार्क की घोषणा हुई, आसपास भूमि की लाभार्थ खरीद शुरू हो गई. लाभ के लिए भूमि खरीदने वालों को वर्तमान सर्कल मूल्य लागू होने पर धन हानि हो जाएगी. स्पष्ट रूप से गुप्त सौदे अधिक मूल्य पर हुए हैं. सूचना प्रौद्योगिकी पार्क के विरोध के लिए जीविकोपार्जन से खेल के मैदान तक काल्पनिक कारण बताए जा रहे हैं और वह भी उस दिन जब प्रधानमन्त्री देहरादून में सूचना प्रौद्योगिकी के लिए विशेष पैकेज घोषित कर रहे हैं. प्रदर्शनकारी विरोधियों को भलीभाँति ज्ञात है कि प्रधानमन्त्री की यात्रा के कारण सिडकुल को पर्याप्त पुलिस-सुरक्षा नहीं मिल सकेगी. जब 9.30 बजे मैं निर्धारित स्थल पर पहुँचा, मैं भूमि-सतहीकरण के लिए ट्रैक्टर्स, तम्बू, कुर्सियाँ और जमीन पर पड़ा और सामान देख सकता था. साथ ही मैदान में लड़कों के कुछ समूह टाँगें फैलाकर बैठे हुए

राह में अवरोध

थे, जो कुछ कह नहीं रहे थे, किन्तु मुख्यमन्त्री द्वारा उद्घाटन की तैयारी को भंग करने के लिए दृढ़निश्चयी थे. निमन्त्रण-पत्र छप चुके थे, प्रेस-नोट तैयार था, तो भी हमने अमरेन्द्र के साथ वार्ता करके लगभग दस बजे उद्घाटन को स्थगित करने का फैसला किया. किसी भी तरह से हम इस काम को आगे नहीं बढ़ा सकते थे. यदि प्रधानमन्त्री की यात्रा के बाद, हम पुलिस सुरक्षा में काम पूरा करते तो इसका उल्टा प्रभाव होता.

स्वाभाविक रूप से यह बहुत अवसादपूर्ण अनुभव था और मैंने मुख्य सचिव एवं अवस्थापना विकास आयुक्त दोनों को इसकी सूचना दी. अच्छी बात यह थी कि शाम को मैं यौवनिका के साथ शताब्दी में सहारनपुर के लिए रवाना हो गया. हमारा वक्त बहुत अच्छा बीता. मैंने उसके लिए 'चन्दामामा' खरीद कर दिया और मेरे पास अभी 'अ सूटेबेल बॉय' के काफी पृष्ठ पढ़ने के लिए बाकी थे. सोनू भी उसी गाड़ी से दिल्ली जा रहा था और उसका डिब्बा रेल के आखिर में था. यौवनिका ने गाड़ी में ऊपर-नीचे जाते हुए बहुत मजेदार समय गुजारा और सभी को व्यस्त रखा. विशेष रूप से एक्ज़ीक्यूटिव श्रेणी में, रेल सेवा बहुत अच्छी है. उन्होंने हमें स्वादिष्ट वस्तुएँ, टॉफी, नाश्ता, काजू, बर्फी, समोसा, चाय/कॉफी, फलों का रस, फल और फिर शानदार रात्रि भोजन दिया. अक्सर रात का खाना सहारनपुर के बाद दिया जाता है. हमने उनसे अनुरोध किया कि वह हमें खाना एवं आइसक्रीम रुड़की के तुरन्त बाद दे दें, ताकि हम रेल में खाने की भी आनन्दानुभूति कर सकें. कार में वापिसी की यात्रा में, हम सनन्दन को एस.एम.एस. पर संदेश भेजते रहे और आखिर यौवनिका थक गई और मेरी गोद में गहरी नींद सो गई. हम 9.15 पर घर पहुँच गए.

31 जनवरी, 2004

रुद्रपुर में आई.सी.डी.

रुद्रपुर में इंग्लैण्ड कंटेनर डिपो जिसे उत्तर प्रदेश सरकार ने मनमाने तरीके से बन्द करने का फैसला किया था, पुनः चालू हो सकता है, बशर्ते कि उत्तरांचल सरकार ऐसा चाहे. दिसम्बर के मध्य में वाणिज्य विभाग के संयुक्त सचिव को प्रेषित मेरे पत्र के उत्तर में, मेरी सहपाठी शेफाली शाह का पत्र प्राप्त हुआ है कि भारत सरकार सैद्धान्तिक रूप से आई.सी.डी. को जारी रखने के लिए सहमत है. हमने ए.एस.आई.डी.ई. योजना में

भी आई.सी.डी. के लिए धन एक तरफ रखा था और तीन दिन पहले ही उत्तरांचल के मुख्य कृषि-उद्यमी बेनी एम. ने आई.सी.डी. को पुनः शुरू करने का जिक्र किया था क्योंकि इसके बन्द होने से उनके निर्यात पर फर्क पड़ रहा था. वास्तव में, उनके पास आई.सी.डी. को स्वतन्त्र लाभ केन्द्र की तरह चलाने का प्रस्ताव है. मैंने उन्हें यथासम्भव शीघ्र पराग से मिलने के लिए सलाह दी.

पन्तनगर में अत्यन्त सफल एग्रीकॉन के बाद, अब आई.सी.डी. और उत्तरांचल सरकार अवस्थापना के विषय पर एक-दिवसीय संगोष्ठी की योजना बना रहे हैं. यह निजी औद्योगिक भूसम्पत्ति एवं ऊर्जा क्षेत्र में नये निवेश के संदर्भ में महत्त्वपूर्ण है. मैंने 20 फरवरी के लिए मुख्य सचिव एवं अवस्थापना विकास आयुक्त से सहमति ले ली है और आई.सी.डी. को सलाह दी है कि हमें इसमें उजवल, उत्तरांचल विद्युत निगम, जल निगम आदि के भागीदारों को भी शामिल करना चाहिए. यह महत्त्वपूर्ण है कि अवस्थापना विकास में नये झुकावों के सम्बन्ध में जानकारी हासिल की जाए. सिर्फ व्यापारिक अखबार को सरसरी निगाह से पढ़ने से वाँछनीय अन्तर्दृष्टि नहीं मिलती है.

अवस्थापना के सम्बन्ध में सारा इंडस्ट्रियल सर्विसेज़ और इन्वोल्व इंजीनियरिंग (धवन) और दत्ता सिक्यूरिटीज़ (प्रदीप दत्ता) ने क्रमशः सेलाकुई और रुड़की में सिडकुल के साथ संयुक्त रूप से काफी तरक्की की है. जमीन तय की गई है, जिला उद्योग इकाइयों ने उनके आवेदन-पत्रों की संस्तुति कर दी है और औद्योगिक भूसम्पत्ति के सम्बन्ध में शासनादेश जारी किया गया है, और इससे भी अधिक महत्त्वपूर्ण है कि यह वेब पर प्रदर्शित है. उन्होंने मुख्य सचिव, वित्त, इन्दु पाण्डे से भी रजिस्ट्रेशन और स्टैम्प ड्यूटी के मामले पर विचार-विमर्श किया है और अब ऐसा प्रतीत होता है कि वित्त विभाग भी इस दृष्टिकोण पर दक्षिणावर्त्त घूम गया है. दो बार अधिमूल्य पर स्टैम्प ड्यूटी लेना न्यायपूर्ण नहीं है. अब वे रियायत के उद्देश्य से निर्धारित औद्योगिक भूसम्पत्ति की अधिसूचना चाहते हैं, ताकि वे उद्योगपतियों के साथ भूमि का लेन-देन कर सकें. मैं आज (31.1.2004) सिडबी के साथ द्विपक्षीय समझौता हस्ताक्षरित करने के बाद अधिसूचना देने की उम्मीद करता हूँ.

कल हमने इंस्टीट्यूट ऑफ रिमोट सेंसिंग में बायोटेक्नॉलॉजी की बैठक की और मुख्यमन्त्री द्वारा बायोटेक्नॉलॉजी नीति की प्रथम उद्घोषणा की गई. यह ड्राफ्ट नीति औषधीय पौधों, बॉयोटेक्नॉलॉजी, उद्यानिकी, औषधीय और खाद्य-पूरक क्षेत्रों के लिए तकनीक के साथ जैव विभिन्नता के संरक्षण की जरूरतों का संतुलन करती है. मुख्य वैज्ञानिक सलाहकार, डा. पालनी एवं सचिव के रूप में अमरेन्द्र तथा रैबो बैंक के लगाव के कारण इस क्षेत्र में काम शुरू हो जाएगा. पन्तनगर में औद्योगिक भूसम्पत्ति से संलग्न बायोटेक्नॉलॉजी पार्क भी बन रहा है.

* * *

इण्डियन पेपर मिल्स एसोसिएशन, कुमाऊँ-गढ़वाल उद्योग एवं वाणिज्य संस्थान और पंजाब-हरियाणा-दिल्ली उद्योग एवं वाणिज्य संस्थान (उत्तरांचल चैप्टर में) विवाद बढ़ रहा है. भारत सरकार 30 जनवरी तक राज्य सरकार का उत्तर चाहती है. हमने अपना उत्तर तैयार करने के लिए पन्द्रह दिन का समय माँगा है. मैंने उत्तरांचल में चैम्बर्स को उत्तर देने के लिए लिखा है. यह मामला मुख्य रूप से कुमाऊँ-गढ़वाल उद्योग एवं वाणिज्य संस्थान का है, क्योंकि अधिकांश कागज़ की मिलें कुमाऊँ में हैं. इण्डियन पेपर मिल्स एसोसिएशन और कुमाऊँ-गढ़वाल उद्योग एवं वाणिज्य संस्थान इस बिन्दु पर एक-दूसरे पर दोषारोपण कर रहे हैं. भारत सरकार के औद्योगिक नीति के संयुक्त सचिव, एस. जगदीशन ने 4 फरवरी को नई दिल्ली में बैठक बुलाई है. इसके बारे में आगे 5 फरवरी को लिखूँगा क्योंकि मामले पर पहले ही टिप्पणी न करना ही बेहतर है.

* * *

बुलन्द हौसला व उड़ान की तैयारी

01 फरवरी, 2004

भारतीय लघु उद्योग विकास बैंक के साथ मुख्यमन्त्री, लघु उद्योग मन्त्री गोविन्द सिंह कुंजवाल एवं राज्य मन्त्री किशोर उपाध्याय की उपस्थिति में द्विपक्षीय अनुबन्ध पर हस्ताक्षर किए गए. सिडबी पाँच करोड़ रुपये का समतुल्य भाग सिडकुल को दे रहा है. यह पहली बार है कि सिडबी किसी समेकित उद्योग निगम में समतुल्य निवेश कर रहा है. इससे पूर्व सिडबी का राज्य वित्त निगम के साथ ही साझीदारी का निर्देश है. हमने राज्य वित्त निगम का गठन नहीं किया है, सिडकुल ने प्रोजेक्ट में धन निवेश शुरू नहीं किया है. पिछले कुछ वर्षों से ब्याज-दर नीचे गिर रही है और अनुमानतः यह और नीचे जाएगी. बैकों के साथ-साथ, सिडबी एवं अन्य वित्त संगठन (एग्ज़िम बैंक, नबार्ड और सहकारी बैंक) प्रतियोगी ब्याज-दरों पर ऋण दे रहे हैं, किसी भी उद्यमी के लिए इन संस्थाओं के पास सीधे जाना अधिक उपयुक्त है.

मुख्यमन्त्री स्पष्टतः सिडबी और सिडकुल के बीच साझेदारी से बहुत खुश हैं. दोनों एक तरह से उनके द्वारा निर्मित कृतियाँ हैं. उन्होंने सिडबी की स्थापना उस समय की थी, जब केन्द्रीय वित्त मन्त्री थे. शायद यही कारण है कि यही एकमात्र वित्तीय संस्था है, जिसका मुख्यालय मुम्बई या नई दिल्ली में नहीं; अपितु उत्तर प्रदेश की राजधानी लखनऊ में है. सिडबी की स्थापना मूल रूप से लघु उद्योग की वित्तीय ज़रुरतों को पूरा करने के लिए की गई और यह आई.डी.बी.आई. का प्रतिरूप है, जो वृहत् उद्योग की वित्तीय ज़रूरतें पूरी करती है. अपने भाषण में, मुख्यमन्त्री ने उन नई पहलों की बात की, जो विभाग कर रहा है और सिडबी से, विशेष रूप से पन्तनगर एवं हरिद्वार में नई औद्योगिक भूसम्पत्तियों के संदर्भ में मदद के लिए आग्रह किया. सिडबी ने इस वर्ष पच्चीस करोड़ की वित्तीय मदद का आश्वासन दिया, यद्यपि मुख्य महाप्रबन्धक ने अपने उत्तरांचल अध्यक्ष मनोज मित्तल को पचास करोड़ का लक्ष्य दिया.

सिडबी-सिडकुल की साझेदारी

मुख्यमन्त्री शीत ऋतु के लिए गैस पर आश्रित ऊर्जा स्टेशन पर ड्राफ्ट नोट चाहते हैं. उस समय राज्य में जल-ऊर्जा का स्तर गिर जाता है; जबकि यही वह समय है, जब राज्य में कड़े जाड़े का सामना करने के लिए गर्माइश हेतु विद्युत

की सर्वाधिक ज़रूरत है. आर्थिक विकास से अधिक से अधिक लोग बिजली से चलने वाले उपकरणों का व्यय उठा सकते हैं.

एक अन्य विषय जिसकी ओर भी उद्योग विभाग ध्यान देने में व्यस्त है, वह है : राज्य प्रदूषण नियन्त्रण बोर्ड एवं पर्यावरण व वन विभाग से वैध उन्मुक्ति के प्रपत्र प्राप्त करना. ताज कॉरिडोर मामले के बाद कई सलाहकार फर्मों ने कठिनाई और चिन्ता को अतिशयोक्ति में बयान किया और इसीलिए कई लोग राज्य सरकारों से मध्यस्थता के लिए सम्पर्क कर रहे हैं, ताकि पर्यावरण-प्रभाव का विश्लेषण हो सके, सार्वजनिक सुनवाई की व्यवस्था हो तथा पर्यावरण एवं वन विभाग से अनुमति जल्दी प्राप्त हो. निश्चित रूप से, यह सब काफी महँगे खर्चे पर किया जा रहा है.

पर्यावरण पक्ष

अपनी औद्योगिक सम्पत्तियों के लिए हमने राज्य प्रदूषण नियन्त्रण बोर्ड में मामला उठाया है और पराग ने पर्यावरण एवं वन विभाग से भी बैठकें की हैं. इन बैठकों का ब्यौरा लिया गया है और रिकॉर्ड में रखा गया है.

भारतीय उद्योग परिषद् ने सिडबी के मुख्य महाप्रबन्धक के सम्मान में दोपहर के भोज का आयोजन किया है और हमें सिडबी की निवेश-प्राथमिकताओं की और अधिक स्पष्ट जानकारी मिली. उन्होंने हमारी उद्योग नीति के लिए सकारात्मक संपुष्टि दी और इस बात का भी जिक्र किया कि नई दिल्ली, गाजियाबाद और नोएडा के कई उद्योग उत्तरांचल में स्थानान्तरित होने पर विचार कर रहे हैं. इन सकारात्मक उक्तियों की जरूरत है और वित्तीय संस्था, जो उद्योग के सीधे सम्पर्क में है, द्वारा दी गई इस प्रकार की शाबाशी काफी राहत देती है.

उसी दिन साँझ-ढले, भारत में विश्व बैंक के देश-प्रमुख माइकेल कार्टर के साथ बैठक हुई, जिसमें अमरेन्द्र ने अपनी प्रस्तुति दी. इसका शीर्षक 'उत्तरांचल : अ सक्सैस स्टोरी इन मेकिंग' सर्वथा उपयुक्त था. उन्होंने जी.डी.पी. ड्राइवर्स-ऊर्जा, पर्यटन, उद्यानिकी तथा जी.डी.पी. के संवाहक : अवस्थापना, सड़कें, स्वास्थ्य और शिक्षा के विषय में बात की. उन्होंने उत्तरांचल को बैंक का 'एकल राज्य' उद्घोषित करने के लिए बहुत विश्वसनीय वाद प्रस्तुत किया. बाद में, विभागीय सचिवों के साथ चर्चा के दौरान, मैंने अन्तर्राष्ट्रीय वित्त निगम की बात की, ताकि औद्योगिक भूसम्पत्ति तथा राज्य में निजी निवेशकों के लिए ऋण की सीधी व्यवस्था हो सके. उनके सम्मान में मुख्यमन्त्री ने रात्रिभोज का आयोजन किया. सनन्दन अभी भी पूर्णरूपेण स्वस्थ नहीं है. मैंने रात्रिभोज के लिए आने में अक्षमता जाहिर की. उससे पहले हम चारों ने मुख्य सचिव के नेतृत्व में मुख्यमन्त्री से समय

उत्तरांचल : निर्माणाधीन सफल कथा

लिया, ताकि हम उन्हें सहस्रधारा में सूचना प्रौद्योगिकी पार्क की स्थापना में आई समस्याओं के बारे में बताएँ. हमने उन्हें बताया कि हमें दृढ़ निर्णय करना होगा, क्योंकि सूचना प्रौद्योगिकी की स्थापना में और देरी से ऐसी स्थिति होगी, जिससे निवेशकों को शक होगा कि हम अपने इरादे में पक्के हैं या नहीं. हम उत्तरांचल को सूचना प्रौद्योगिकी का लक्ष्य बनाना चाहते हैं. इस बात को स्वीकृति दी गई कि हम बिना औपचारिक उदघाटन के अपना काम चुपचाप शुरू करें.

03 फरवरी, 2004

10.15 बजे रात्रि को एक और दुर्लभ प्रविष्टि. मैं यह सुबह नहीं लिख सकूँगा. सुबह मुझे भारतीय उद्योग परिसंघ की बायोटेक्नॉलॉजी बैठक और उत्तरांचल एयरवेज़ पर विचार-विमर्श के लिए नई दिल्ली जाना है. कागज़ उद्योग पर बैठक स्थगित हो गई और इसकी सूचना कुछ ही घन्टे पहले, वास्तव में, 7.30 बजे प्राप्त हुई. इस बीच, राजीव गाँधी फाउंडेशन के महामन्त्री मनमोहन मल्होत्रा और पंकज एवं तरुण के साथ उत्तरांचल एयरवेज़ पर अन्तिम बातचीत के लिए दो बैठकें निश्चित की हैं. डॉ. पालनी बायोटेक्नॉलॉजी बैठक के लिए नहीं जा रहे हैं और अमरेन्द्र दोपहर से पहले देहरादून के लिए रवाना होना चाहते हैं, और भारतीय उद्योग परिषद् की इच्छा है कि बायोटेक्नॉलॉजी बैठक में सचिव स्तर की प्रस्तुति हो. यह हमारे लिए महत्त्वपूर्ण है, क्योंकि हमें इस क्षेत्र में भी अपनी उपस्थिति घोषित करनी है.

कल प्रौद्योगिकी विभाग के लिए स्वर्णिम दिवस था, क्योंकि माइक्रोसॉफ्ट ने देश का पहला सूचना प्रौद्योगिकी केन्द्र खोला है. रायपुर ब्लॉक में राजकीय क्रीड़ा महाविद्यालय के परिसर में स्थापित इस केन्द्र में प्रशिक्षण, सर्वर सिस्टम; पुस्तकालय एवं प्रशिक्षण-कक्ष की सुविधाएँ हैं. इस इमारत का 'आरोही भवन' नाम है. यह छः महीने में बनकर तैयार हो गई है. माइक्रोसॉफ्ट के साथ द्विपक्षीय अनुबन्ध अमरेन्द्र ने अगस्त 2003 में हस्ताक्षरित किया था. छः माह के भीतर यह काम शुरू हो गया है. प्रोजेक्ट आरोही उत्तरांचल में उच्चतर माध्यमिक महाविद्यालय में कम्प्यूटर साक्षरता के लिए है.

प्रोजेक्ट 'आरोही'

इस पहल से, डिजिटल विभाजन रेखा समाप्त हो रही है. वास्तव में, कम्प्यूटर शिक्षा के मामले में निजी स्कूल सरकारी स्कूलों की अपेक्षा पिछड़ गए हैं. कुछ दिन पहले

हमने चम्पावत की छात्रा कमला चान्द, जो रोडवेज विभाग के चालक की पुत्री है, की कम्प्यूटर प्रस्तुति देखी है. उसने एनसाइक्लोपीडिया की मदद से कोषाणु/कोशिका की संरचना पर प्रस्तुति की.

मुख्यमन्त्री प्रगति पर प्रत्यक्षतः प्रसन्न थे. उन्होंने अमरेन्द्र की सार्वजनिक रूप से प्रशंसा करते हुए कहा कि उसमें गहन प्रतिबद्धता है और वह प्रौद्योगिकी के क्षेत्र से आविष्ट है. उनके द्वारा अमरेन्द्र के लिए 'दीवाना' कहा गया, जिसके लिए अंग्रेजी में पर्यायवाची नहीं है. यह ज़रूरी था क्योंकि कुछ राजनैतिक प्रभावशाली लोग समारोहों के व्यावसायिक आयोजन पर खटर-पटर कर रहे थे. मुख्यमन्त्री ने विकास के विषय में व्यापक सर्वसम्मति विकसित करने की ज़रूरत के बारे में कहा. हमेशा की तरह, वह बातों को इतिहास के विस्तृत परिप्रेक्ष्य में रख सके. मुझे अमरेन्द्र के लिए खुशी हुई, क्योंकि विरोधी 'शंकालु थॉमस' को मुँह की खानी पड़ी. मीडिया का एक वर्ग प्रौद्योगिकी विभाग के विरुद्ध बदजुबानी कर रहा था, यह स्पष्ट हो गया, जब एक अखबार ने मुख्य उद्‌घाटन की खबर नहीं छापी. मुख्यमन्त्री के द्वारा भीड़ नियन्त्रण के लिए सूचना प्रौद्योगिकी के प्रयोग और ईद-उल-जुहा से एक दिन पहले सउदी अरबिया से हज तीर्थयात्रियों की मृत्यु पर शोक सम्बन्धी उनके कथन को छापा.

आज हमने सिडकुल कार्यालय में रणनीति सत्र किया. सिडकुल उद्योग-निदेशालय, तथा सिडकुल व उत्तरांचल विकास निगम में, और घेरज़ी तथा फीडबैक में बिखराव को जोड़ने की जरूरत है. हमने तय किया कि हम प्रत्येक सोमवार को दो घन्टे के लिए बैठक करेंगे. सप्ताह के प्रथम दिन पूर्व प्रगति का मूल्यांकन करेंगे और भावी कार्ययोजना तय करेंगे. उमाकान्त पँवार के स्थान पर अजय नबियाल ने कार्यभार सँभाला है. यह आवश्यक है कि उनको विभाग एवं सिडकुल द्वारा किए गए विकास और पहल में बाँध कर रखा जाए.

सिडकुल की भावी रणनीति

आज चर्चित विषयों में हरिद्वार तथा पन्तनगर भूसम्पत्तियों में समय-योजना और मुख्य लक्ष्य, संयुक्त क्षेत्र में औद्योगिक भूसम्पत्तियों के लिए राजस्व विभाग से अनुमति के लिए अनुगमन तथा कोटद्वार एवं सितारगंज में विकास के विकल्प हैं. पाठक याद करेंगे कि मैंने सिडकुल द्वारा इन भूसम्पत्तियों को, विशेष रूप से सितारगंज को विकसित करने के लिए पराग के दृष्टिकोण से असहमति व्यक्त की थी. अब वह इस बात को मानने को तैयार है कि इन भूसम्पत्तियों को स्वयं बनाने से बेहतर है कि हम इन्हें बढ़ावा देने और सुविधाएँ देने में अपना समय खर्च करें.

05 फरवरी, 2004

जब सुबह 4 बजे (4 फरवरी 2004) मैंने डाक और फाइलों के दो बस्ते देखे, मैंने नई दिल्ली जाने का विचार बदल दिया. बन्नू ने भी सलाह दी कि बेहतर होगा कि पिछला काम, विशेष रूप से खाद्य, सार्वजनिक संपूर्ति और उपभोक्ता मामले निपटा दिए जाएँ. यह चावल की खरीद का और अर्द्ध कुम्भ मेले का चरम बिन्दु है. मुझे पाठकों को यह भी बताना है कि मैं कुछ समय पहले की गई प्रविष्टियों को सम्पादित कर रहा हूँ. मुझे इन्हें प्रकाशित करवाने की उम्मीद है. मैं निबन्धों/लेखों और भाषणों के संग्रह को भी पुस्तक रूप में सम्पादित कर रहा हूँ.

दिल्ली यात्रा स्थगित

मुझे अभी से विश्वास हो गया है कि दिल्ली-यात्रा को स्थगित करने का निर्णय सही था. मैंने मुख्यमन्त्री एवं मुख्य सचिव के लिए उत्तरों सहित अपनी फाइलों का काम कर लिया है. मुझे आशा है कि दिन के लिए कोई पूर्व नियोजित व्यस्तता नहीं है, कार्यभार अधिक नहीं होगा. मैं हैरान हूँ कि एक बार आप कार्यालय में बैठ जाएँ, तो काम शुरू हो जाता है. हमने काफी समय अतिरिक्त कर्मचारियों की प्रतिनियुक्ति के लिए प्रमुख सचिव, वित्त के साथ अन्तर-विभागीय बैठक की. यदि मैं सचिवालय में नहीं होता तो मैं इस बैठक में उपस्थित न होता. ये मामले महत्त्वपूर्ण हैं, किन्तु इस वक्त मेरे दिमाग की स्थिति है कि यदि कुछ सीधे निवेश से नहीं जुड़ा है, तो मेरा उसमें मन नहीं लगता. इससे भूसम्पत्तियों के लिए विकास योजनाओं पर सिडकुल दफ्तर में आयोजित घेरज़ी की प्रस्तुतियों के लिए मुझे देरी हो गई. अब भूमि पर कब्जा सिडकुल का है, भूखण्डों का आबंटन कर दिया गया है, हमें आन्तरिक सड़कों के निर्माण के लिए टेण्डर देने होंगे और विस्तृत प्रोजेक्ट रिपोर्ट को अन्तिम रूप में बनाना होगा. इस अवस्था में, पराग और मैं, दोनों को घेरज़ी की कार्य-पद्धति पर अविश्वास-भाव है क्योंकि काम की गति हमारी इच्छा के अनुकूल नहीं है. हमने यह भी देखा है कि कार्य-स्थल पर कर्मचारियों का बार-बार बदलाव होता है. यह निश्चित रूप से, यथार्थ काम को प्रभावित करता है.

06 फरवरी, 2004

औद्योगिक भूसम्पत्ति के लिए स्टैम्प ड्यूटी का उचित निर्धारण एवं उत्तरांचल में सहायक इकाइयों द्वारा अन्तर्वर्ती वस्तुओं पर कर के सम्बन्ध में वित्त, कानून एवं बिक्रीकर विभाग के साथ हमारी बैठक सफल रही. भूसम्पत्ति में उद्योग को उत्पाद देने की सी.एस.टी. की सीमा 1% तक बढ़ाने में और वर्तमान निवेश सीमा पाँच करोड़ से तीस करोड़ तक बढ़ाने में सहमति हुई. पराग ने अपनी तैयारी अच्छी की थी. कई बार ऐसा प्रतीत हुआ कि विचार-विमर्श पूर्ण रूपेण हमारे विरुद्ध घूम रहा है. अन्तिम विश्लेषण में, उद्योग विभाग प्रमुख सचिव, वित्त को अपने वाद के गुण समझाने में सफल रहा. वह बहुत समय से वित्त विभाग में हैं. उन्होंने उत्तर प्रदेश प्रादेशिक उद्योग एवं निवेश निगम में भी काम किया है. इसलिए वह उस प्रोत्साहन एवं रियायतों को जानते हैं, जो उद्योग चाहता है. वह पूर्ण परिदृश्य देखने में विश्वास करते हैं और सभी अच्छे वित्त सचिवों की तरह उस समय बहुत अधिक समझदार हैं, जब सरकार को प्राप्त होने वाले राजस्व को प्रभावित करने वाली वित्तीय रियायतों का सवाल हो. इस मामले में रियायत/उन्मुक्तियों के विषय में मन्त्रिमण्डलीय टिप्पणी वित्त विभाग को तैयार करनी है. मन्त्रिमंडल की बैठक आज तय है, अतः निर्णय मन्त्रिमंडलीय टिप्पणी के अनुरूप ही अपेक्षित है.

हमने सुझाव दिया है कि औद्योगिक भूसम्पत्तियों में स्टैम्प ड्यूटी सर्कल दर पर ही हो. मुझे तर्क स्पष्ट करना है. सिडकुल के विकसित भूखण्डों का मूल्य 560 रु. प्रति वर्ग मीटर है. इसका अर्थ है कि एक हजार वर्ग मीटर (एक एकड़) भूमि पर दी जाने वाली स्टैम्प ड्यूटी रु. 40,000 के विरुद्ध लगभग रु. 2.25 लाख होगी. भूमि का मूल्य इस मूल्य का कुछ ही अंश है, विकसित भूखण्ड में अवस्थापना मूल्य (विद्युत, सड़कें, जल सम्पूर्ति, बहिर्निकासी व्यवस्था, सम्मिलन स्थल और वृक्षारोपण आदि) शामिल हैं. किसी भूसम्पत्ति विशेष में सर्कल दर और विकसित भूखण्ड के मध्य कम-से-कम आठ से दस गुणा अन्तर होता है. यह उन भूसम्पत्तियों पर भी लागू होगा जो सिडकुल के साथ संयुक्त या सहयोगी रूप से स्थापित होगा. इन भूसम्पत्तियों में भूमि विकासकर्त्ता द्वारा खरीदी जाएगी और बाद में उद्योग को किराए पर दी जाएगी या बेची जाएगी. स्टैम्प ड्यूटी सर्कल दर पर ही लगेगी. यह भी सहमति हुई कि रियायतें

औद्योगिक भूसम्पत्ति के लिए स्टैम्प ड्यूटी

भूसम्पत्तियों की स्थापना के लिए केवल दो वर्ष के लिए दी जाएँगी. वस्तुतः एक बार उत्तरांचल देश में निवेश का लक्ष्य बन गया तो यह रियायतें खत्म हो जाएँ तो भी फर्क नहीं पड़ेगा. मैंने धीरे से पराग को टोहा और अपना मन्त्र 'ऊँचा उठाने के लिए कुछ भी' दोहराया. अब हम इसे अपनी विपणन/विज्ञापन नीति के लिए प्रयोग करेंगे.

पर्यावरण विभाग एवं शाह टाइम्स द्वारा स्कूल के बच्चों की प्रतियोगिता के पुरस्कार वितरण हेतु राजभवन के लॉन में आयोजित समारोह में, मैं चकरा गया. कई बच्चों ने कहा कि उद्योग से प्रदूषण होता है, इसलिए हमें औद्योगीकरण नहीं करना है और पर्यावरण संरक्षण के लिए कदम उठाने हैं. मैंने उनके साथ लम्बी बात की कि कैसे उद्योग-विकास और पर्यावरण संरक्षण साथ-साथ हो सकते हैं. हमें स्कूलों के बच्चों के लिए औद्योगिक भूसम्पत्ति-दर्शन-यात्रा भी आयोजित करनी चाहिए, क्योंकि प्रायः उद्योग धुआँ उगलने वाली फैक्टरी का पर्यायवाची हैं, जो हिन्दी फिल्म में दिखाए मुख्य दृश्य जैसी है. हमेशा की तरह, राज्यपाल ने बच्चों के लिए प्रेरणादायी भाषण दिया, प्रकाशकों से सहमति ली कि वे पुरस्कृत निबन्धों को पुस्तक रूप में छापेंगे. कम सुविधा प्राप्त बच्चों की शिक्षा के हितार्थ स्थापित हिम-ज्योति फाउंडेशन के लिए 2.5 लाख रुपये एकत्र किए. सामाजिक हित के लिए धन इकट्ठा करने की उनकी क्षमता अद्वितीय है. डा. आनन्द सुमन सिंह एवं शाह नवाज़ राणा ने समारोह का संचालन किया. शाह समूह औद्योगिक भूसम्पत्ति एवं ऊर्जा क्षेत्रों में भी दिशान्तरण कर रहा है.

उत्तरांचल वायुसेवा के सम्बन्ध में भी प्रगति हुई है. पंकज एवं तरुण ने दिल्ली से देहरादून की वायुसेवा की व्यावहारिकता के सम्बन्ध में जैक्सन एयरलाइंस के साथ विस्तृत विचार-विमर्श किया है और अब टिकट मूल्य लगभग रु. 2000 स्थिर है. इससे इसकी उपयोगिता काफी बढ़ जाएगी. मुख्य सचिव एवं अवस्थापना विकास आयुक्त दोनों शहर से बाहर हैं, उनके वापिस लौटने पर ही उनसे बातचीत करूँगा. मुख्य सचिव इस विचार से निश्चित रूप से उत्साहित होंगे. मुझे इस विषय पर उनके लिए संक्षिप्त लेख तैयार करना है.

उत्तरांचल फर्मास्यूटिकल मैनूफैक्चरर्स एसोसिएशन ने भी मूल्य एवं खरीद की प्राथमिकताओं के सम्बन्ध में मुझसे सम्पर्क किया. यद्यपि उद्योग विभाग ने समय-समय पर सर्कुलर्स जारी किए हैं. हमने अपनी नीति में भी मूल्य एवं खरीद प्राथमिकताओं को महत्त्व दिया है. हमें यह रिपोर्ट मिलती रही है कि इसे सही भावना से लागू नहीं किया गया. उनका विषय यही था. मैंने एसोसिएशन पर फर्मा उद्योग भूसम्पत्ति की स्थापना की ज़रूरत पर जोर डाला और उन्हें संयुक्त क्षेत्र में भूसम्पत्ति स्थापना से सम्बद्ध राजकीय आदेश दिया.

* * *

11 फरवरी, 2004

सिडकुल के लिए साक्षात्कार

हमने सिडकुल के साथ प्रतिनियुक्ति/अनुबन्ध पर अधिकारियों को लेने के लिए साक्षात्कार पूरे कर लिए हैं. पराग के अतिरिक्त, अजय सिंह नाबियाल, सचिव, संस्थागत वित्त, राधा रतूड़ी, उत्तरांचल विकास निगम के महाप्रबन्धक, विवेक निगम, आई.डी.बी.आई. के प्रतिनिधि, मनोज मित्तल और आई.आई.टी. रुड़की के प्रो. निगम थे. दो दिन में हमने सरकारी विभागों एवं सार्वजनिक क्षेत्र के अधिकारियों की सूची तय की, जिन्होंने समय-समय पर प्रतिनियुक्ति के लिए आवेदन किया था. फरवरी के अन्त तक, सिडकुल को अपनी विशिष्ट टीम के लिए काम तय करके व्यावसायिक संगठन होना है. उन्हें काम के स्वरूप- परिवर्तन के साथ पुनर्गठन के लिए परिवर्तनशील भी रहना है. पराग इंजीनियरिंग पृष्ठभूमि के कुछ अधिकारी भी चाहते हैं, जो घेरज़ी द्वारा तैयार अनुबन्धों/टेंडर के प्रपत्रों की जाँच, नियन्त्रण एवं मूल्यांकन कर सकें. हमें औद्योगिक भूसम्पत्तियों, निगम कार्यालयों, जसपुर-काशीपुर मिल के लिए भी अधिकारियों की जरूरत है, जो उत्तर प्रदेश राज्य वस्त्र निगम से कार्यभार ले सकें.

मैंने विवेक से निवेदन किया है कि मिल के लिए स्वैच्छिक अवकाश प्राप्ति और उनके पुनर्जीवन के लिए सरकारी एवं निजी साझेदारी के विकल्प पर अनुगमन कार्य को शीघ्र करें. कल तक, मैंने सोचा था कि सिर्फ टोरेन्ट का ही मामला है, जो हिमाचल चला गया है. क्या आप विश्वास करेंगे, अब हमें उनसे टटोलने वाले संकेत मिल रहे हैं कि उत्तरांचल पर पुनर्विचार हो सकता है. अब हम इस पर मिशन शुरू कर रहे हैं.

एल.जी. के तीनों उत्पादक केन्द्रों का लोकार्पण 14 फरवरी को और कोटद्वार ग्रोथ सेंटर का उद्घाटन 15 फरवरी को होगा. हिन्दुस्तान लीवर्स भी 15 फरवरी को हरिद्वार में हमसे भूमि पूजा करवाना चाहते हैं. यह हरिद्वार में इस प्रकार की पहली घटना होगी, जिससे हरिद्वार भूसम्पत्ति का औपचारिक उद्घाटन होगा. सेबी और कानपुर स्टॉक एक्सचेंज इस महीने के अन्त में निवेश-शिक्षा बैठक करना चाहते हैं. इससे कई नए आयाम खुलेंगे. (अब इतने उद्घाटन होंगे कि हमारे लिए सब जगह पहुँचना मुश्किल होगा).

12 फरवरी, 2004

मुझे 15 फरवरी को कोटद्वार में कार्यक्रम संचालन करने के कारण रुड़की में वर्ल्ड एसोसिएशन ऑफ स्मॉल एण्ड मिडियम एंटरप्राइज़ेज की बैठक में एस.एम.ई. पर विश्व व्यापार संगठन के प्रभाव पर होने वाले सम्मेलन में जाना रद्द करना पड़ा. अब हमारे पास कार्यक्रम आयोजित करने के लिए केवल तीन दिन हैं और कई बिखरे हुए पक्षों को सँभालना है. मुख्यमन्त्री और केन्द्रीय भूतल एवं परिवहन मन्त्री, पूर्व मेजर जनरल बी.सी. खंडूरी, ग्राम्य विकास मन्त्री, एस.एस. नेगी तथा राज्य मन्त्री किशोर उपाध्याय कार्यक्रम में सम्मिलित होंगे. यहाँ यह भी बता दूँ कि मेजर जनरल बी.सी. खंडूरी इस क्षेत्र के सांसद हैं और एस.एस. नेगी यहाँ से विधायक हैं. निर्वाचन का माहौल बन चुका है. हम कड़ी रस्सी पर चल रहे हैं, तो भी हमें विश्वास है कि 15 फरवरी को बहुत अच्छा प्रदर्शन होगा. हमारी योजना में सब कुछ शामिल है : मिनट से मिनट कार्यक्रम, निमन्त्रण-पत्र, विवरण-पुस्तिका, समाचार-पत्र विज्ञापन, आधार-शिला, पुजारी का बन्दोबस्त, पृष्ठभूमि पर्दा, पुष्प-सज्जा, मीडिया के लिए यात्रा-व्यवस्था और हेलीपैड की तैयारी. अजय नाबियाल इस टीम की अगुआई कर रहे हैं. अरोड़ा उनकी मदद कर रहे हैं. जिलाधिकारी हरीश जोशी के साथ सम्पर्क किया गया है. एन.के. सिंह, जिला उद्योग इकाई के प्रबन्धक का उल्लेख ज़रूरी है. वह घुटने की चोट से पूरी तरह ठीक नहीं हो पाए हैं और अभी उन्हें चलने में कठिनाई है, इसके बावजूद वह बैठकों में भागीदारी कर रहे हैं.

13 फरवरी, 2004

मेरठ भारतीय उद्योग परिषद् की इकाई तथा मुजफ्फरनगर की फेडरेशन ऑफ कॉमर्स एण्ड इंडस्ट्री ने हमें लिखा है कि उनके सदस्यों के लिए उत्तरांचल की उद्योग-नीति की प्रस्तुति की जाए. मेरठ परिषद् ने किशोर उपाध्याय को लिखा है और मुजफ्फरनगर चैप्टर ने खत मुझे सम्बोधित किया है. मन्त्री के साथ विचार-विनिमय के बाद हमने अपने संवाद की तिथि 21 फरवरी निश्चित की. दोनों ही

स्थानों पर हमसे सीधी फोन-वार्ता से वह खुश हुए. उन्होंने खतों का जवाब इतनी जल्दी और सही वक्त में कभी नहीं देखा. इसी बीच, सहारनपुर भारतीय उद्योग परिषद् ने अपने सदस्यों से प्रारम्भिक माँग-मूल्यांकन कर लिया है. संजीव अरोड़ा एवं प्रवीण सडाना लगातार हमारे सम्पर्क में हैं. वह हमसे चाहते हैं कि हम उनके लिए भूसम्पत्ति विकसित करें. हम चाहते हैं कि वे यह काम स्वयं करें.

हमने रैम्के ग्रुप के साथ भी यही चर्चा की है, जिन्होंने आन्ध्र प्रदेश में फर्मा सिटी की स्थापना की है और यहाँ मसूरी देहरादून विकास प्राधिकरण के साथ संयुक्त क्षेत्र में अन्तर-राज्य बस-अड्डा बना रहे हैं. यह मॉडल आंध्र प्रदेश सरकार से लिया गया है, जिसमें उद्यमी ने आंध्र प्रदेश सरकार के साथ भूसम्पत्ति के विकास हेतु द्विपक्षीय अनुबन्ध हस्ताक्षरित किया है. हमने उनके साथ सरकारी भूमि और ऊर्जा प्रोजेक्ट को सरकारी सहभागिता के रूप में स्वीकार करने की बात पर विचार किया है. समस्त विकास-व्यय अब विकासकर्त्ता की जिम्मेदारी पर होगा. दूसरे शब्दों में, हम विकास प्रबन्धकों को चुनने की अपेक्षा नयी औद्योगिक भूसम्पत्ति के लिए विकासकर्त्ताओं को चुन रहे हैं.

16 फरवरी, 2004

मैं मुख्यमन्त्री के साथ उनकी कार में सेलाकुई औद्योगिक भूसम्पत्ति की ओर जा रहा था. उसी समय उन्हें उत्तरांचल में स्मार्ट काड्र्स बनाने की इकाई की स्थापना के सम्बन्ध में फोन आया. ये उद्योगपति उनसे 23 फरवरी को प्रातः मिलेंगे और वे पचास करोड़ निवेश लाने का प्रस्ताव कर रहे हैं. मुख्यमन्त्री ने उनसे बात करने के लिए मुझे कहा. मैंने उन्हें सूचित किया कि प्रथम भेंट से पहले वह औद्योगिक नीति, औद्योगिक सम्पत्ति का स्थानान्तरित स्थान तथा आवेदन-पत्र की सभी सूचना वेबसाइट से प्राप्त कर लें. मुख्यमन्त्री चाहते हैं कि मैं वृहत निवेशकों की सूची तैयार करूँ और यह सुनिश्चित करूँ कि समय-समय पर अनुगमन कार्य किया जा रहा है. वह जसपुर-काशीपुर मिल के बारे में भी जानना चाहते हैं कि अवकाश प्राप्ति के सम्बन्ध में इतनी देरी क्यों हो रही है. इसी बीच, मैंने एअर-कंडीशनिंग उद्योग के बारे में उन्हें संक्षेप में बताया. इस वर्ष के अन्त तक, देश में हर दूसरा एयर-कंडीशनर कैसे उत्तरांचल में निर्मित होगा. मैंने एल.जी. को रेफ्रीजरेटर, माइक्रोवेव ओवन और रंगीन टेलीविज़न की उत्पादन इकाइयों को स्थापित करने के लिए अभिप्रेरित करने वाली सकारात्मक सक्रियता के बारे में भी

बताया.

मुख्यमन्त्री ने एल.जी. की तीनों उत्पादन इकाइयों को उत्तरांचल की समृद्धि के नाम समर्पित किया. यह हैं : डिक्सन, ई-ड्यूरेबल्स और अम्बर. तीनों इकाइयों में एल.जी. की गुणवत्ता के नारे और कार्य-शैली के सूत्र मुख्य स्थानों पर अंकित हैं. उत्पादन इकाइयों को पूर्ण रूप से काम करते हुए देखना आनन्ददायी है. जब मुख्यमन्त्री उत्पादन इकाई में शॉप-फ्लोर पर चल रहे थे, तो कोई भी अनुभव कर सकता है कि वह प्रगति से कितने सन्तुष्ट हैं. उन्होंने फीनिक्स लैम्प के महाप्रबन्धक, वी.के. गांधी का भी निमन्त्रण स्वीकार किया. यह फैक्टरी औद्योगिक भूसम्पत्ति में, सबसे ज्यादा आधुनिक, विस्तारित एवं विशिष्ट निपुणता युक्त है. हमने औद्योगिक भूसम्पत्ति का एक चक्कर लिया. मैंनें मुख्यमन्त्री को एवररैडी, वीडियोकॉन, ई-एम्लायंसस (सैमसंग), मैरीको एण्ड लैक्ज़स और अन्य निर्माणाधीन इकाइयों में काम होते हुए दिखाया. अब सेलाकुई में काम की चहल-पहल है. मैं चाहता था कि मुख्यमन्त्री गौर करें कि 16 अगस्त, 2003 को उसी भूसम्पत्ति में सेंटर फॉर एरौमैटिक प्लांट्स का उदघाटन करने के बाद आज कितना परिवर्तन आ गया है. वास्तव में, उस समय, फीनिक्स फैक्टरी में निर्माण के अतिरिक्त अन्य कोई बड़ी कार्यवाही नहीं हुई थी. कुछ महीनों के बाद, हमारी कुछ भिन्न प्रकार की समस्याएँ होंगी. भूसम्पत्ति की सड़कें चौड़ी एवं मजबूत करनी होंगी, ताकि माल लदे ट्रक आ-जा सकें. शायद जो भूखण्ड अभी बिके नहीं हैं, उन्हें पार्किंग स्थल बनाने के लिए रखना होगा.

आधिक्य की समस्याएँ

मैं यह बात खास बताना चाहूँगा कि परिसर का चक्कर काटने के बाद मुख्यमन्त्री इतने अधिक खुश हुए कि अपने भाषण में उन्होंने गीत गुनगुनाया, 'मैंने तेरे लिए ही सात रंग के सपने चुने.... सपने, रंगीले सपने'

14 फरवरी की शाम, लगभग 9.45 बजे मुख्य सचिव ने यह बताने के लिए फोन किया कि टिहरी में आत्मदाह का प्रयास हुआ है. यह उत्तराखण्ड आन्दोलन के एक कार्यकर्त्ता को तीन वर्ष के कारावास के दण्ड के विरोध में किया गया. उसे कई जगह जलने से घाव हुए. उसे जॉली ग्रान्ट हॉस्पिटल में भेजा गया. डॉक्टरों ने सलाह दी कि उसे तुरन्त नई दिल्ली के सफदरजंग अस्पताल में भेजा जाए. इस घटना के सन्दर्भ में, बहुत जनविरोध, विशेष रूप से गढ़वाल जिलों में हो रहा था. मुख्यमन्त्री एवं केन्द्रीय मन्त्री के साथ आधारशिला समारोह करने का गलत अर्थ लिया जाता. मुख्य सचिव ने कार्यक्रम स्थगित करने की सलाह दी. उन्होंने पहले ही लखनऊ में मुख्यमन्त्री से बात कर ली थी, मेजर जनरल खण्डूरी एवं एस.एस. नेगी एवं किशोर उपाध्याय को सूचित करना है. उदघाटन से

सम्बन्धित विज्ञापन मोटे तौर पर दिए गए थे और पहले ही जा चुके थे. इस समय रात्रि साढ़े दस बजे यही किया जा सकता था कि तीनों शीर्ष हिन्दी समाचार-पत्रों दैनिक जागरण, शाह टाइम्स, अमर उजाला में बॉक्स में उद्घाटन-समारोह-स्थगन की सूचना प्रकाशित हो. मुख्यमन्त्री को रात्रि ग्यारह बजे घटना-क्रम की सूचना दी गई और मेजर जनरल खण्डूरी को सूचित करने के लिए एक पुलिस इंसपैक्टर को भेजा गया. मेजर जनरल पौड़ी में रुके हैं और कोटद्वार पहुँचने से पहले उद्घाटन-समारोह के स्थगन की सूचना उन तक पहुँचनी चाहिए.

17 फरवरी, 2004

16 एवं 17 फरवरी को लेखानुदान के लिए दो दिन का विधान-सभा सत्र प्रस्तावित है. इस समय सारा ध्यान सत्र की कार्यवाही पर केन्द्रित हो जाता है. प्रश्नों का पूछना, संक्षिप्त सूचनाएँ और नियम 56 के अन्तर्गत कोई भी विधायक लोक हित के लिए महत्त्वपूर्ण विषय पर तुरन्त विचार-विमर्श की माँग कर सकता है. दिन में हमारी एटलस साइकिल के संजय एवं सलिल कपूर से भेंट हुई, जो भारत में साइकिल निर्माण के क्षेत्र में एक अग्रणी और आर.एम.आई. (अन्य साइकिल निर्माता) की रुग्ण इकाई को लेने का प्रस्ताव कर रहे हैं. दिन की शुरुआत में पन्तनगर से कुछ व्याकुल फोन थे. विश्वविद्यालय के अनुबन्धित कर्मचारियों ने उस स्थल पर धरना दिया, जहाँ ब्रिटानिया के लोग जल-स्तर की छानबीन कर रहे हैं. अधिकांश आन्दोलनकर्त्ता एवं राजनैतिक कार्यकर्त्ता जानते हैं कि इस समय प्रशासन कठोर निर्णय नहीं लेगा. जब विधान सभा सत्र में होता है, तो इसका पूर्णतया फायदा लिया जाता है. विश्वविद्यालय एवं उसके अनुबन्धित कर्मचारियों के बीच झगड़ा इसका आदर्श उदाहरण है, जिसके परिणाम का सामना उद्योग विभाग कर रहा है. हमारे सौभाग्य से, कुलपति डा. पी.एल. गौतम एक सकारात्मक व्यक्ति हैं और हमारा विश्वविद्यालय के साथ तालमेल अच्छा है. पूर्वव्यापी दृष्टिकोण से, मैं महसूस करता हूँ कि यदि इस विभाग से पूर्व मैं उद्यानिकी में सचिव न रहा होता और यदि मेरा विश्वविद्यालय के साथ सम्बन्ध केवल आधिकारिक होता, तो गतिरोध दूर होना कठिन था. स्थिति पर हमारी कड़ी नज़र है. हमें एक या दो दिन में पुलिस एवं प्रशासन से वांछित सहयोग मिलने

एटलस साइकिल

की संभावना है.

अब कोटद्वार के ग्रोथ सेंटर के उद्घाटन में देरी हो गई है. यह कठिन प्रतीत होता है कि हम निर्वाचन होने तक भूमि अधिग्रहण/या क्रय-वार्ता कर सकेंगे. हमें कोटद्वार में स्टील/अधिष्ठापन भट्टी क्षेत्र में रुग्ण इकाइयों को पुनर्जीवित करने के लिए विद्युत की उपलब्धता पर अपनी स्थिति का पुनर्मूल्यांकन करना है. उत्तर प्रदेश वित्त निगम जिसके द्वारा अधिकांश इकाइयों को धन दिया गया था, अब भूमि और इमारतों को बेच रहा है और तकनीकी रूप से पुराना विद्युत-बिल चुकाने का दायित्व नये मालिकों का नहीं है. प्रकाश में आए इस विशेष मामले में, मातेश्वरी स्टील के निदेशक आज मुझसे मिलने आए. उन्होंने भूमि एवं भवन पिचानवे लाख रुपये में खरीदा है और इसका उत्तरांचल विद्युत निगम को देय बिजली का बिल छः करोड़ रुपये का है. यह सत्य है कि तकनीकी रूप से यह नई इकाई है, उन्हें नया कनेक्शन देने का अर्थ होगा कि पुराने बिल को एकदम समाप्त कर देना. साथ ही, पूर्वोदाहरण के रूप में, यह अन्य इकाइयों पर भी लागू होगा. ये कुछ जटिल प्रश्न हैं, जिनके सरल उत्तर हमारे पास नहीं हैं. उत्तरांचल विद्युत निगम का यह दावा कि ग्रोथ सेंटर की जरूरत को पूरा करने के बाद अतिरिक्त विद्युत देने में अक्षम है, सही नहीं है, क्योंकि हम ग्रोथ सेंटर के लिए निश्चित तिथि देने की स्थिति में ही नहीं हैं.

हमने जसपुर-काशीपुर मिलों के पुनर्जीवन के लिए विज्ञापन प्रसारित किए हैं; ताकि निजी क्षेत्र से पूँजी-निवेश हो. इसमें दोनों विकल्प खुले हैं; स्वैच्छिक अवकाश-प्राप्ति सहित या उसके बिना. इस प्रस्ताव को मुख्यमन्त्री के पास अनुमोदन के लिए भेजा है. हमसे इन मिलों के बारे में पूछताछ शुरू हो गई है, गुलाबी अखबारों ने हमारी तारीफ की और विश्व व्यापार संगठन की सन्धि के तहत वस्त्र-उद्योग के विश्व-बाजार खुलने की संभावना हो चुकी है.

19 फरवरी, 2004

पन्तनगर विश्वविद्यालय के डॉ. पी.एल. गौतम ने मुझे सुबह फोन किया और सूचित किया कि कर्मचारी एवं श्रमिक एक विधायक के साथ मुख्यमन्त्री एवं मुख्य सचिव को मिलने के लिए बस में भरकर देहरादून के लिए रवाना हुए हैं. इसके साथ ही वह काम में व्यवधान की खबर वाला अखबार भी फैक्स कर रहे हैं. उन्होंने सूचना देकर बहुत समझदारी की. मैंने अपने कार्यालय जाने के स्थान पर सीधे मुख्यमन्त्री

निवास की ओर जाने का फैसला किया. कल मैंने मुख्यमन्त्री के विशेष अधिकारी आर्येन्द्र को संक्षेप में बताया था कि देरी के क्या परिणाम होंगे और उन्होंने मुख्यमन्त्री को इस बारे में बता दिया था. मुख्यमन्त्री को विश्वास में लेना कठिन नहीं था, क्योंकि वह स्वयं भी विकास कार्य में व्यवधान या हस्तक्षेप को नहीं सहते हैं. वास्तव में, उन्होंने प्रतिनिधियों को साफ-साफ कह दिया कि उनका विश्वविद्यालय के साथ विवाद और भूसम्पत्ति का विकास परस्पर सम्बद्ध नहीं हैं. बाद में, मैंने कार में उन्हें संक्षेप में कहा कि हरिद्वार एवं पन्तनगर दोनों स्थान पर प्रशासन एवं पुलिस दोनों के द्वारा निवेशकों को यह स्पष्ट संकेत देना होगा कि हम काम चाहते हैं, अन्यथा इसके विपरीत संकेत उद्योग तक पहुँच जाएँगे.

पुनश्च : पन्तनगर

सकारात्मक दृष्टि में, लिबर्टी शूज़ ने उत्तरांचल में उत्पादन इकाई शुरू करने का फैसला किया है. इसका जूता, वेशभूषा और अतिरिक्त वस्तुओं के निर्माताओं पर आवृत्ति में प्रभाव होगा.

लगभग 100 एकड़ जमीन में 200 करोड़ से अधिक निवेश के इच्छुक इंडो फार्म ट्रैक्टर्स और मोटर्स लि. भी यहाँ रुचि ले रहे हैं. उन्हें स्पष्टतः भूसम्पत्ति पर जमीन कुछ महँगी लग रही है. हम वृहत् प्रोजेक्ट हेतु भी रियायत नहीं दे सकते हैं. अब मैं ऐसे वृहत प्रोजेक्ट के लिए भुगतान का स्थगन करने की सोच रहा हूँ, जहाँ लगभग सौ एकड़ जमीन का सवाल हो. मैंने उनको स्वयं अपनी औद्योगिक भूसम्पत्ति स्थापित करने का भी विकल्प दिया. अन्य विचारणीय विकल्प है कि हम इस प्रोजेक्ट में जे.वी. के साझीदार के रूप में इस भूसम्पत्ति में ऋण पत्रों के समानान्तर भूमि का उपयोग करते हुए भागीदारी करें, बशर्ते कि वे भूमि के मूल्य का कम-से-कम 25% प्रथम किस्त के रूप में और अगले दो साल में 25% के भुगतान का आश्वासन दें. बाकी धनराशि दस वर्ष में चुकाई जा सकेगी. इस समय सिडकुल को निर्धारित किस्तें मिलेंगी. इससे भूसम्पत्ति का विकास करने वालों के लिए सुरक्षा की स्थिति के साथ-साथ निवेशक के लिए धन-प्रचुरता की सुसाध्यता होगी. इस बारे में सिडकुल के बोर्ड में पूर्णरूपेण विचार-विनिमय करने की ज़रूरत है.

उत्तरांचल वायुसेवा के सम्बन्ध में भी काफी प्रगति हुई है. जैक्सन, ग्लोबल एअर पैसेज़'स, इण्डियन ऑयल, उत्तरांचल विकास निगम, सिडकुल और नागरिक उड्डयन विभाग के साथ इस प्रस्ताव पर विचार-विमर्श करने के लिए 20 फरवरी को बैठक प्रस्तावित है. पंकज एवं उनकी टीम ने काफी तैयारी की है. अब ऐसा प्रतीत होता है कि वायुसेवा, वास्तव में, शुरू हो जाएगी, हाल ही में, यात्री-कर, ए.टी.पी. तथा छोटे वायुयानों के लिए स्थानीय कर में छूट से नई दिल्ली से

देहरादून के लिए अठारह सीट वाली बिना तड़क-भड़क वाली उड़ान की व्यावहारिकता बढ़ गई है.

21 फरवरी, 2004

प्रस्तावित बैठक नहीं हो सकी, क्योंकि जैक्सन ने पत्र द्वारा 20 फरवरी को देहरादून पहुँचने की असमर्थता जाहिर की. तरुण और पंकज समान रूप से निराश हैं और अन्य विकल्प ढूँढने की कोशिश कर रहे हैं : इस बीच, मैंने डैकन एयरवेज़ को एक और ई-मेल भेजा है और उत्तरांचल विकास निगम को इस सम्बन्ध में अनुगामी काम करने के लिए कहा है. यहाँ हवाई-अड्डे के आधुनिकीकरण का कार्य भी जोर-शोर से चल रहा है.

सकारात्मक दृष्टि से, ब्रिटानिया, पार्ले और डाबर को भी पन्तनगर में भूमि का कब्जा दे दिया गया है. हरिद्वार में हिन्दुस्तान लीवर भूसम्पत्ति विशालतम है, उनको लगभग पचहत्तर एकड़ भूमि का हस्तान्तरण सम्पन्न हो गया है. अब भूसम्पत्ति में भूमि के आबंटन का मामला निबट गया है, इससे एक महत्त्वपूर्ण मील का पत्थर स्थापित हुआ है. एक प्रकार से, हमारे लिए निर्वाचन का मौसम अनुकूल है. हम अगले तीन महीने के लिए इन भूसम्पत्तियों पर अवस्थापना विकास का कार्य युद्ध-स्तर पर कर सकते हैं.

वैंकटेश्वर हैचरी'ज़ समूह के कर्नल गिरिजा शंकर मोगली अपनी तृतीय यात्रा पर यहाँ हैं. उन्होंने उत्तरांचल के लिए पूँजीनिवेश को बढ़ावा देने के लिए बहुत उत्साहपूर्वक प्रेरक का काम किया है. वह एग्रीकॉन के प्रायोजकों में से भी एक हैं. मैं इस समूह के विषय में सात जनवरी को विस्तार से नहीं लिख सका, जब उनसे हमारी वार्ता हुई. उन्होंने मुख्यमन्त्री, मुख्य सचिव एवं उद्योग राज्य मन्त्री से भी मुलाकात की. वैंकटेश्वर हैचरी'ज़ भारत में मुख्य मुर्गी-पालन ब्रांड है. डॉ. टोलिया के शब्दों में, वे मुर्गी-पालन क्षेत्र में उत्पादन-पूर्व से उत्पादन के पश्चात् की सभी अवस्थाओं में कार्य-कुशल हैं. यह समूह मिनरल वाटर उत्पादन, विद्युत-वितरण नेटवर्क, वैक्सीन प्लांट और मुर्गी-पालन की मूल इकाई के बारे में सोच रहा है. वस्तुतः, सिडकुल के द्वारा समान सहभागिता में भूमि/ऋण पत्र के प्रयोग का विचार जनवरी में इस समूह के साथ बैठक में पहली बार आया, जब उन्होंने मुझे सूचित किया कि उत्तर

कर्नल जी.एस. मोगली और वैंकटेश्वर हैचरी'ज़ ग्रुप

प्रदेश सरकार इनके प्रोजेक्ट शुरू करने हेतु समान सहभागिता एवं भूमि का प्रस्ताव दे रही है. इस समूह का प्रबन्धन व्यावसायिक है और वह नये क्षेत्रों में विभिन्नता लाने पर विचार कर रहा है. उनके लिए उत्तर भारत में काम करने के लिए उत्तरांचल सर्वोत्तम स्थान होगा. मैंने पुणे में इस समूह के निगम-मुख्यालय को देखने के लिए निमन्त्रण स्वीकार किया है.

कैलाश जोशी ने अमरीका पहुँचने के बाद गढ़वाल पोस्ट में 'उत्तरांचल का भविष्य' शीर्षक से रोचक लेख लिखा है. उन्होंने विशिष्ट एवं ठोस कार्य-योजना की रूपरेखा प्रस्तुत की है. यह कार्यात्मक अंग्रेजी तथा सूचना प्रौद्योगिकी पर विशेष बल तथा विशेष व्यावसायिक अवसरों की पहचान और लालफीताशाही तथा संकीर्ण भ्रष्टाचार से मुक्त उद्यमी से मित्रता करने वाले राज्य शासन से सम्बद्ध है.

23 फरवरी, 2004

इक्नॉमिक टाइम्स एवं अन्य वाणिज्य-समाचार-पत्रों में तीन नये राज्यों में से उत्तरांचल औद्योगिक क्षेत्र में नए निवेश का लक्ष्य बताने वाली सुर्खियों से दिन की शुरुआत अच्छी हुई.

मेरठ एवं मुजफ्फरनगर में निवेशकों के सम्मेलन बहुत सफल रहे. दोनों में से चुनने को कहा जाए तो मेरठ का संगठन व्यावसायिक एवं वाणिज्यपरक है. राष्ट्रीय-राजधानी-प्रदेश होने के कारण मेरठ के उद्योगपतियों में महानगर के लोगों जैसा सोच है, जबकि मुजफ्फरनगर के उद्योग अभी भी महसूस करते हैं कि उन्हें सरकार के पट्टे के साथ बँधे रहना है.

मेरठ एवं मुजफ्फरनगर में निवेशक सम्मेलन

दोनों ही स्थानों पर, सहारनपुर की तरह लोग उच्च विद्युत-मूल्य एवं नियन्त्रण-मूलक प्रशासन के कारण उत्तर प्रदेश से बाहर स्थानान्तरित होना चाहते हैं. अधिकारियों के हाथ विवेकाधीन शक्ति के आधिक्य से हमेशा निरंकुशता या राजनैतिक संरक्षण का आरोप आता है.

मेरठ की बैठक भारतीय उद्योग परिषद् की मेरठ इकाई द्वारा आयोजित की गई थी. उनके पास औद्योगिक भूसम्पत्ति में ही प्रभावशाली कार्यालय है. यह बैठक पूर्ण रूप से व्यावसायिक तरीके से चली. इस सम्मेलन का संचालन अरुण हाज़ेला, अशोक गोयल एवं रवि एलन द्वारा किया गया. संयुक्त क्षेत्र में

औद्योगिक भूसम्पत्ति स्थापित करने में काफी रुचि दिखाई दी. विशेष रूप से परिषद् के सदस्य आपस में औद्योगिक भूखण्डों की तैयार-माँग प्रस्तुत कर रहे थे. वे सहकारिता के आधार पर सामूहिक रूप से भूसम्पत्ति का विकास करने के इच्छुक नहीं थे. यहाँ मैं सामान्य रूप से दृष्टिगोचर तथ्य कहना चाहूँगा कि सहकारिता के विचार के प्रति उदार दृष्टिकोण वाले कृषि-व्यापार में संलग्न लोगों के विपरीत पश्चिमी उत्तर प्रदेश के लोग स्वयं अकेले ही निवेश का जोखिम लेना चाहते हैं. परस्पर (या सरकार के प्रति) विश्वास एवं आस्था का भाव कम है. दोनों ही चैम्बर्स में, मेरे भाषण का मुख्य स्वर था : उत्तरांचल में उद्योग विभाग पारदर्शिता एवं द्विपक्षीय विश्वास में यकीन करता है. यह तथ्य कि भूखण्डों की माँग के अनुपात में संपूर्ति का अधिक होना, विशेष रूप से जबकि उद्योग की भारी दौड़ मची हो, उनके लिए एक नया आयाम था. उन्हें अभी भी इस स्थिति की आदत है, जब उद्योग को औद्योगिक भूसम्पत्ति में भूमि-आबंटन के लिए एक दरवाजे से दूसरे दरवाजे तक दौड़ना पड़ता है और आबंटन के लिए 'अधिमूल्य' भी है.

किशोर उपाध्याय ने बहुत अच्छा भाषण दिया. वह इस बात के लिए सावधान रहे कि उत्तर प्रदेश सरकार की नीतियों के विरुद्ध न बोलें और फिर भी उत्तरांचल को निवेश का लक्ष्य सिद्ध करें. छोटे राज्य (उत्तरांचल) में औद्योगिक विकास के लिए बड़े भाई (उत्तर प्रदेश) से मदद एवं परामर्श चाहते हुए उन्होंने बताया कि कैसे उत्तरांचल में उद्योग की भीड़ आ रही है. उत्तर प्रदेश में जगदीशपुर जैसी औद्योगिक भूसम्पत्ति की निराशाजनक स्थिति की बात बताई, जहाँ सरकार के सभी प्रयासों के बावजूद काम शुरू नहीं हो सका. उन्होंने प्रेस-सम्मेलन को भी सम्बोधित किया, इलेक्ट्रॉनिक मीडिया को साक्षात्कार दिया और मेरठ सम्मेलन के विषय में वाकई सकारात्मक खबरें छपीं.

मुजफ्फरनगर वाणिज्य एवं उद्योग संघ ने भी उनके सदस्यों के साथ उद्योग विकास पर विचारों के आदान-प्रदान हेतु हमें आमन्त्रित किया. मुजफ्फरनगर में बहुत से भट्टे एवं कई स्टील लघु उद्योग हैं. उनमें से कई उत्तरांचल आना चाहेंगे, हमारा प्रस्ताव है कि वह इस क्षेत्र के लिए चिह्नित स्थानों पर ही आएँ और कोटद्वार एवं पौड़ी में ग्रोथ-सेंटर्स को चुनें. इस क्षेत्र के कई लोगों ने लाभार्जन के लिए उत्तरांचल में इस उम्मीद से भूमि-क्रय किया कि देर-सवेर यह क्षेत्र औद्योगिक भूसम्पत्ति के रूप में घोषित होंगे और उन्हें उत्पादन-कर एवं आयकर से रियायत मिलेगी. इस संघ के नेता, नीलकमल पुरी तथा नेकीराम गर्ग पर सदस्यों का दबाव था कि वह इस प्रकार के वैयक्तिक मामले उठाएँ. हम इस बात पर दृढ़ रहे कि ये मंच व्यक्तिगत झगड़ों के निपटारे के लिए नहीं है, अपितु नीति सम्बन्धी साधारण

विचार-विमर्श के लिए है. किशोर उपाध्याय मुजफ्फरनगर में मीडिया के कई लोगों को जानते हैं. इसलिए तात्कालिक प्रेस कान्फ्रैंस और इलेक्ट्रॉनिक मीडिया के लिए 'बाइट्स' देना काफी प्रभावी रहा.

कल (22 फरवरी को) लगभग ग्यारह बजे, महामहिम ने फोन किया कि वह फरीदाबाद के उद्यागेपति से मिल रहे हैं, जो पैकेजिंग सामान की इकाई स्थापित कर रहे हैं, जो उत्पादन-कर के सम्बन्ध में कुछ स्पष्टीकरण चाहते हैं. उद्योग नीति एवं भारतीय उद्योग परिसंघ निवेश-विवरण पुस्तिका हमेशा कार में रहती है, मैं सीधे राजभवन चला गया और वहाँ राजभवन के लॉन में सोमानी एवं उनके सलाहकार नागपाल के साथ सार्थक वार्ता हुई. राज्य के औद्योगिक विकास में, इतने अधिक सक्रिय राज्यपाल दुर्लभ हैं. महामहिम सुदर्शन अग्रवाल के रूप में, हमारे पास ऐसे विशिष्ट व्यक्ति हैं, जिनमें राज्य-हित में काम करने के उत्साह एवं इच्छा के साथ समस्या समाधान के लिए व्यावहारिक एवं यथार्थवादी सोच का अद्भुत सम्मिश्रण है. पैकेजिंग के मुख्य क्रेता : ब्रिटानिया, हिन्दुस्तान लीवर्स और डी.एस. समूह पहले से ही उत्तरांचल में हैं, इसलिए सोमानी के लिए यहाँ इकाई स्थापित करने में समझदारी है. वस्तुतः इन वृहत् उद्योगों के चारों ओर निवेश के कई नए अवसर पैदा होंगे.

24 फरवरी, 2004

प्रशिक्षण का दाय

सिडकुल में हमारी साप्ताहिक रणनीति बैठक नहीं हुई, क्योंकि निदेशालय ने देहरादून-स्थित इंस्टीट्यूट ऑफ मीडिया, मैनेजमेंट एण्ड टैक्नॉलॉजी के संयुक्त तत्त्वावधान में 'इफैक्टिव कम्यूनिकेशन फॉर इम्प्रूव्ड मैनेजमेंट प्रैक्टिस' पर प्रबन्धन विकास के लिए त्रि-दिवसीय कार्यक्रम आयोजित किया है. पाठकों को याद होगा कि हमने 11 सितम्बर को अधिकारियों के लिए अभिप्रेरण-कार्यशाला का आयोजन किया था. ए.टी.आई. नैनीताल में राष्ट्रीय लघु उद्योग एवं उद्यम प्रशिक्षण संस्थान हैदराबाद से तकनीकी सहयोग के साथ 'रिस्ट्रक्चरिंग द डी.आई.सी. (जिला उद्योग इकाइयों का पुनर्गठन) पर प्रथम सप्ताह में सात-दिवसीय प्रशिक्षण आयोजित किया था. इस उपक्रम का उद्देश्य था : अधिकारियों के लिए प्रबन्धन में विचार तथा क्रियान्वयन सम्बन्धी ज्ञान को बढ़ाना/सुधारना. इस उद्देश्य के

लिए अधिकारियों को, जहाँ भी और जब भी संभव हुआ, प्रशिक्षण के लिए भेजा गया.

उत्तरांचल फर्मास्यूटिकल मेनूफैक्चर्रस एसोसिएशन ने अपनी बैठक में एक रोचक बिन्दु उठाया है. उनके अध्यक्ष अशोक विंडलास ने स्वास्थ्य विभाग की इस शर्त पर प्रश्न-चिन्ह लगाया है, जिसके अनुसार केवल वही फर्मा इकाइयाँ स्वास्थ्य विभाग में टेंडर्स में भागीदारी कर सकेंगी, जिनके पास उत्पादन/निर्माण में तीन वर्ष का अनुभव है. इसका प्रभावशाली अर्थ है कि उद्योग विभाग की मूल्य एवं क्रय-चयन की नीति को इंकार करना तथा इस क्षेत्र में नये निवेश को हतोत्साहित करना. स्वास्थ्य विभाग स्तरीय आधार तय कर सकता है, फर्मा उत्पादन की गुणवत्ता जाँच के लिए प्रयोगशाला स्थापित कर सकता है, किन्तु सरकारी क्रय में नई इकाइयों को प्रतियोगितापूर्ण हिस्सेदारी से वंचित करना कठोर निर्णय है. हमने इस पर पुनर्विचार करने का फैसला किया. होटल और मनोरंजन उद्योग के मंत्रालयों ने भारत सरकार से निर्देश माँगे हैं, ताकि पूँजी निवेश तथा प्लांट एवं मशीनरी पर रियायत के लिए प्रस्तुत उनके आवेदन-पत्रों पर कार्यवाही हो सके. स्पष्टतः होटल/मनोरंजन पार्क में, साज-सज्जा, एयर-कन्डीशनिंग प्लांट व काँच के बर्तन, कटलरी तथा फिटनेस या मनोरंजन की मशीनें मूल उपकरण हैं, जबकि किसी उद्योग स्थापना में इसे कार्यालय का साज-सज्जा का सामान माना जाएगा और पूँजीगत निवेश में नहीं गिना जाएगा. उत्तरांचल के लिए यह महत्त्वपूर्ण है क्योंकि यहाँ पर्यटन मूल रूप से जी.डी.पी. बढ़ाने वाला तत्त्व है. होटल/मनोरंजन पार्क को यहाँ उद्योग में वर्गीकृत किया गया है. इस उद्योग को बढ़ावा देने वाले क्षेत्र में शामिल करने की सार्थकता तभी होगी, जब रियायतों की व्यवस्था को यथास्थान स्थापित किया जाए. अन्य शब्दों में, वृहत् नीति के रूप में यह महत्त्वपूर्ण है. शायद सुविचारित मुद्रित सामग्री अधिक महत्त्वपूर्ण है, क्योंकि शाब्दिक विस्तृत व्याख्या में अर्थ का अनर्थ हो सकता है.

निर्देशों का पुनरीक्षण : फर्मा एवं होटल उद्योग

28 जनवरी को बाधित सूचना प्रौद्योगिकी पार्क में काम को पुनः शुरू किया गया है. देहरादून में सूचना क्षेत्र पार्क की स्थापना के लिए समानान्तर दबाव बढ़ रहा है. कल सीमा-निर्धारण किया गया. यद्यपि हम निर्वाचन आयोग की आचार-संहिता लागू होने से पहले इसका उद्‌घाटन नहीं कर सकेंगे. यह तय किया गया कि काम आगे बढ़ाया जाए.

25 फरवरी, 2004

साजिद अंसारी यहाँ हैं और हमने समूह के विकास की बातचीत की है. कुछ पथ-निरोधक हैं और यात्रा उतनी सुगम नहीं है, जैसी होनी चाहिए. इसकी उम्मीद ही थी, क्योंकि समस्याओं, दबावों और कठिनाइयों का सामना किए बिना कुछ भी हासिल नहीं किया जा सकता है. यह विषय साधारण है, जैसे यू.ए.आई.सी. द्वारा तब तक प्रतिवेदन न हो, जब तक उत्तर प्रदेश औद्योगिक संगठन से अनुमोदन न मिल जाए; इससे कहीं गम्भीर है कि किस प्रकार की संस्था इसे आगे बढ़ाएगी. यह संस्था लाभार्जन में सहयोग देगी, किन्तु इसका अपना लक्ष्य धर्नाजन नहीं होगा. उन्होंने राज्यमन्त्री किशोर उपाध्याय से मुलाकात की, जिन्होंने सरकार की ओर से सहयोग देने का आश्वासन दिया. वस्तुतः, रुड़की की बैठकों के पहले दो मौकों पर वह कार्यक्रम में सम्मिलित नहीं हो सके थे. रुड़की समुदाय में सर्वेक्षण के सभी प्रकार के उपकरणों के उत्पादन जाँच, गुणवत्ता प्रमाण-पत्र एवं मूल्यांकन की सुविधा होगी और उससे प्रतिस्पर्धा-क्षेत्र में हम चीन से प्रतियोगिता कर सकेंगे.

रुड़की समूह का पुनरावलोकन

वन एवं ग्राम्य विकास आयुक्त, विभापुरी दास ने पार्ले एग्रो के कृपाल सिंह से मुलाकात की. पार्ले एग्रो लोकप्रिय पेय जैसे फ्रूटी, एप्पी आदि के निर्माता हैं. इस समूह ने उनके साथ पहले उस समय काम किया, जब वह खाद्य-संरक्षण उद्योग मन्त्रालय में रहीं. मुम्बई में उनके अपने सलाहकारों एवं सहयोगियों ने उन्हें उत्तरांचल राज्य की अच्छी छवि दी. मैं खास तौर से बताना चाहूँगा कि सैन्टर फॉर इण्डियन ट्रेड इन एग्रीकल्चर के विजय सरदाना ने सकारात्मक फीडबैक दिया. लाल बहादुर शास्त्री राष्ट्रीय अकादमी में सहकारी एवं ग्राम्य विकास केन्द्र में विशेषज्ञ-वक्ता विजय थे. उन्होंने कृपाल को बताया कि उत्तरांचल निवेश के लिए अच्छा लक्ष्य है. वाणी द्वारा प्रचार सर्वोत्तम है. आज तीन बजे हरिद्वार में भूमि देखने का इच्छुक पार्ले एग्रो अगले कुछ दिनों में अपना निर्णय लेगा. पार्ले एग्रो का दावा है कि भूमि अधिग्रहण के बाद सत्तासी दिनों में उत्पादन इकाई स्थापित करने का उनका रिकॉर्ड है. हमने उनसे निवेदन किया कि वे स्वयं अपने ही रिकॉर्ड को लाँघें.

पार्ले एग्रो द्वारा रुचि लेना

पिछले दिनों से अधिकांश समाचार-पत्रों में एक खबर बार-बार आ रही है :

गाजियाबाद में अम्बानी परिवार द्वारा दस करोड़ रुपये के गैस-पॉवर प्लांट का उद्घाटन. यह केवल प्रचार है या इसमें कुछ सत्य है ? मैं इस पर कैसी प्रतिक्रिया व्यक्त करूँगा ? छः महीने तक कठिन परिश्रम के बाद भी हम इस आँकड़े को स्पर्श नहीं कर सके हैं और यहाँ इतनी आसानी से यह विशेष निर्णय घोषित किया गया. भारतीय के रूप में, मैं खुश हूँ कि उत्तर भारत में भी प्रतियोगिता की कठिन धार हो. जब तक उत्तर प्रदेश में विद्युत की स्थिति नहीं सुधरेगी, उद्योग या कृषि का विकास नहीं हो सकता है, जिसका उत्तरांचल जैसे छोटे राज्य में भी दूरगामी प्रभाव होगा जहाँ जनसांख्यकीय स्थिति नाजुक है और उत्तर प्रदेश में आनुपातिक पिछड़ेपन का अपेक्षाकृत छोटे राज्यों की सामाजिक-आर्थिक और राजनीतिक स्थिति पर तुरन्त प्रभाव होगा.

27 फरवरी, 2004

यहाँ वर्षा नहीं होती, मूसलाधार बरसना होता है.

एन्कर ग्रुप ने लंगर डाल दिया है और वे हरिद्वार में चालीस एकड़ भूमि देख रहे हैं. एक और जर्मन स्वामी वाला समूह है, जो उत्तरांचल में निवेश करना चाहता है. भारतीय उद्योग परिसंघ मुम्बई में प्रथम सार्वजनिक प्रदर्शन/रोड शो के लिए तैयार है, मुझे एक टी.एल.एस. के पाठक मिले हैं, जो इन संस्मरणों का संपादन करने के लिए उत्साहपूर्वक इच्छुक हैं. मैं राजकीय प्रेस के लिए टेंडर खोलने की बैठक में आई.आई.टी. रुड़की रजिस्ट्रार कर्नल श्रीवास्तव से मिला. मैं इस प्रकार की सर्वथा सांसारिक बैठक में साहित्य, आलोचना एवं क्रॉस वर्ड में रुचि लेने वाले व्यक्ति से मिलने की कल्पना भी नहीं कर सकता था. मैंने सप्ताहान्त से पहले अपनी प्रतिक्रिया देने के लिए उनसे निवेदन किया. मैं 29 फरवरी को संस्मरण लिखना बन्द कर दूँगा. अगले सप्ताह इसका अन्तिम प्रारूप तैयार करूँगा और मार्च आखिर तक प्रकाशकों को दिखाऊँगा.

संयुक्त प्रयास में औद्योगिक भूसम्पत्ति के लिए दो और प्रस्ताव आए हैं. पुरुषोत्तम समूह के सन्दर्भ में, मैंने मुख्यमन्त्री की उपस्थिति में द्विपक्षीय अनुबन्ध हस्ताक्षर करने की प्रक्रिया एक दिन में पूरी की.

जे.वी. से सम्बन्धित तीन प्रस्ताव (जिनके लिए 9 नवम्बर को द्विपक्षीय अनुबन्ध हस्तान्तरित हुए थे) राजस्व विभाग में पहुँच गए हैं. अभी भी नई समस्या उठाई गई है. उत्तर प्रदेश का कोई पुराना फॉर्म खोज निकाला गया, जिसमें बीस

राज्य की नजर से

बिन्दुओं पर जानकारी माँगी गई है. (इस फॉर्म का सम्बन्ध जमींदारी उन्मूलन अधिनियम के अधिकतम सीमा से अधिक भूमि-स्वामित्व से है). माँगी गई जानकारी पहले से ही प्राप्त है और इस पर सम्बद्ध विभाग का अनुमोदन/पंजीकरण भी है, किन्तु इसे तालिकाबद्ध रूप से प्रस्तुत करना है. मुझे जिम स्कॉट का 'राज्य की दृष्टि से देखना/जाँचना' याद आ रहा है. हमें सिर्फ सूचना नहीं चाहिए, अपितु एक निश्चित नमूने में सूचना चाहिए. मेरे पास इन मामलों में मुख्य राजस्व आयुक्त, एन.एस. नपल्च्याल से बात करने का विकल्प है. वह सकारात्मक व्यक्ति हैं. मैंने दुबारा विचार किया और सोचा कि एक बार यह फॉर्म मिल जाए और वेब पर दे दिया जाए और इसे औद्योगिक नीति के साथ जोड़ दिया जाए तो, आवेदन-पत्रों को छाँटने की गति खुद ही बढ़ जाएगी. प्रदीप दत्ता, विजय कुमार धवन और अग्रवाल (मूलचन्द उद्योग) तीनों नये क्षेत्रों में कदम रख रहे हैं. सभी उद्योग अलग जिलों में है. जिला उद्योग इकाई इन आवेदन-पत्रों की छँटनी पहली बार कर रही हैं. जिलाधिकारियों ने भी ऐसे मामले पहले नहीं सुलझाए हैं और स्पष्टतः कहूँ, तो हमारे लिए भी यह प्रथम अनुभव है. इससे पहले और अभी भी देश में कहीं अन्यत्र ऐसी पहल नहीं की गई है. किन्तु ईमानदारी से यह कहना होगा, जब राजस्व विभाग द्वारा शासनादेश की जाँच की जा रही थी, यदि कहीं यह कह दिया होता कि आवेदन पत्र में सलंग्न प्रपत्र पर भी सूचनाएँ देनी होंगी, कम-से-कम दो या तीन सप्ताह की बचत हो जाती. मैं सच्चे उद्योगपतियों की सहन शक्ति और लग्न को सलाम करता हूँ, जिनको हम पर विश्वास है.

28 फरवरी, 2004

निर्वाचन आयोग से आगामी संसदीय चुनाव में महापर्यवेक्षक के पद पर नियुक्ति का आदेश मेरे हाथ में है. यह समय है; रुकने का और उपसंहार लिखने का. अगले हफ्ते तक मुझे चुनाव आयोग के और फिर मध्य अप्रैल से प्रशिक्षण शिविर में जाना होगा. लगभग छः सप्ताह की निर्वाचन ड्यूटी होगी. मैं उत्सुकता से प्रतीक्षा कर रहा हूँ. मुझे वे सम्पादकीय परिवर्तन करने हैं, जिनके लिए बन्नू ने सलाह दी है. वास्तव में, मुझे अपने स्वाध्याय के लिए समय मिलेगा...

***

उपसंहार

03 मार्च, 2004

(i)

मैंने उद्योग विभाग में छः महीने पूरे किए हैं और पिछले पाँच महीने से मैं यथासम्भव नियमित रूप से अपने विचार लिख रहा हूँ. लोकसभा भंग हो गई है, निर्वाचन होने वाले हैं. इससे निश्चित रूप से, हमारा कार्य प्रभावित होता है. कड़े निर्णय लेना मुश्किल होगा और उद्योगपति भी निवेश सम्बन्धी निर्णय को फिलहाल स्थगित रखेंगे. आगे का घटनाक्रम देखना होगा. कई प्रोजेक्ट, जो तेजी से आगे बढ़ रहे थे, जिन पर राजनैतिक अनुमति या विदेश यात्रा की जरूरत थी, उन्हें भी देरी होगी. उदाहरण के लिए रुड़की समूह को लीजिए. उद्योग से प्रतिनिधिमण्डल एवं विभाग के अधिकारियों को सर्वेक्षण उपकरणों के अध्ययन हेतु चीन एवं स्विटज़रलैण्ड की यात्रा के लिए जाना है, उन्हें अब प्रतीक्षा करनी होगी. साजिद अंसारी इससे खुश नहीं हैं. अब प्रोजेक्ट अन्तिम पडाव पर है और शुरू होने ही वाला है, मैं उनकी कुण्ठा एवं मनोव्यथा को देख सकता हूँ. मैं जानता हूँ कि निर्वाचन-परिणामों की घोषणा के लगभग दो हफ्ते बाद से पहले यात्रा की तिथियाँ निर्धारित करना सम्भव नहीं होगा. इसी प्रकार हमारा 19-20 अप्रैल को, राज लूम्बा (इण्डिया फर्स्ट) के द्वारा नियोजित, यू.के. के लिए निवेश मिशन स्थगित करना होगा और अब तिथियों का सुझाव नहीं दे सकते हैं. यही हमारे यू.एस. मिशन के विषय में भी सही है.

(ii)

हर चुनौती एक अवसर है!

शायद यह इन विचारों के सम्पादन के लिए घटित घटनाक्रम को समझने एवं पूर्वानुमान के लिए प्रयास करने का सही समय है. अभी और बहुत कुछ होना है, मैं सोचता हूँ कि हमारे प्रयास फलीभूत हो रहे हैं. जैसे ही उद्योग ने हरिद्वार भूसम्पत्ति पर कब्जा लेना शुरू किया है, कुछ भिन्न प्रकृति की समस्याएँ सामने आ रही हैं. भारत हैवी इलैक्ट्रिकल्स लि. के द्वारा अप्रयुक्त जमीन के बड़े हिस्से पर, आसपास के गाँवों के उद्यमी किसानों ने बिना किसी वैध अधिकार एवं पट्टे के खेती करनी शुरू कर दी. वे जानते हैं कि वे कब्जाधारी हैं और उनके 'श्मशान भूमि' जैसे बोर्ड लगाकर काम रोकने के प्रयास असफल हुए हैं : अब वे फसल

उगाने के लिए समय हासिल करने हेतु या मुआवजा पाने हेतु बातचीत कर रहे हैं. यथार्थ धरातल पर, भूमि का सीमा-निर्धारण हो चुका है, अधिकांश निर्माण-कार्य में अभी भी समय लगेगा, इसलिए कुछ मामलों में समस्या सामने आएगी. अड़ोस-पड़ोस में लगभग प्रत्येक को अन्दाज़ है कि इस क्षेत्र में निवेश के परिणामस्वरूप रोजगार बढ़ेगा. इसलिए विरोध 'निर्वाचन-समय के मौसम' के कारण है, इसे ऐसा ही समझना चाहिए. इस अवस्था में, मुठभेड़ से कुछ फायदा नहीं है. हाँ, मुझे यह आत्मस्वीकृति देनी है कि चुनावी-वक्त न होता, तो हम कड़े कदम उठाते और निर्माण कार्य फसल-चक्र के लिए प्रतीक्षा नहीं करता.

(iii)

हम केवल औद्योगिक भूसम्पत्ति के भीतर उद्योग-स्थापना के नियमों को लागू करने की ज़रूरत पर सर्वसहमति बना सके हैं. यह कुछ मुश्किल है. यदि हम निर्वाचन के दौरान भी इन नियमों में शिथिलीकरण स्वीकार न करें, तो यह हमारी भारी सफलता होगी : हम आने वाले समय में, हमेशा के लिए यह आश्वासन दे सकेंगे कि उत्तरांचल में उद्योग आई.एस.ओ. के स्तर के अनुसार निर्धारित औद्योगिक भूसम्पत्तियों में ही विकसित होगा और बिखरे हुए/ऊबड़-खाबड़ तरीके से दिखाई नहीं देगा.

(iv)

छत्तीसगढ़ से एक टीम औद्योगीकरण के उत्तरांचल के तरीके का अध्ययन करने के लिए हमारे पास आई है. चण्डीगढ़ में, एग्रोटेक 2002 में, भारतीय उद्योग परिसंघ ने 'डूइंग बिज़नेज़ द नीदरलैण्ड वे' नामक सत्र का आयोजन किया था, जिसमें नीदरलैण्ड एक सहयोगी देश था. उस समय, मैं भारतीय उद्योग परिसंघ के नेतृत्व से अपेक्षा करता था कि वे 'डूइंग बिजनेज़ द उत्तरांचल वे' नामक सत्र का आयोजन करें. उस समय यह विचार सार्वजनिक रूप से प्रचलित नहीं था. यह अब होगा, क्योंकि कई राज्य सरकारें हमारी सफलता का रहस्य जानने के लिए हमसे सम्पर्क कर रही हैं.

(v)

मैं पिछले कुछ महीने के अपने कार्य को किस नज़र से देखूँ ? भविष्य के गर्भ में क्या छुपा है ? मैं बहुत उत्साहित हूँ और उसी प्रकार गुलाबी अखबार भी. वास्तव में, मीडिया से मिली शाबाशी अब सिडकुल कार्यालय द्वारा संग्रहित, प्रकाशित एवं वितरित की जा रही है, ताकि सक्षम निवेशकों को विश्वास हासिल हो. मेरी सर्वोत्तम जानकारी में, हमने गत छः महीने में हिमाचल के लिए कोई उद्योग नहीं

खोया है. कैडबरी अभी अनिर्णय की स्थिति में है और मुझे इसको हासिल करना है. बड़े नामों में हमारे पास कुछ मुख्य हैं : हिन्दुस्तान लीवर्स, ब्रिटानिया, डाबर, पार्ले एग्रो, मैरीको, एंकर, सैमसंग, एल.जी., वीडियोकॉन, फोनिक्स लैम्प्स, लिबर्टी शूज़, महिन्द्रा एण्ड महिन्द्रा, टाइटन, एवरेडी, एटलस, हल्दीराम, कंट्रोल एण्ड स्विचगियर, शारदा मोटर्स, पोलर फैन्स, शहनाज़ हुसैन बायोटेक, श्री वैंकटेश्वर हैचरी'ज़, बनारस बीड्स. जो अभी आने वाले उद्योग हैं : आसाही फ्लोट ग्लास, सैमटेल, टोरेंट फर्मास्यूटिकल्स, सुब्रोस, वी.आई.पी. आदि. प्रतिदिन दो-तीन उद्योगों द्वारा भूमि-क्रय से सूची लम्बी हो रही है.

(vi)

मुझे यहाँ उल्लेख करना है कि गत सप्ताह मुख्य सचिव ने राज्य हस्तकला बोर्ड के गठन की प्रगति जानने के लिए फोन किया था. जब मैंने कहा कि हम इस पर काम कर रहे हैं और उद्घाटनों के सिलसिले में व्यस्त हैं, तो उन्होंने कहा, दस हज़ार करोड़ का निवेश लगभग हो गया है, अब मुझे लघु उद्योग, खादी और गृह उद्योग क्षेत्र पर ध्यान देना है.

* * *

आभार

सच में, अनुवाद मौलिक लेखन से भी अधिक कठिन है! लेखक के विचारों को आत्मसात् करना सहज हो जाता है, जब अनुवाद मैत्री की प्रगाढ़ता से परिस्फुटित हो। प्रिय बन्नू के अन्तर्मन की आवाज़ के बिना 'दस हजार करोड़ से आगे' आपके हाथ में हिन्दी में संभव न होता! हार्दिक धन्यवाद!

श्रद्धेय एयर मार्शल गन्धर्व सेन एवं श्रीमती उमा सेन इस दुरूह कार्य के लिए प्रेरणास्रोत हैं. शतशः नमन!

स्नेहमयी श्रीमती शुक्ल चोपड़ा के मातृस्नेह से हम अभिभूत हैं. आपके आशीषमय स्पर्श के लिए हम आजीवन कृतज्ञ रहेंगे.

इस हिन्दी-रूपान्तरण के लिए श्री अशोक महेश्वरी को पूर्ण श्रेय देने में हमें तनिक भी संकोच नहीं है. श्री विपुल धरमाना, नरेश शर्मा व तापस सरकार के सहयोग के लिए भी धन्यवाद.

अन्त में, सर्वाधिक महत्त्वपूर्ण हैं हमारे प्रिय सनन्दन एवं यौवनिका, जिनके सहज एवं निश्छल स्नेह से हमारे श्रम-दिवस भी छुट्टी के आनन्द में रूपान्तरित हो गए. स्नेहाशीष!

संजीव चोपड़ा
किरण सूद

सन्दर्भ

संक्षिप्त नामों की दीर्घ सूची

- ❖ ASIDE:Assistance to States for Infrastructure Development For Exports निर्यात के लिए अवस्थापना हेतु राज्यों को सहायता
- ❖ APEDA: Agricultural Producers Export Development Agency कृषि उत्पाद निर्यात विकास एजेंसी
- ❖ AFC: Agricultural Finance Corporation कृषि विकास निगम
- ❖ ATR: Action Taken Report कार्य प्रतिवेदन
- ❖ APIIC: Andhra Pradesh Industrial Investment Corporation आन्ध्रप्रदेश औद्योगिक निवेश निगम
- ❖ AIMA: All India Management Association अखिल भारतीय प्रबन्धन परिषद्
- ❖ APMACS: Andhra Pradesh Mutually Aided Co-operative Societies आन्ध्रप्रदेश परस्पर सहायता प्राप्त सहकारी समितियाँ
- ❖ APEDA: Agricultural Producers Export Development Agency कृषि उत्पादन निर्यात एजेंसी
- ❖ BIFR: Bureau of Industrial Financial and Reconstruction औद्योगिक वित्त एवं पुनर्निर्माण ब्यूरो
- ❖ BPL: Below Poverty Line गरीबी रेखा से नीचे
- ❖ BHEL: Bharat Heavy Electricals Ltd. भारत हैवी इलेक्ट्रीकल्स लिमिटेड
- ❖ BPO: Business Process Outsourcing व्यापार प्रक्रिया बहिर्गमन
- ❖ BEZ: Basmati Export Zone बासमती निर्यात क्षेत्र
- ❖ BOB: Bank of Baroda बैंक आफ बड़ौदा
- ❖ CII: Confederation of Indian Industries भारतीय उद्योग परिसंघ
- ❖ CBMD: Centre for Bhartiya Marketing Development भारतीय विपणन विकास केन्द्र
- ❖ CDF: Co-operative Development Federation सहकारी विकास संघ
- ❖ CITA: Centre For Indian Trade in Agriculture भारतीय कृषि-व्यापार केन्द्र
- ❖ CIP: Concessional Industrial Package रियायती औद्योगिक पैकेज
- ❖ CAB: College of Agriculture Business कृषि वाणिज्य कॉलेज
- ❖ COO: Chief Operative Officer मुख्य कार्यकारी अधिकारी
- ❖ CRD: Co-oprative and Rural Development सहकारी एवं ग्राम्य विकास
- ❖ CRC: Chief Revenue Commissioner मुख्य वित्त आयुक्त
- ❖ CMIE: Centre for Monitoring Indian Economy भारतीय आर्थिक प्रत्ययन

केन्द्र

- CECI-CEBED: Connection Centre for International Studies in Corporation- Community Based Economic Development
- CDF: Co-operative Development Federation सहकारी विकास संघ
- DASP: Diversified Agriculture Support Programme विविध कृषि सहयोग कार्यक्रम
- DPC: Departmental Promotion Committees विभागीय प्रोन्नति समितियाँ
- DOPT: Department of Personnel and Training कार्मिक और प्रशिक्षण विभाग
- DRDO: The Defence Research and Development Organization सुरक्षा अनुसन्धान एवं विकास संस्थान
- DST: Department of Science and Technology विज्ञान एंव तकनीकी संस्थान
- DFA: Drafts for Approval अनुमोदन ड्राफ्ट्स
- DIC: District Industries Centre जिला उद्योग केन्द्र
- D I: Directorate of Industries उद्योग निदेशालय
- DGFT: Director General of Foreign Trade विदेश व्यापार के महानिदेशक
- ET: Economic Times इक्नॉमिक टाइम्स
- FIEO: Federation of Indian Export Organizations भारतीय निर्यात संगठन संघ
- FRDC: Forest and Rural Development Commissioner वन और ग्राम्य विकास आयुक्त
- FICCI: Federation of Indian Chambers of Commerce and Industries भारतीय उद्योग एवं वाणिज्य संघ
- FCSD: Food and civil supply Department खाद्य एंव नागरिक आपूर्ति
- FRI: Forest Research Institute वन अनुसंधान संस्थान
- FCS: Food and Civil Supplies खाद्य एवं नागरिक संपूर्ति
- GMVN: Garhwal Mandal Vikas Nigam गढ़वाल मण्डल विकास निगम
- GBPUAT: Govind Ballabh Pant University of Agriculture and Technology गोविन्द बल्लभ पन्त कृषि एवं तकनीकी विश्वविद्यालय
- GQ: Golden Quadrilateral स्वर्णिम चतुर्भुज
- HIMUL: Himalayan Milk Producers Union Ltd. हिमालयन दुग्ध उत्पादन संघ लिमिटेड
- HRDI: Herbal Research Development Institute वनौषधि अनुसंधान विकास संस्थान
- ICD: Inland Container Depot इंग्लैण्ड कंटेनर डिपो
- IIT: Indian Institute of Technology भारतीय तकनीकी संस्थान

- IITF: Indian International Trade fair भारतीय अन्तर्राष्ट्रीय व्यापार मेला
- IR: Industrial Relations औद्योगिक सम्बन्ध
- IFAD: International Fund for Agriculture Development अन्तर्राष्ट्रीय कृषि विकास कोष
- IPD: Industrial Promotion and Development औद्योगिक प्रोत्साहन एवं विकास
- IIA: Indian Industries Association भारतीय उद्योग परिषद
- ICFAI: Institute of Chartered-Financial Analysts of India भारतीय चार्टर्ड वित्त विश्लेषक संस्थान
- ILO: International Labours Organization अन्तर्राष्ट्रीय श्रम संगठन
- ITPO: Indian Trade Promotion Organization भारतीय व्यापार प्रोत्साहन संगठन
- IIDC: Integrated Industrial Development Centre समेकित औद्योगिक विकास केन्द्र
- IDC: Infrastructure Development Commissioner अवस्थापना विकास आयुक्त
- ITES: Information Technology Enabled Services सूचना तकनीकी सेवाएँ
- IIC: Indian International Centre भारतीय अन्तर्राष्ट्रीय केन्द्र
- IPMA: Indian Paper Mills Association भारतीय कागज मिल परिषद
- IMS: Institute of Management Studies प्रबन्धन शिक्षा संस्थान
- IFC: International Finance Corporation अन्तर्राष्ट्रीय वित्त निगम
- ISM: Indian Systems of Medicine भारतीय चिकित्सा व्यवस्था
- ICFRE: Indian Council for Forestry Research and Education भारतीय वन अनुसंधान एवं शिक्षा परिषद
- IFAD: International Fund for Agricultural Development कृषि विकास अन्तर्राष्ट्रीय कोष
- ICEE-Bio Tech: International Centre For Education and Excellence in Bio-Technology अन्तर्राष्ट्रीय बायो-टेक्नॉलॉजी शिक्षा एवं श्रेष्ठता केन्द्र
- ICBC: Indo-Canadian Business Council भारत-कनाडा व्यापार परिषद
- ISBT: Inter-State Bus Terminus अन्तर-राज्यीय बस अड्डा
- JTF: Joint Task Force संयुक्त कार्य बल
- JJ: Jhuggi-jhouparhi coloney झुग्गी-झोपड़ी कॉलोनी
- KGCCI: Kumaun Garhwal Chamber of Commerce of Industry कुमाऊँ गढ़वाल उद्योग एवं वाणिज्य संस्थान
- KCC: Kisan Credit Cards किसान क्रेडिट कार्ड्स
- KVIB: Khadi and Village Industries Board खादी और ग्रामीण व्यापार बोर्ड
- KMVN: Kumaun Mandal Vikas Nigam कुमाऊँ मण्डल विकास निगम

- MoU: Memorandum of Understanding परस्पर व्यापारिक समझौता
- MDP: Management Development Programme प्रबन्धन विकास कार्यक्रम
- MDDA: Mussorie Dehera Dun Development Authority मसूरी देहरादून विकास प्राधिकरण
- NSIC: National Small Industries Corporation राष्ट्रीय लघु उद्योग निगम
- NIC: National Information Centre राष्ट्रीय सूचना केन्द्र
- NRRDA: National Rural Roads Development Agency राष्ट्रीय ग्राम्य सड़क विकास प्राधिकरण
- NISIET: National Institute of Small Industry and Entrepreneurship Training राष्ट्रीय लघु उद्योग एवं उद्यम प्रशिक्षण संस्थान
- NHB: National Horticulture Board राष्ट्रीय उद्यान निगम
- NABARD: National Bank of Agriculture & Rural Development राष्ट्रीय कृषि एवं ग्राम्य विकास बैंक
- NHAI: National Highway Authority of India भारतीय राष्ट्रीय मुख्य मार्ग प्राधिकरण
- NCR: National Capital Region राष्ट्रीय-राजधानी-क्षेत्र
- ONGC: Oil and Natural Gas Corporation Ltd. तेल एवं प्राकृतिक गैस निगम लिमिटेड
- OSD: Officer on Special Duty विशिष्ट कार्य अधिकारी
- OBC: Oriental Bank of Commerce ओरिएंटल वाणिज्य बैंक
- PHDCCI: Punjab, Haryana, Delhi Chamber of Commerce and Industry पंजाब हरियाणा दिल्ली के वाणिज्य एंव उद्योग चैम्बर्स
- PACS: Primary Agricultural Credit Co-operative Society प्राथमिक कृषि ऋण सहकारी समिति
- PPP: Public and Private Participation सरकार एवं निजी क्षेत्र की संयुक्त भागीदारी
- PMRY: Pradhan Mantri Rozgar Yojna प्रधानमंत्री रोजगार योजना
- PMGSY: Pradhan Mantri Grameen Sadak Yojna प्रधानमंत्री ग्रामीण सड़क योजना
- PIIC-UP: Pradeshik Industrial and Investment Corporation of UP उत्तर प्रदेश का औद्योगिक और निवेश निगम
- PCB: Pollution Control Board प्रदूषण नियन्त्रण प्राधिकरण
- PWD: Public Works Department सार्वजनिक निर्माण विभाग
- PAU: Pantnagar Agriculture University पन्तनगर कृषि विश्वविद्यालय
- PPSC: Punjab Public Service Commission पंजाब लोक सेवा आयोग

- PGC: Power Grid Corporation विद्युत ग्रिड निगम
- PBD: Pravasi Bharatiya Diwas प्रवासी भारतीय दिवस
- PLR: Prime Lending Rate प्राथमिक ऋण दर
- PUCL: The Peoples' Union for Civil Liberties नागरिक अधिकारों के लिए जनवादी संगठन
- PIL: Public Interest Litigation लोकहित याचिका
- PHC: Primary Health Center प्राथमिक स्वास्थ्य केन्द्र
- RC: Responsibility Centre दायित्व केन्द्र
- RBI: Reserve Bank of India रिजर्व बैंक ऑफ इण्डिया
- SLIC: State Level Inter-institutional Committee राज्य स्तरीय अन्तर. संस्थागत समिति
- SHG: Self Help Group स्व-सहायता समूह
- SFA: State Financial Agency राज्य वित्तीय प्राधिकरण
- STEP: Science & Technology Entrepreneurship Park विज्ञान और तकनीकी उद्यम पार्क
- SPV: Special Purpose Vehicle विशिष्ट लक्ष्य वाहन
- SLBC:State Level Bankers Committee राज्यस्तरीय बैंकर्स समिति
- SIDBI: Small Industries Development Bank of India भारतीय लघु उद्योग विकास बैंक
- SIDCUL: State Industrial Development Corporation of Uttaranchal Ltd. उत्तरांचल राज्य उधोग विकास निगम लिमिटेड
- SJM: Swadeshi Jagran Manch स्वदेशी जागरण मंच
- SSI: Small Scale Industries लघु उद्योग
- TLS: Times Literary Suppliment टाइम्स लिटरेरी सप्लीमेंट
- TRAI: Telephone Regulatory Authority of India भारतीय टेलीफोन नियामक प्राधिकरण
- THDC: Tehri Hydroelectric Development Corporation टिहरी जलविद्युत विकास निगम
- TFC: Twelth Finance Commission बारहवाँ वित्त आयोग
- TCM: Traditional Chinese Medicine चीनी पारम्परिक औषधि
- TDC: Terai Development Corporation तराई विकास निगम
- UDC:Uttaranchal Development Corporation उत्तरांचल विकास निगम
- UPICO: Uttar Pradesh Industrial Organization उत्तर प्रदेश औद्योगिक संगठन
- UPCL: Uttaranchal power Corporation Ltd. उत्तरांचल विद्युत निगम लिमिटेड
- UCB: Uttaranchal Co-oprative Bank उत्तरांचल सहकारी बैंक

- UCMF: Uttaranchal Co-oprative Marketing Federation. उत्तरांचल सहकारी बाजार संघ
- UNIDO: United Nations Industrial Development Organization संयुक्त राष्ट्र औद्योगिक विकास संघ
- UPSTC: Utter Pradesh State Textile Corporation उत्तर प्रदेश राज्य वस्त्र निगम
- UPFC: Utter Pradesh Financial Corporation उत्तर प्रदेश वित्त निगम
- UIA: Uttaranchal Industry Association उत्तरांचल व्यापार संगठन
- UBI: Union Bank of India यूनियन बैंक ऑफ इण्डिया
- UJVAL: जल विद्युत निगम लिमिटेड
- UNDP: United Nations Development Programme संयुक्त राष्ट्र विकास कार्यक्रम
- UPICO:Uttar-Pradesh Industry Consultancy Organization उत्तरप्रदेश औद्योगिक परामर्श संघ
- UPSIDC: Uttar Pradesh State Industrial Development Corporation उत्तर ाप्रदेश राज्य औद्योगिक विकास निगम
- UPMA: Uttranchal Pharmaceutical Manufacturers Association उत्तरांचल फर्मास्यूटिकल उत्पादन संगठन
- VRS: Voluntary Retirement Scheme स्वैच्छिक अवकाश-ग्रहण योजना
- WASME: World Association of Small and Medium Enterpreneurs लघु और मध्य उद्यमियों का विश्व संगठन

●●●